Peggy Parnass
Mut und Leidenschaft

Westwind am Lido

Für KIM und GADY

und für
ERIKA RUNGE
HEIDE POPPE
INGRID GLOEDE und
DOROTHEE GREMLIZA,
die mir nur Mut gemacht haben.

Und für alle, die mich wärmen.

Peggy Parnass

Mut und Leidenschaft

Konkret Literatur Verlag

1979 Joseph-Drexel-Preis für »hervorragende Leistungen im Journalismus«, überreicht von Professor Eugen Kogon

1980 Fritz-Bauer-Preis der Humanistischen Union für »Prozesse 1970–1978«, überreicht von Professor Ulrich Klug

Lektorat: Sabine Timmermann
Umschlag- und Innenfoto: Paul Schirnhofer, Hamburg
Umschlaggestaltung: Peter Albers, Hamburg
Satz: KCS GmbH, Buchholz/Hamburg
Druck: PDC, Paderborn
ISBN 3-89458-121-2

Inhalt

Vorwort

Dieses Buch ist nicht zum Totlachen. Aber spannend, aufregend, empörend. So wie das Leben nun mal ist.

Eigentlich wollte ich es »Wut« nennen, weil ich es in äußerster Wut geschrieben habe.

Einige Texte hab ich aus meinem vergriffenen Buch »Kleine radikale Minderheit« übernommen. Um deutlich zu machen, daß in diesem Land nichts von nichts kommt. Alles, worüber man jetzt so staunt, hat eine Vorgeschichte. Wenn man sie kennt, hört das Staunen wieder auf, weil eins zum andern paßt.

Ich finde, daß die ganze Welt ein Alptraum ist.

Trotzdem gibt es aber noch ne Menge zu lachen, zu lieben und zu leben. Ich wundere mich ja selbst immer wieder, daß es sich noch lohnt und so viel Freude macht.

Deshalb schreib ich ja weiter.

Prognose März 1990

Wie wird Deutschland?

Groß, kräftig, erschreckend und zum Kotzen. Diese deutsch-deutsche Besoffenheit. Der verdammte Nationalismus, der immer wieder hochschwappt. Ein saftiger Sumpf für Rechtsradikale.

Wenn ich Wiedervereinigung höre, läuft's mir kalt den Rücken rauf und runter. Bloß nicht. Ist mir sowieso schon alles viel zu mächtig. Doch die Industrie wird wohl die DDR erst über den Tisch ziehen und dann in fester Umarmung ersticken.

Ansonsten verläßt man sich darauf, daß sich die DDR-Bürger in die hiesige Korruption gut einfügen. Dann hat wieder alles seine Ordnung.

Herbst 1993

Gern hätt ich mich mit meiner Prognose geirrt.

Die, die den friedlichen, unblutigen Aufstand in der DDR wagten, sind weg vom Fenster. Sie wollten ja gar nicht die DDR aufgeben, wollten ja nicht eine große Umarmung mit der BRD. Sie wollten einen lebenswerteren und lebendigeren Sozialismus.

Wie Fettaugen hochgespült gab es Leute wie Krause. Der, da er den Kapitalismus wirklich ernst nahm, ihn optimal, wenn auch ungeschickt für sich zu nutzen wußte, vorübergehend degradiert wurde. Er wird mindestens noch ein zweites Mal nach oben kommen. Einigen der Dissidenten geht's sehr gut. Die meisten andern haben das Nachsehen.

Die BRD hat gerafft und gegriffen. Guckt zur Zeit aber auch dumm aus der Wäsche.

Unsere Gerichte, die es bis heute nicht schafften, im eignen Land aufzuräumen, sind unermüdlich dabei, Täter und Nicht-Täter eines fremden Landes, nämlich der DDR, an den Pranger zu stellen.

Der oberste Spionage-Chef der DDR, der elegante Markus Wolf, steht hier als Angeklagter vor Gericht, weil er sich das Ausland genauer ansehen wollte.

Seinem Gegenspieler in der BRD, dem nicht minder eleganten Klaus Kinkel, geht es anders. Der kann es immer noch. Früher als Präsident des BND. Jetzt als Außenminister. Zwei Karrieren, ein Vaterland.

Gregor Gysi läßt man als bunten Vogel in den Medien noch gelten. Brillant, charismatisch, amüsant und ungeheuer schlagfertig. Ein Genuß in jeder Fernsehsendung. Egal, ob im Bundestag, in Interviews oder Talk-Shows. Er fällt aufs erfreulichste aus dem trostlosen Politiker-Pulk heraus.

Wie sagte er neulich so richtig? »Einkommensunterschiede zwischen 1000 Mark und 250 000 Mark im Monat? *So* unterschiedlich können die Leistungen der beiden doch nicht sein?«

Er darf natürlich auch nur, weil er keine Macht hat. Er darf reden, weil er nichts zu melden hat.

Deutsche und Ausländer

Die Zeiten sind schlecht. Besonders für Fremde. In der ganzen Welt. Doch wir sind in Deutschland und so will ich mich auf Deutschland konzentrieren.

Fremd-Sein ist schlecht? Nicht immer. Amerikaner, die herkommen, sind wohl gelitten. Nicht die vielen Slum-Gelenden der USA finden den Weg zu uns, sondern Geschäftsleute, Künstler, Touristen. Auch Australier, Engländer, Kanadier, Belgier haben hier nichts auszustehen.

Rassismus? Wieso denn das? Dunkelhäutige Großfamilien aus Kuweit verwöhnt man in den Suiten unserer Luxushotels. Auch Japaner, seien sie noch so gelb (oder welche Farbe haben sie?), erfreuen unsere Wirtschaft.

Rabenschwarze Musiker und kohlschwarze Fußballspieler ernten Jubel, solange sie nicht unerkannt auf unseren Straßen spazierengehen. Feine Unterschiede, wie man sie auch in Amerika kennt. Bessie Smith, die größte Blues-Sängerin der Welt, ließ man nach einem Unfall auf der Straße verbluten, weil man sie nicht erkannte. Vielleicht hätte die schwarze Queen of Blues im Sterben singen müssen.

Fremdsein hier ist nicht eine Frage der Farbe, nicht eine Frage der Nationalität, sondern eine Frage der Ökonomie. Obwohl Nationalität und Ökonomie inzwischen immer häufiger identisch sind.

Wer es, obwohl arm, aus dem Ostblock, aus dem wilden Kurdistan, aus Afrika, Südamerika oder Asien bis hierher schafft, hat weniger zu lachen. Genaugenommen gar nichts.

Und wer das Unglück hat, auf Schutz angewiesen zu sein, Asyl suchen zu müssen, der hat nicht nur nichts zu lachen, der kommt aus dem Weinen gar nicht raus.

Obwohl, egal wie arm sie dran sind, die Allerelendesten ihrer Länder sind sie nicht. Die schaffen es nämlich nirgends hin.

Ich hab Glück. Ich bin Schwedin. Hart erkämpft der Paß. Ich wußte schon, warum. Wie würde es mir hier wohl gehen, wenn ich noch immer staatenlos wäre? Oder Polin, weil mein Vater Pole war?

Da ich genau weiß, wie es mir hier ergehen würde, da es mir schon mal so ergangen ist, muß ich auch nicht meine Phantasie bemühen, um zu wissen, wie es den unglücklichen Fremden hier geht. Im besten Fall ignoriert, was schlimm genug ist. Als Steigerung ins Unermeßliche, gehaßt, gedemütigt, gejagt, bedroht, mißhandelt, ermordet.

Ich hab eigentlich dauernd Glück. Mir fällt gerade ein, daß ich ja nicht nur Schwedin, sondern auch Jüdin bin. Und Linke. Und Frau. Offenbar die ganzen Jahre ein dreifacher Anlaß, mich schriftlich und mündlich zu bedrohen. Aber ermordet hat man mich noch nicht. Im Gegensatz zu den siebzehn Unglücklichen des Jahres 1992.

Nur Fremdenhaß? Nein. So werden nicht nur Nicht-Deutsche von Deutschen behandelt. Auch Deutschen geht es in gleicher Weise an den Kragen. Sie müssen nur arm genug sein, nicht reinpassen. Sogenannte Penner, Obdachlose, die auf der Straße leben, werden immer wieder von Jungnazis erschlagen und zertrampelt. Meistens von Leuten, denen es auch nicht so sehr viel besser geht.

Politiker rufen jetzt vor Publikum: »Wehret den Anfängen!« Welch ein Quatsch. Das hätten sie vor dreißig Jahren sagen müssen oder vor vierzig. Sie kommen ein bißchen sehr spät mit ihren Anfängen.

Die Veränderung in der rechtsradikalen Szene liegt darin, daß jetzt Jünglinge, Kinder, Halbwüchsige ausrasten. Aber die müssen ja denken, daß sie dem Staat einen Gefallen tun. Ich finde, daß sie animiert worden sind. Nur würde sich jeder Politiker, egal wie weit rechts er steht, laut schreiend dagegen wehren, mit Rechtsradikalen in Zusammenhang gebracht zu werden. Jeder würde sagen: »Was, wir wollen doch nicht Ausländer umbringen, um Gottes willen.« Sie zündeln doch nicht. Nein, sie lassen zündeln.

Die Sache in Mölln hatte, wie sie selber sagten, eine neue Qualität. Da ging es um Alteingesessene, hier seit 25 Jahren ansässige Mitarbeiter. Von denen wir ja alle sehr gut leben. Die Türken haben eine Lobby. Einmal werden sie hier wirklich gebraucht, denn wenn sie plötzlich alle abhauen würden, bräche hier so manches zusammen. Sie sind ein Wirtschaftsfaktor. Und haben außerhalb Deutschlands eine Regierung, die sich für sie stark macht.

Makaber ist es, daß sich hier auch die grauen Wölfe tummeln, die viel mehr mit deutschen Nazis als mit anderen Türken gemeinsam haben. Und wie traurig und verworren alles ist, wußte ich, als eine durch Skins schwerverletzte Türkin den Fernsehkameras dauernd entgegenmurmelte: »Ich gute Türkin, ich nicht Kurdin. Warum? Warum?«

Ich hab immer an die Belehrbarkeit von Menschen geglaubt. Jetzt sitzt der Schock bei mir tief. Kluge, geduldige Türken bereiteten einer Gruppe brutaler Skins einen wunderschönen Urlaub in der Türkei. Betreuten sie, verwöhnten sie, fütterten sie, kleideten sie ein. Nach drei herrlichen Wochen sagten die Skins, es sei ja sehr nett gewesen, aber das wäre auch alles. Deutsches Blut sei heilig. Nach Unfall lieber tot als das Blut eines Türken in den Adern. Und natürlich würden sie weiter Unterkünfte überfallen und Leute auf der Straße. Auch wenn es die Verwandten ihrer Gastgeber wären. Das könnten sie ja nicht wissen.

Faruk Arslan, der türkische Sohn, dessen Mutter man in der Nacht verbrannte, Faruk Arslan, dessen zehnjährige Tochter man in derselben Nacht verbrannte, Faruk Arslan, der gleichzeitig auf dieselbe Weise seine vierzehnjährige Nichte verlor, ist ein erstaunlicher Mann. Er ist unerschrocken, und was noch erstaunlicher ist, er ist ruhig. Zumindest nach außen. In den vielen Interviews, die er gegeben hat seit dem dreifachen Mord, beherrscht und klug.

In einem Interview sagte er: »Ich liebe meine Mutter und meine Tochter über alles. Ob ich Haß habe auf die Täter? Nein, nicht auf die Täter. Ich hab Haß auf die da oben.«

Da ist es wirklich nicht so wahnsinnig wichtig, ob drei oder zwölf oder fünf umgebracht werden oder nicht. Sie würden es nicht selber tun, aber vor der Konsequenz, glaube ich, fürchten sie sich nicht gerade. Sie möchten ja, daß die Leute verschwinden. Je eher, je lieber. Also, wenn sie auf diese Art und Weise verscheucht werden, nicht schlecht. Wie hieß es damals – klammheimliche Freude? Es muß nur klar sein, daß die Regierung nichts damit zu tun hat. Sonst wird man im Ausland böse.

In Berlin demonstrierten, von der Regierung dazu aufgerufen, Staatsvertreter sämtlicher Parteien, Gewerkschaften, Bürgerinitiativen und unterschiedlichste Leute gemeinsam gegen Ausländerfeindlichkeit und Rechtsradikalismus. Sicher eine sinnvolle Demonstration für die Bundesrepublik, denn demonstriert wurde fürs Ausland. Deutschland fing ja an, einen schlechten Ruf zu bekommen – zu Recht.

Dann, von Giovanni di Lorenzo initiiert, gab es die Lichterketten. Erst in München. Mit unverhofft großer Beteiligung. Dann, von den Medien als Pop-Ereignis übernommen und propagiert, im ganzen Land. Alle trauten sich hin. Auch Leute, für die bis dahin jede Demo ein Chaoten-Verbrecher-Ereignis war.

Trotzdem war es schön. Und auch wichtig. Vorübergehend sogar eine Bremse für die erschreckten Ausländerjäger. Leider nicht lange. Dann wurden wieder Krüppel aus dem Rollstuhl gekippt, Schwule geklatscht, Rentner überfallen und Ausländerheime in Brand gesteckt.

Vorübergehend, ja sogar recht lange, berichteten die Medien groß und empört. Auch das Massenblatt »Bild«. Doch die Kollegen dort brachten das Kunststück fertig, gleichzeitig in Schlagzeilen die Angst vor herströmenden, uns ausplündernden, Arbeitsplätze, Frauen und Wohnungen raubenden Massen zu schüren.

Inzwischen wird wieder gebrandschatzt und anderes mehr. Nur ist es als Thema von der ersten Seite ganz groß weit nach hinten klitzeklein geschoben.

Ich weiß, auch die Deutschen sind nicht ein einziges Schweinepack. Viele hier sind grundanständig und wirklich empört. Haben sie sich die ganzen Jahre stellvertretend für Eltern und Großeltern geschämt, verletzt es sie jetzt tief, die Täter, die ihre Söhne sein könnten, zu beobachten.

Am Ärztehaus in der Langen Reihe große Plakate: »Gegen Ausländerfeindlichkeit. In diesem Haus sind alle Menschen selbstverständlich willkommen – gleich welcher Nationalität, Hautfarbe, Konfession, Kultur oder Lebensweise.«

Meine Ärzte in der Langen Reihe waschen auch immer bei Bedarf selbst die großen Hakenkreuze von der Hauswand. Und nehmen dafür Drohbriefe in Kauf.

Der Bürgerverein in St. Georg hat mitten auf der Straße unter Glas ein Plakat: »Alle Menschen sind Ausländer. Fast überall.«

Der Galerist Ascan Krone initiierte »Kunst gegen Rechts«. Das Hamburger Schauspielhaus und das Thalia-Theater haben auf Riesenplakaten über die ganzen Foyer-Wände bekanntgegeben, aus welchen Ländern, an die fünfundzwanzig verschiedene, ihre Mitarbeiter kommen.

Bürgerinitiativen aller Stadtteile geben viel Geld für Anzeigen aus. Auch das Auschwitz-Komitee und die VVN, obwohl die nun wirklich kein Geld haben.

Auch viele andere setzen sich mit aller Kraft ein. Ohne Lohn und ohne daß jemals von ihnen die Rede ist. Geben Deutschunterricht in Containerdörfern. Begleiten Tag für Tag Leute aus aller Welt zur Ausländerbehörde. Füllen Formulare aus, versuchen, mit Rat und Tat zu helfen. Investieren Zeit und Geld. Nehmen dem Staat die Verantwortung ab. Ich bewundre diese Leute und ihre Nächstenliebe sehr.

Ach, hätten sie hier doch das Sagen.

So wie es ist, geht das Morden weiter.

Heute, am 29. Mai 1993, zum Beispiel im idyllischen kleinen Solingen. Fünf Menschen hat man verbrannt. Zwei junge Frauen und drei kleine Kinder. Und alles, was sie hatten. Drei weitere Kleinkinder sind lebensgefährlich verletzt. Von Brandstiftung wird ausgegangen, wie auch sonst jeden Tag. Da es wieder eine türkische Familie traf, Fassungslosigkeit und Protest. Die Bürgermeisterin sagte im Fernsehen, daß bis dato dort nie irgend etwas vorgefallen sei. Dabei wurden in den letzten Wochen mehrfach die Moscheen ihrer Stadt angesteckt.

Der Außenminister Kinkel ist entsetzt. Der Ruf im Ausland ... In seinem vorherigen Job als Verfassungsschützer hätte er ja wissen müssen, wer wo sitzt und warum. Vorausgesetzt, er hat es wissen wollen.

Nach dem Aushebeln des Grundrechts auf Asyl werden Schüsse an den Grenzen legal sein. Waren sie vorher auch, wenn einer nicht stehenblieb. Und jetzt werden sehr viele nicht stehenbleiben. Hunderte? Tausende? Hunderttausende?

Pfingsten 93 konzentrieren sich die Medien auf die vernichtete türkische Familie. Proteste aus der Bevölkerung sind hilflos und dumm. Millionenschäden, die keinem nutzen.

Politiker äußern »tiefen Abscheu«, »große Betroffenheit«, beklagen die »verabscheuungswürdige Tat«.

Es muß selbstverständlich werden, daß der Staat wenigstens für die durch Deutsche angerichteten materiellen und gesundheitlichen Schäden aufkommt.

Seit Mölln und vor Mölln brannte jeden Tag irgendwo irgendwas oder irgendwer. Die Empörung nimmt ab. Täglicher Horror stumpft ab.

Was das heißt und wohin das führt, kann ich mir in einem Europa, das immer mehr nach rechts driftet, ausrechnen.

Ich habe Angst.

So paßt eins zum anderen

In Deutschland hat man viel für Jubiläen übrig. Ein bestimmter Jahrestag, der 26. September 1980, tangiert leider nur wenige. An dem Tag starben:

Gabriele Deutsch (17), München
Markus Hölzl (44), München
Gundolf Winfried Köhler (21), Donaueschingen
Paul Lux (52), Nürnberg
Ignaz Platzer (6), München
Ilona Platzer (8), München
Franz Peter Schiele (33), München
Angela Schüttrigkeit (39), München
Errol Vere-Hodge (25), Großbritannien
Ernst Vestner (30), Schweiz
Beate Werner (10), München

Diese zwölf wurden zerfetzt, als eine Bombe im Stahlblechabfallkorb am Haupteingang der Münchner Wies'n, des, laut Werbung, »größten Volksfestes der Welt« mit verheerender Wirkung explodierte. Auf der Wies'n, beim Oktoberfest. Einer von ihnen, der Student und Jungnazi Gundolf Köhler, war mit in die Luft geflogen, als er die Bombe dort deponieren wollte. Er war, wie manch anderer Jüngling, bei Wehrsport-Hoffmann in der Lehre. Durfte sogar in Uniform, Stahlhelm und Waffe, von zwei Kameraden flankiert, das Titelblatt von Hoffmanns Propaganda-Organ »Kommando« schmücken. Auch den über zweihundert Verletzten fehlten zum Teil anschließend Arme, Beine, Eingeweide, Augen, Gehör und anderes, was bis zu diesem Moment wie selbstverständlich zu ihnen gehörte. Angehörige auf der Wies'n drängelten sich um die Feuerwehrleute und versuchten, sie zu bestechen und zu bedrohen, um sie dazu zu zwingen, ihre Verwandten als erste ins Krankenhaus zu transportieren. Für die Verletzten folgten nahtlos nach dem fröhlichen Abend auf dem Rummel unendlich lange Krankenhausaufenthalte, zahllose Operationen, unbeschreibliche Schmerzen zusätzlich zum Schock, der sich heute noch auswirkt. Von Berufsunfähigkeit, Depressionen und ökonomischen Schwierigkeiten ganz zu schweigen.

Damals ging das Fest weiter. Warum auch nicht? 1972, und wie der Zufall es will, auch in München, gingen nach dem Massenmord an der israelischen Mannschaft die Olympischen Spiele ja auch weiter. Es wurde wie vorher hoch und weit und schnell gesprungen, gelaufen und was sonst noch das Leben schön macht. Vielleicht eine etwas gedämpftere Medaillenfreude. Bei beiden Anlässen wollte man eben keine Einbußen erleiden. Doch Wirtesprecher Süßmeier sagte: »Wir sind es den Opfern schuldig, daß getrauert wird. Sie waren schließlich unsere Kunden« – und ließ eine Messe lesen.

Natürlich wetteiferten Politiker und andere Offizielle in »Bestürzung und Abscheu« quer durch alle Medien, wie immer, wenn eine »verabscheuungswürdige Tat« getan. Später wurde sogar ein Mahnmal errichtet.

Nicht allen ist egal, was damals passierte. Es gab Leute, die, vom Fernsehen dazu aufgerufen, spontan Geld spendeten, um zu helfen. Es gab politische Gruppen, die sich mit dem Schnellhinweis auf einen Einzeltäter nach der nur schlampigen Suche nach Mittätern, Mitwissern, Hintermännern und baldiger Einstellung der Suche nicht abfinden wollten. Sie recherchierten unermüdlich auf eigene Faust – Opfer, Anwälte, Journalisten. Allen voran der Arzt Roderich Lämmerhirt. Sie stießen auf eine Menge Ungereimtheiten und setzten die Behörden mit Hilfe der Presse soweit unter Druck, daß man nicht drumrum konnte, sich noch mal mit dem Attentat und den Hintergründen zu befassen. Allerdings waren die Ermittler wieder dieselben – das Bayerische Landeskriminalamt, im Auftrag der Generalbundesanwaltschaft. Das heißt, die mußten ab März 1984 sich selbst überprüfen. Überprüfen, ob sie nicht Fehler begangen hatten, Zeugenaussagen und anderen Spuren nicht ernsthaft genug nachgegangen waren. Am 8. Juni 1984 stellten die Bayern fest, daß sie nichts übersehen hätten. Also mußten sich die Betroffenen weiter allein bemühen.

Auch in München fanden sich einige Menschen trauernd am Tatort ein. Am 25. und 26. September 1983 hielten etwa 25 Personen, die meisten Anhänger der verbotenen KPD, mit roter Nelke im Knopfloch und schwarzer Trauerschleife am Ärmel, Mahnwache um das Mahnmal am Haupteingang des Oktoberfestes. Dafür, daß das Trauertreffen nicht angemeldet war, wurde der Versicherungsangestellte Michael Brücher am 3. Mai 1984 vom Amtsgericht München zu 20 Tagessätzen à 40,– DM verurteilt.

Im Bahnhof Bologna, im Wartesaal der zweiten Klasse, passierte ebenso Schlimmes. Wenn man von der Zahl der Toten ausgeht, Schlimmeres. 85 Tote und über 200 Verletzte. Das war am 2. August 1980. Da lagen sie mit einem Schlag auf dem Boden, tot die einen, das Leben der anderen für immer verändert. Wie in München wurde auch dort der Massenmord von Rechtsextremisten verübt. Danach fangen allerdings die Unterschiede an: Der italienische Staat schuf sofort ein neues Gesetz: 100 Millionen Lire (ungefähr 175 000 DM) für jeden Toten und für jeden bis zu 80 Prozent Verletzten. Allen Opfern, die mit dem Leben davongekommen waren, wurde auf Lebenszeit kostenlose Behandlung in den besten Spezialkliniken und jede denkbare Unterstützung bei Beschaffung neuer Arbeitsplätze garantiert.

Ach, noch was: Der 2. August wurde in Italien ein offizieller Gedenktag mit Kundgebung. Ein Tag, an dem Zehntausende, Mitglieder verschiedener Delegationen, an den Tatort in Bologna pilgern. Auch aus der BRD fahren Antifaschisten hin, und auch einige der hiesigen Opfer, die einen Zusammenhang zwischen den beiden Massenmorden erkennen.

Was die Aufklärung anbelangte, waren die Italiener auch nicht viel weiter als wir. Ihnen war wohl klar, daß europäisch organisierte Neofaschisten, die Wahlausgänge und die politische Situation beeinflussen wollten, hinter dem Attentat steckten.

Doch sie hatten ein erhebliches Handicap. Wenn sie bei ihren Ermittlungen an den Punkt gelangten, an dem Sicherheits- und Geheimdienste ins Spiel kommen, tritt die Staatsgeheimnisbremse in Kraft. Es lagen über 100 000 notariell beglaubigte Unterschriften gegen dieses Staatsgesetz vor. Mußte alles erst durch die Instanzen gehen. Trotz PCI-Regierung in Bologna, weil die Justiz dem Staat untersteht. Die Italiener meinten, daß der deutsche Nazi Fiebelkorn an dem Massenmord beteiligt war. Dieser beeilte sich zu sagen, daß er um die Zeit gerade in Bolivien an hervorragender Stelle putschte.

Ignaz Platzer ist gerade aus Bologna zurück. Er ist eines der wenigen Opfer aus München, die noch die Kraft und den Mut hatten, weiter zu forschen. Er erzählte mir von Salvatore Freso, der auf dem Bahnhof Fetzen seiner toten Tochter und seines Enkels hatte identifizieren müssen. Nach dem Kind wurde in Bologna eine Schule benannt.

Ignaz Platzer leidet mit Salvatore Freso, bevor er auf seine eigenen Erlebnisse zu sprechen kommt.

»Ich hatte ja die beiden Kleinen an der Hand, meine Frau kam mit den drei Größeren hinterher. Es war ein so schöner Abend gewesen, auch wenn alles sehr teuer war. Eigentlich wollten wir erst am Samstag hin, aber dann wurde für den Tag ein Spiel in meiner Altherrenmannschaft des Fußballvereins Hasenbergl angesetzt.«

So wird's den meisten gegangen sein. Nur ein Zufall ließ sie ausgerechnet in der Minute an dem Platz sein. Ignaz Platzer wurde über die Straße geschleudert. Als er wieder zu sich kam, über den Platz torkelte und seine Familie suchte, fand er seine kleine Ilona, mit aufgerissenem Bauch und aufgerissener Brust, im Sterben. Der 6jährige Ignaz, dem man keine Verletzung ansah, starb auch gleich darauf. Seine Frau und die drei größeren Kinder kamen schwerverletzt ins Krankenhaus. Für die Platzers, Altwarenhändler und Sozialhilfeempfänger, waren die unerschwinglichen 3000,– Mark Beerdigungskosten ein zusätzlicher Schreck mitten in der Trauer.

Es wurde viel Geld gesammelt, an die zwei Millionen Mark, vor allem übers Fernsehen. Doch dies Geld wurde erst mal bürokratisch zurückgehalten, bis viele der Verletzten in ihrem Elend nicht mehr ein noch aus wußten.

Die Platzers ertrugen es nicht, in der alten Wohnung, mit der Schule direkt vorm Haus, zu bleiben. Alles erinnerte dort an die Kinder. Die Stadt München wies der vielköpfigen Familie eine Einzimmerwohnung mit Kochnische zu. Unzumutbar für Schwerverletzte. Danach nichts mehr. Also wohnen sie zu fünft in einem Campingwagen. Der Sohn Robert mit künstlichen Sprunggelenken, Sohn Willi, schwer versehrt an Lunge, Hals und Geschlechtsteilen, Frau Platzer mit zerfetztem Magen, entfernter Milz, verunstalteter Brust, Splitter in den Füßen, unaufhörlichen Schmerzen und Vater Platzer mit kaputtem Trommelfell. Frau Platzer ist um Jahre gealtert, ihre schwarzen Haare grau und ihre Kraft auf dem Nullpunkt.

Ignaz Platzer: »Wir alle sind nach dem Anschlag so aggressiv geworden. Früher waren wir alle lustig und fidel.«

Ich will wissen, wie hier entschädigt wurde, obwohl klar ist, daß es Dinge gibt, für die man nicht entschädigt werden kann. Also, insgesamt im Laufe der Jahre 105 000 DM. Hört sich an, als wär's was, aber es ist wirklich so gut wie nichts. Für zwei Tote und vier Schwerverletzte. Frau Platzer ist von 100 Prozent Invalidität auf 30 Prozent heruntergestuft worden. Das bedeutet 152,–

Mark Rente. Willi auch, für seine 30 Prozent gibt's 145,– Mark. Vater 30 Prozent, auch 152,–, und Robert, das ist der Junge mit dem kaputten Sprunggelenk, rutschte plötzlich von 100 Prozent auf Null. Kein Wunder, wenn bei dem Geldmangel, der Enge, den Schmerzen und Erinnerungen, die Familie ihre Heiterkeit verloren hat.

Renate Martinez, eine politisch bewußte, starke Frau, die, nach fünf Monaten im Krankenhaus und immer noch voll Splitter, auch auf einer Wiederaufnahme der Ermittlungen bestanden hat, sagt: »Hier ist ein ganz anderes Bewußtsein als in Bologna. Eben ein qualitativer Unterschied zwischen den beiden Stadtverwaltungen. In Bayern wird das ganze bewußt runtergespielt. Dazu kommt, daß wir Verletzten auf so viele Krankenhäuser verstreut lagen und daß viele Ausländer und Touristen darunter waren. Wir hatten zu wenig Kontakt zueinander, um uns gemeinsam durchsetzen zu können. Angst und Kraftlosigkeit spielen wohl auch eine Rolle.«

Wie kommt man auf die Idee, daß der Sprengstoff-Enthusiast Gundolf Köhler nicht ein Nazi im Alleingang war? Wieso traut man den Ermittlungsbehörden nicht? Wieso nennt man München und Bologna in einem Atemzug? Weil schon lange klar ist, daß Nationalsozialisten sich um Internationalität bemühen. Mit Erfolg.

Im August 1984 gestand ein 19jähriger Junge in Frankreich, der sich mit Nazi-Requisiten umgab, daß er eine 75jährige Jüdin umbrachte – eine Kämpferin der Resistance –, »weil sie eine Jüdin war«. Und weil die Behörden automatisch jede Terrortat Linken in die Schuhe schieben. Weil sie nach rechten Tätern nie in landesüblicher Weise fahnden. Keine Plakate, keine Porträts, nichts auf Flughäfen, Bahnhöfen, in Gerichten, Polizeistationen, im Fernsehen oder sonstwo. XY-Zimmermann ruht sich immer gut aus, wenn er nach rechts aktiv werden müßte. Oder ist das gar nicht so weit rechts von ihm aus gesehen? Auch Wehrsport-Hoffmann wäre jetzt nicht im Knast, hätten ihn nicht seine eigenen Jungs verpfiffen.

Wie eilig die Behörden es hatten, Köhler abzutun als skurrilen Spinner, verrückten Fanatiker, irregeleiteten Bombenbastler, Kriminellen! So oder so immer nur als einen Mann im Alleingang.

Wieso sollen sich rechte Jünglinge fragwürdig vorkommen, wenn die Hitlerwellen-Schwemme sie so treu begleitet? Buchproduktionen und Schallplatten mit Reden der Nazi-Prominenz. Autobiographien hehrer Gestalten. Serien in Millionenauflage auf Hochglanzpapier. Und die Absahner kassieren immer unter dem Deckmantel, hier ginge es um Historisches. Die albernen Hitlertagebücher, selbst wenn sie echt gewesen wären, hätten doch eigentlich weder Verleger noch Leser finden dürfen. Oder die Hitler-Dokumentarfilme in Technicolor, die deutlich machen, daß der Mann es verdiente, ein Superstar zu sein.

Parallel dazu bemühen sich Jungnazis um Interviews. Nicht vergebens. Klar, daß sie in die Medien wollen. Allen voran Michael Kühnen, der Führer der ANS / NA, Aktionsfront Nationaler Sozialisten / Nationale Aktivisten, Januar 1983 neu belebt. Die Mitglieder dafür rekrutierte Kühnen, der gerade wegen Bank- und Raubüberfällen vier Jahre gesessen hatte, u. a. aus der 1980 verbotenen Volkssozialistischen Bewegung Deutschlands, VSBD. Wohl auch die nicht unerfahren in Bankeinbrüchen und Morden.

Ich war mit Kühnen beim Chinesen essen. Da sagte er auch, daß man eine Gruppe, wenn sie verboten wird, eben umbenennt. Logisch. Kühnen scheint die Sympathien auf seiner Seite zu haben. So wollte er zum 60. Jahrestag von Hitlers »Marsch auf die Feldherrnhalle« eben dort einen provokatorischen Aufmarsch inszenieren. Vier Tage zuvor versammelten sich 85 Neonazis in Uniform, mit Gaspistolen, Schlagstöcken etc. bewaffnet, zur »Vorfeier« in einer Münchner Gaststätte. Die Polizei griff zwar ein und führte 35 der Beteiligten ab, darunter Kühnen, doch nur, um sie nach der Personalienfeststellung alsbald wieder auf freien Fuß zu setzen. Davon, daß Kühnen unter Führungsaufsicht durch die Justizbehörde Hamburg stand, die mit der Auflage verbunden war, nicht mit Personen und Mitgliedern rechtsradikaler Organisationen zu verkehren, wußte man in der Münchner Staatsanwaltschaft nichts. Und das, obwohl diese Information seit Monaten durch die gesamte Presse der BRD gegangen war.

Die erneute Festnahme Kühnens war denn auch eine Spitzenleistung der Kriminalistik. Kühnen kam nämlich, sicher wie er sich in Bayern fühlte, höchstpersönlich wieder zum Polizeirevier, um sich seine Waffen abzuholen. Aufgrund des inzwischen erfolgten Drucks von antifaschistischer Seite und da mittlerweile ein Haftbefehl aus Braunschweig eingetroffen war, konnte man diesmal nicht umhin, ihn doch noch zu verhaften. Ende 1983 wurde er daraufhin von einem Braunschweiger Gericht wegen Falschaussage zu acht Monaten verurteilt. Auf Bewährung, wegen einer günstig ausgefallenen Zukunftsprognose . . .

Am 7. 12. 83 wurden die ANS / NA und ihre Abspaltung AAR = Aktion Ausländerrückführung verboten. Nicht tragisch für Innenminister Zimmermann. Denn in Ausländerrückführung ist er selbst Fachmann genug. Dem Verbot folgten in neun Bundesländern Hausdurchsuchungen und Waffenfunde, doch keine Verhaftung. Statt dessen eine Reihe Nachfolgeorganisationen und unter anderem zwei Brandanschläge auf das Büro der GAL in Hamburg im März 1984. Außerdem kandidierten die ANS-ler zur bayerischen Kommunalwahl in Würzburg als unabhängiger Wählerkreis Würzburg, UWK. Auch Arbeitskreis für Wiedervereinigung und Volksgesundheit genannt.

Kühnen lebte inzwischen, von keiner Behörde daran gehindert, bei Paris. Er sagte mir, daß man ihn nie bewaffnet vorfinden würde. So klug wäre er. Doch sein Intimus Lothar Wrobel, Inhaber des Treffs Can Can in

Hamburg-St. Georg, zeigte mir stolz seine Knarre, die er unter der Jacke trägt. »Ganz legal, ich bin Wachmann.« Da wurde mir doch mulmig. Wer weiß, wie viele dieser Männer nebenberuflich Wachleute sind und ganz legal bewaffnet. Von den Illegalen ganz zu schweigen.

Daß das harmlose Spinner sein sollen, damit kann ich mich nicht trösten. Spinner vielleicht, harmlos nicht.

Nehmen wir doch mal den Karl Heinz Hoffmann. Sieht aus wie einem Abenteuerfilm entsprungen. Phantasievoll uniformiert. Hat einen Schnurrbart, um den ihn Groucho Marx beneiden würde. Der bunte Mann ist Grafiker. Ach so – Bohemien?! Das heißt, wann er zuletzt gezeichnet hat, ist nicht bekannt. Eher ist er eins der vielen Beispiel dafür, daß Alfred Dregger, als er am 13. August 1980 sagte: »Die politische Bedeutung des Rechtsextremismus ist seit 1969 ständig rückläufig«, sich reichlich irrte.

Na ja, warum sollte gerade Dregger klüger sein als Franz Josef Strauß: »Hier wird mit propagandistischen Mitteln eine Hysterie gegen einen angeblichen Rechtsradikalismus betrieben, der jedoch in Umfang und an Heftigkeit mit dem Linksradikalismus überhaupt nicht zu vergleichen ist.« Oder klüger als CDU-MdB Gerhard Reddemann: »Eine wirkliche Gefahr von rechts besteht gegenwärtig nicht.« Oder klüger als Dr. Alfred Seidl, CSU: »Für besondere Maßnahmen zum Schutz Andersdenkender vor Übergriffen der Wehrsportgruppe Hoffmann sieht das Staatsministerium des Innern keinen Anlaß.«

Oder klüger als es der damalige CDU-Generalsekretär Heiner Geißler war, als er in seiner unermeßlichen Weisheit sagte: »Es geht um das Problem des Linksradikalismus, des Kommunismus, des Eurokommunismus und bestimmter Formen des Sozialismus. Dies sind die eigentlichen Formen der Gefährdung unserer Demokratie, nicht die wenigen versprengten und politisch nicht ernst zu nehmenden Rechtsradikalen.«

Aber zurück zu Hoffmann. Wie Hoffmann schon sagte: »Die jetzt auf eure Dummheit bauen, die könnt ihr später in die Pfanne hauen.« Er plante ein zentral gelenktes Staatswesen, mit einer aus dem Selektionsverfahren hervorgehenden Regierungstruppe für schnelle Entscheidungen. Als gemeinnützig getarnte Organisationen wie Gewerkschaften und Kirchen entmachten. »Wir glauben, dieses Ziel auch ohne die Massen erreichen zu können.«

Der 1953 aus der DDR geflohene Hoffmann hat eine Art Karriere gemacht. 1956 – Verwarnung des damals 19 Jahre alten Hoffmann durch die Ordnungsbehörden wegen unerlaubten Waffenbesitzes. 1963 – in der Türkei wegen Waffenschmuggels festgenommen. 1968 hatte er als Organisator eines neonazistischen »Faschingsballs« in Nürnberg, dessen Besucher SS-Uniformen und Hakenkreuze trugen, ein paar Scherereien.

Aber kein Ordnungshüter ließ von sich hören, als Hoffmann 1973 mit dem Aufbau einer paramilitärischen Truppe im Raum Nürnberg begann, die ab 1974 als Wehrsportgruppe Hoffmann öffentlich auftrat. Regelmäßig führte Hoffmann mit uniformierten Jugendlichen Wehrübungen durch. In einem politischen Manifest forderte er »die Gründung eines autoritären Führerstaates«. 1980 war die Gruppe auf etwa 400 bis 600 Mitglieder angewachsen, davon 70 Aktivisten. Seit 1979 gab Hoffmann die Zeitschrift »Kommando« heraus. Daneben liefen Kontakte zu in- und ausländischen rechtsextremen Gruppen. 1980 wurde die Wehrsportgruppe vom damaligen Innenminister Baum verboten. Erst ein Jahr später vom Bundesverwaltungsgericht bestätigt. Einige ehemalige Wehrsport-Aktivisten machten dann im Libanon militärische Ausbildungskurse.

1981 wurde Hoffmann endlich, nachdem er jahrelang unter den Augen des bayerischen Verfassungsschutzes das Töten üben durfte, festgenommen. Allerdings nur für eineinhalb Jahre.

Die meisten seiner Jünger waren ihm hörig. Sein

Vize-Unterführer Arndt-Heinz Marx auf die Frage »Würden Sie auf Befehl töten?« »Ja. Denn der Chef weiß ganz genau, was er tut. Er ist durch die Vorsehung geschickt. Wenn er mir einen solchen schweren Befehl gibt, werde ich nicht darüber nachdenken, sondern handeln.«

Was ist so merkwürdig an dieser Antwort? So verhalten sich Soldaten in allen Ländern der Erde ihren Vorgesetzten gegenüber. Hoffmann wollte ja auch nichts Böses. Nur unserem totalen Chaos die totale Ordnung entgegensetzen. Ein Damm gegen die rote Flut sein. Er wollte in einer Krisensituation, bei Streiks z. B., zur Stelle sein: »In einer bürgerkriegsähnlichen Situation sind wir die richtigen Leute. Wir haben keine Hemmungen, gegen Kommunisten vorzugehen. Wir üben für den Tag X, an dem die Polizei nicht mehr alleine mit den Linken fertig wird.«

Vielleicht freute er sich im Knast, in dem er auf seinen Prozeß wartete, darüber, daß inzwischen auch Skinheads in seinem Sinne in Fußballstadien und neuerdings auch auf unseren Straßen üben. Er selbst ist ja leicht gebremst. Und das, nur weil da so ein Jude, Rabbiner und Verleger noch dazu, Shlomo Levin, 69, und seine 57jährige Lebensgefährtin Frieda Poeschke am 19. Dezember 1980 in ihrem Bungalow in Erlangen durch je vier gezielte Pistolenschüsse getötet wurden. Das wäre ja alles gar nicht so schlimm, auch wenn Hoffmanns Braut, Franziska Birkmann, ihre Sonnenbrille neben den Leichen liegen gelassen haben soll. Das hätte die beiden sicher nie ins Gefängnis gebracht. Nein, man stelle sich vor, einer aus den eigenen Reihen hat die beiden verpfiffen. Mit Uwe Behrend, dem eigentlichen Schützen, soll Hoffmann den gelungenen Mord im Libanon gefeiert haben. Behrend selbst wird nichts dazu sagen. Er soll im Libanon Selbstmord begangen haben.

Der Leiter der Staatsanwaltschaft beim Landgericht Nürnberg/Fürth, Rudolf Brunner, hatte bereits 1981 zu den Vorwürfen gegen Hoffmann erklärt, man könne einen Mord auch begehen, ohne selbst zu schießen.

So neu ist das nicht. Das hat Hoffmann gemeinsam mit der Internationale der Waffenhändler.

Obwohl schon 1981 von Seiten der Nürnberger Ermittlungsbehörden Haftbefehl in dieser Sache gegen Hoffman erging, wurde erst 1983 Anklage erhoben.

Weitere Anklagepunkte waren: Verbrechen der Geldfälschung, der Freiheitsberaubung, Vergehen der Bedrohung, der Strafvereitelung, Nötigung, der gefährlichen Körperverletzung, der Anwerbung für fremden Wehrdienst in 14 Fällen sowie Verstöße gegen das Waffen-, Sprengstoff- und Kriegswaffengesetz. Soweit den Beschuldigten gewalttätige Handlungen zur Last gelegt werden, sollen diese überwiegend im Libanon gegen Angehörige der früheren »Wehrsportgruppe« verübt worden sein. Das gilt auch für das Anwerben für fremden Wehrdienst. Hoffmann und Mitglieder seiner Wehrsportgruppe hatten in verschiedenen PLO-Lagern im Libanon »gedient«. Hoffmann soll 1980 Falschgeld im Wert von 9800 Dollar in die Bundesrepublik geschmuggelt haben. Wegen seiner Auslandsaktivitäten hatte der Bundesgerichtshof 1981 gegen ihn Haftbefehl erlassen.

Der Prozeß, der am 12. September 1984 vor der großen Strafkammer des Landgerichts Fürth gegen den Gründer der rechtsextremistischen, schwerbewaffneten, paramilitärischen Terrororganisation und dessen Lebensgefährtin Franziska Birkmann begann, wurde mit Spannung erwartet. Er fand statt im Schwurgerichtssaal 600. Da, wo die Kriegsverbrecherprozesse stattgefunden haben. Es fragt sich nur, warum nicht auch wegen § 129a, Bildung einer terroristischen Vereinigung, Anklage erhoben wurde. Aber deswegen war ja auch die SS nie dran.

Noch ein bißchen mehr zum Weg: Mai 1974. Der bayerische Innenminister Dr. Merk sieht keine Möglichkeit eines Verbots der Wehrsportgruppe. Ein Verein müsse sich erst gegen die verfassungsmäßige Ordnung oder gegen den Gedanken der Völkerverständigung richten.

August 1974. Polizeiliche Beschlagnahmeaktion auf

Hoffmann-Sitz Schloß Almoshof. Es werden Waffen, Hakenkreuzaufdrucke, NS-Orden und Totenkopfembleme konfisziert. Nur vorübergehende Festnahme von 13 Wehrsportleuten.

Juli 1975. Freispruch Hoffmanns vom Vorwurf des Verstoßes gegen das Versammlungsgesetz. Begründung: Das Uniformtragen der Gruppe als »Ausdruck einer gemeinsamen Gesinnung« (und nur dies sei strafbar), sei nicht nachzuweisen. Berufung: 8000 Mark Geldstrafe. Erst März 1977 rechtskräftig.

Im Mai 1977 wird Hoffmanns Wehrsportgruppe durch das bayerische Staatsministerium des Innern Harmlosigkeit bestätigt. Die Mitglieder der Truppen erhalten sogar Waffenscheine.

Im Februar 1977 schlägt die »Tat« per Extrablatt Alarm: Wovon SA und SS vor Hitlers Machtergreifung noch nicht einmal träumen konnten – schweres Gerät im Werte von Hunderttausenden von Mark –, steht der paramilitärischen Kampftruppe Wehrsportgruppe Hoffmann zur Verfügung.

Im Oktober 1977 gibt es einen Freispruch für acht Mitglieder der Wehrsportgruppe und des Hochschulrings Tübinger und Reutlinger Studenten wegen des Überfalls auf Tübinger Antifaschisten am 4. 12. 1974. In erster Instanz. Hoffmann erhielt zehn Monate mit Bewährung.

Ab Mai 1977 kommt es in den Länderparlamenten und später auch im Bundestag zu Anfragen besorgter Abgeordneter.

Dezember 1977: Von der bayerischen CSU-Regierung fordert die Abgeordnete Ursula Pausch-Gruber das Verbot der Wehrsportgruppe, wenn sie nicht in den Verdacht geraten wolle, daß ihre »ausgefransten Ränder mit Billigung der Gesamtpartei ... Schützenhilfe geben«. Antwort des bayerischen Innenministeriums: zuständig sei das Innenministerium in Bonn. Februar 1978: Das Bundesinnenministerium erklärt auf Anfrage, die Zuständigkeitsfrage werde weiter beraten.

Februar 1979: Die bayerische CSU-Regierung wird vom stellvertretenden Fraktionsvorsitzenden der SPD, Heinz Hiersemann, auf die »zynische Verhöhnung des Rechtsstaats« durch die WSG-Zeitung »Kommando» hingewiesen und ein Verbot der Geländeübungen Hoffmanns verlangt. Antwort: Davon sei nichts bekannt.

März 1979: Das Präsidium der VVN-Bund der Antifaschisten erstattet beim Generalbundesanwalt Anzeige gegen die Wehrsportgruppe Hoffmann. Wegen Vorbereitung eines Angriffskrieges (§ 80), Aufstachelung zum Angriffskrieg (§ 80a), Hochverrat gegen den Bund (§ 81), Vorbereitung eines hochverräterischen Unternehmens (§ 83), Bildung einer terroristischen Vereinigung (§129a StGB). Der Generalbundesanwalt teilt mit: Er werde »von der Einleitung eines Ermittlungsverfahrens absehen«.

Noch einiges von dem, was Jungnazis mit Altnazis im Rücken uns bescheren: Erhebliche Waffenfunde immer wieder. Sprich Pistolen, Maschinenpistolen, Handgranaten, jede Menge Munition, Sprengstoff, tonnenweise Schwarz- und Treibladungspulver, Sprengköpfe für Panzerfäuste, Bomben, Minen, Flakmunition, Raketen. Und sie üben.

26. September 1980: Sprengstoffanschlag München, 13 Tote, 219 zum Teil lebensgefährlich Verletzte.

27. September 1980: Brandanschlag auf linke Kommune. Für den Täter nur 18 Monate Haft.

November 1980: Gerhard Frey, Herausgeber der deutschen Nationalzeitung, ruft die Initiative für Ausländerbegrenzung, IfA, ins Leben. Erheblicher Zulauf.

Dezember 1980: Der Rechtsextremist Frank Schubert tötet zwei Schweizer Zollbeamte und einen Grenzwachpolizisten, verletzt zwei weitere Beamte schwer, bevor er sich selbst das Leben nimmt.

Dezember 1980: Doppelmord am Verleger Shlomo Levin und dessen Lebensgefährtin Frieda Poeschke.

Mai 1981: Fememord an dem homosexuellen Jungnazi Johannes Bügner, den man aus Wrobels Can Can nach

Schleswig-Holstein verschleppte. Dafür wurden die ANS-Mitglieder Enk und Frühauf verurteilt.

Juni 1982: Der Neonazi Helmut Oxner wird freigesprochen von seinen Aktivitäten. Seine Waffe wird ihm zurückgegeben. Nur zwei Tage später bringt er mit dieser Waffe drei Ausländer um. Dabei rief er: »Es lebe der Nationalsozialismus!« und »Ich schieße nur auf Türken!« Diese drei Menschen waren noch nicht beerdigt, als die Ermittlungen der Sonderkommission des bayerischen Landeskriminalamtes abgeschlossen und diese aufgelöst wurde. Begründung: Es gilt als gesichert, daß Helmut Oxner, der zur rechtsextremen Szene gehört, weder Mittäter noch Mitwisser hatte.

Juni bis August 1982: Vier Sprengstoffanschläge auf Asylantenheime und -lager mit vier Verletzten und zwei Toten.

1992 kommt unser Björn Engholm auf die verblüffende Idee, den Anfängen zu wehren.

Ganz nebenbei – seit 1945 haben VVN und andere Antifaschisten alles getan, um die Nazimörder innerhalb Justiz, Wirtschaft und Medizin vor Gericht zu bringen. Natürlich ohne Erfolg, denn wer waren die Richter? Oft Mörder. Bevor diese Richter zu alt waren, durften sie sich weiter an der Kommunistenhatz beteiligen. Ich selbst hab seit 1970 immer wieder die Informationen, die ich von der VVN hatte, für *Konkret* festgehalten. Zuletzt 1977 in der Kolumne »Von Richtern und anderen Sympathisanten«. 1981 entstand unser Film gleichen Namens. Alles nicht neu. Woher auch. Doch erst 1984 wollte man Verfahren gegen die richtenden Mörder, die inzwischen, nach langen, fruchtbaren Jahren im Amt, alt und haftunfähig waren, einleiten.

Wenn 1984 eine Frau wie Susanne Eichhorn vor Gericht stand, weil sie im Sommer 1981 in heller Empörung ein Transparent mit der Aufschrift »Strauß deckt Faschisten« getragen hatte, wußte sie schon, warum. Sie wollte Strauß nicht persönlich schmähen oder beleidigen. Sie hatte nur vor allem in Bayern jahrelang Gelegenheit dazu, das Treiben der Alt- und Neunazis zu beobachten. Ebenso deren jahrelange Verharmlosung, Duldung und Unterstützung durch Polizei, Behörden, Justiz, bayerische Regierung, durch CSU-Mitglieder und allen voran Strauß selbst. Ihn als Ministerpräsident machte sie verantwortlich für das, was ihm untersteht.

Auch die Brecht-Tochter Hanne Hiob kann ein Lied davon singen. Sie und ihre Freunde, die nach dem Oktoberfestattentat 1980 ihren anachronistischen Theaterzug aus Protest gegen Faschismus und Neonazismus durch die Republik führten, wurden während der Zeit länger festgehalten und behindert, als die Nazis um Hoffmann, die man an der österreichischen Grenze schnappte, als sie das Land verlassen wollten.

Für den anachronistischen Zug waren Bußen in schwindelerregender Höhe zu zahlen. Unter anderem wegen Tragens verbotener NS-Embleme, Hakenkreuze. Diese trugen die Schauspieler, als sie den Wehrsportgruppenführer Hoffmann darstellten.

Es passiert schrecklich viel. Bei all dem Furchtbaren fällt mir ein: 1983 brachten Polizisten in der BRD 24 Personen mit der Dienstwaffe um. Obwohl die Todesstrafe noch nicht wieder eingeführt ist. 1982 waren es nur 11. Wenn man hochrechnet: Wie viele Tote sind das 1990?

P. S. Roderich Lämmerhirt, der Münchner Arzt einer Unfallstation, aktiver Gewerkschafter, der alles getan hat, um die Schuldigen am Oktober-Wiesen-Mord zu finden, bei dem alle Fäden zusammenliefen, den alle liebten, der auch mir bei meinen Recherchen half, lebt seit dem 9. August 1984 nicht mehr. Er machte mit seiner Frau und Mitstreiterin nach dem Treffen in Bologna einen kleinen Fahrrad-Urlaub. Ein Auto fuhr in die kleine Gruppe und tötete Roderich und seinen 5jährigen Sohn Simon.

Ein Länderspiel

Wenn ich Mitglied oder Sympathisantin einer der kleinen Nazigruppen oder Parteien wäre, würde ich mir vor Vergnügen Hände und Füße reiben. Hat doch allein deren Androhung von Übergriffen und Gewalttaten genügt, um nicht nur eine Millionenstadt, sondern ein ganzes Land und Umgebung auf die Beine zu bringen. Sind Ängste und Erinnerungen wachgeworden, entstand Panik bei Bürger und Presse.

So wie es ist, reibe ich mir auch als Peggy Parnass die Hände. Endlich wurde ein Anlaß als erheblich genug empfunden, sich mit den Ausländern – in diesem Fall Türken – zu solidarisieren.

Schlimm genug, daß es so viele Jahre gedauert hat. Die miserable Behandlung von Gastarbeitern, die schofligen Unterkünfte, die Mißachtung, haben wir die ganzen Jahre hingenommen.

In Berlin reagiert man sicher schneller als anderswo. Aber diesmal zog es Kreise. Nicht nur Deutsche schlossen sich zusammen, um den bedrohten Türken zu helfen. Sondern auch Studenten und Gastarbeiter aus Griechenland, Portugal, Spanien, Italien und anderswo. Sie waren alle bereit anzureisen, um den Nazis Paroli zu bieten.

Bei den Deutschen gab es hinter den Kulissen zwar Gezeter und das übliche Gerangel um Vorrangstellung und Kompetenzen, als es um Kundgebungen, Pressekonferenzen und so weiter ging. Aber im Endeffekt sind sich alle, auch die Autonomen und türkischen Organisationen, einig, sich durch nichts und niemanden provozieren zu lassen. Diesmal keine Abgrenzungen.

Ich hasse Schlägereien, aber es beruhigt mich in sonderbarer Weise, von Ausländern zu hören: »Wenn die schlagen, das können wir auch. Wenn die schnell sind, wir sind schneller. Wir sind wie Delphine. Denen sieht man ihre Kraft auch nicht an.«

24. Oktober 1983. Zwei Tage vor dem Fußballspiel. Immer noch verzweifelte Versuche, Pressekarten zu bekommen. Längst, längst vergriffen. Die Veranstalter bleiben hart, obwohl sie wissen, daß das Stadion mindestens halb leer bleiben wird. Bei so großer, durch die Medien geschürter Angst kein Wunder, daß die meisten sich lieber an ihr Fernsehgerät halten wollen.

25. Oktober. Kundgebung. Oranienplatz. Ein türkischer Sprecher und aus irgendeinem Grund, von der AL rangekarrt, ich. Nur wir beide. Denn ein zweiter Türke erhielt von seiner Gewerkschaft Redeverbot. Als ich die über 3000 Leute sehe, Türken und Deutsche, fällt mir nur ein, die Türken für alles, was wir ihnen angetan haben, um Verzeihung zu bitten. Und zu sagen: »Habt keine Angst. Wir sind viele und werden immer mehr und mehr und mehr, die zusammenhalten. Die anderen haben sicher viel größere Angst vor uns, als wir vor ihnen haben können. Autonome und türkische Organisationen sind sich einig, sich durch nichts und niemanden provozieren zu lassen. Wer dennoch als Provokateur auftritt, wird als solcher behandelt, kann nur eingeschleust sein. Ist keiner von uns.«

Und an die Grauen Wölfe (welche sind das?): »Was euch jetzt hier bedroht und was ihr bekämpft, ist genau das, was ihr euch zu Hause wünscht. Tut euch mit uns zusammen und bekämpft den Faschismus, wo immer ihr ihn seht.«

Ich vergaß zu sagen, daß wir immer häufiger Freunde zur Ausländerbehörde begleiten, um Druck zu machen, wenn Ausweisung droht.

Die Hauptdarstellerin des türkischen Films »Die Herde« singt. Wunderbare Stimme. »Wer hat Kemal Altun getötet?« Strophe für Strophe den Verantwortlichen suchend. Nachfragend die ganzen Instanzen hoch, bis zu Zimmermann. Jeder sagt: »Ich bin unschuldig.«

Kemal Altun war türkischer Regimekritiker. Die Militärregierung unterstellte ihm 1982 eine Beteiligung an der Ermordung des rechtsradikalen Ministers Gün Sazak. Kemal Altun floh nach Deutschland. Sein Asylantrag wurde abgelehnt. Während der Urteilsverkündigung in Berlin am 30. August 1983 sprang er aus dem fünften Stock des Gerichtsgebäudes in den Tod. Hamburg hat seit langem einen Kemal Altun Platz.

Hirosh Dabui, 13, Sohn der bekannten iranischen Filmemacherin Mehrangis, die schon sehr lange in Berlin lebt, nahm an der Schüler-Friedensdemo teil. Sein erregter Musiklehrer knöpfte ihn sich vor: »Du bist Gast hier. Brauchst dich nicht einzumischen. Es geht dich gar nichts an.«

Am selben Abend ist meine Lesung im Theaterzelt der Priessentaler. Am Mariannenplatz – auch in Kreuzberg. Nervöse Spannung. Überlegung, ob man die Kinder des Theaters woanders, sicherer unterbringen sollte.

Unglaublich aufgeheizte Atmosphäre. Geschichten von Massenschlägereien mit der Polizei werden warnend erzählt.

26. Oktober. Hochspannung, Herzklopfen, Hektik. Tag des Fußballs. Tag der Konfrontation. Sehe im Hotel Kempinski die türkische Elf. Die sind fast so klein wie ich. Stelle mir vor, wie sie durch die germanischen Beine hindurchflitzen. Statt Kopfnüsse, na ja, verteilen.

Pressebus, weil ich mir den Fuß verstaucht habe. Hätte sonst den Freundschaftsspaziergang durch die Stadt ins Stadion mitgemacht. Fahre statt dessen an den vielen, vielen Türken und Deutschen, die gemeinsam gehen, vorbei. Sitze neben türkischem Kollegen. »Ich schreibe für eine sozialistische Zeitung. Wie ›Spandauer Volksblatt‹. Die meistgelesene Zeitung in der Türkei. ›Hurriyet‹.« »Eine sozialistische Zeitung? Hast Du da keine Schwierigkeiten, keine Zensur?« Heftig: »Nein. Gar keine Zensur. Früher ja. Doch seit der Militärregierung ist alles besser.«

Ach du Scheiße. Da geht mir auf, daß auch all die

Funktionäre um mich herum nicht gerade Linke sein können.

Pressebox. Ganz für mich. Keimfrei und ungefährlich. Schon haue ich ab, hin zu den Fans. Brauche nur dem »Deutschland!!!« und dem in unseren alten »Ho-Ho-Ho-Chi-Min«-Rhythmen geklatschten »Raus-raus-Ausländer-raus«-Schreien nachzugehen.

Das sollen also die Nazis sein! Sicher, Skinheads lassen die Muskeln spielen, den Profi-Fans möchte ich nicht in die Hände geraten, aber die meisten, die da sitzen, »Tötet Türken«, »Juuude«, »Rotfront verrecke« im Chor schreien, sind ja verlotterte Kleinkinder. Ganz trauriges Material für Michael Kühnen und Kameraden. Kühnen, der sich jetzt was einfallen lassen muß, um seine verprellten, faschistischen Freunde, die Grauen Wölfe, die sich in ihrem Nationalstolz gekränkt fühlen, für die gedeihliche Zusammenarbeit zurückzugewinnen.

Als Auftakt sollte eine türkische Tanzgruppe den grünen Rasen schmücken. Wurde abgeblasen. Angeblich, weil das Stadion für so eine Darbietung zu groß ist. Statt dessen albernes Aerobic-Verrenke. Peinlich, peinlich.

Türken verteilen Blumen an deutsche und türkische Fußballer. Ich sage: »Heute wünsche ich mir, daß durch irgendein Wunder die Türken gewinnen. Normalerweise ist's mir egal.« Ein lächelnder Türke: »Ich wünsche mir nur ein spannendes Spiel.«

Rummenigge wird von begeisterten Türken auf den Schultern getragen. Der ganze Türkenblock, auf der anderen Seite des Stadions, jubelt ihm zu. Wohl weil er unmißverständlich Stellung bezogen hat gegen seine rabiaten Fans. Auch die Türken haben Fahnen. Alles nicht mehr in den Griff zu kriegen, wenn man an ihr faschistisches Regime denkt.

Wieder »Rotfront verrecke!«. Unheimlich bedrohlich die Schreie. So sehr *gemeinsam*. Mir wird übel. Was passiert nachher? »Deutschland! Deutschland! Deutschland!« Von allen Seiten. Ein heiseres »Setz dich hin, du

Flossenwichser« und »Nieder mit dem Türkenpack, zwo, drei, vier.«

Entsetzte Chinesengesichter im Nachbarblock. Die Türken spielen flink und begeisternd in der ersten Halbzeit. Dann ist ein erstes Tor zu beklagen. Ein Tor, das in der zweiten Halbzeit noch vier weitere nach sich zieht. Inzwischen wird immer wieder einer der Rabauken von der Polizei rausgeholt und weggebracht. Zum erstenmal freue ich mich, daß Polizei in der Nähe ist. Kann nicht fassen, daß sie mal nicht gegen uns Linke vorgehen. Erklärte doch Polizeipräsident Klaus Hübner gerade noch, daß autonome Gruppen anreisen und in mobilen Einsatzkommandos Auseinandersetzungen mit rechtsextremistischen Gruppen und Skinheads suchen würden. Welches er mit Hilfe seiner Polizei mit allen gebotenen Mitteln unterbinden werde. Doch die Kinderverderber, Männer wie Zimmermann und Berlins Innensenator Lummer mit ihrer Ausländerpolitik, verdienen den Polizei-Knüppel auf den Kopf. Nicht diese Gören, die *Sieg-Heil*-schreiend die Hände in die Luft recken, ohne was anderes als Protest damit zu verbinden.

Kunzelmanns (Apo, AL) fabelhafter Vorschlag, jedem festgenommenen Rechten Nachhilfe- und Aufklärungsunterricht in der Zelle zu erteilen, damit er nicht so dumm rauskommt, wie er reingeht, wurde als Gehirnwäsche abgelehnt.

Kann mich nicht aufs Spiel konzentrieren. Was passiert nachher? Vorher waren noch viele der Fans in ihrer Stammkneipe »Holst am Zoo«. Die gehört dem Präsidenten von Hertha BSC. Auf mein »die sind doch überall in der Stadt«, beruhigt mich ein Polizist, »wir auch. Nur gut, daß die Türken im Fußball keine Chance haben, sonst wäre die Hölle los«. Ich dachte immer, daß Gewinne Nationen in absurder Weise aufwerten.

Das war's.

Pressekonferenz. Der türkische Trainer spricht von psychologischen Schwierigkeiten nach dem ersten Tor. Lobt das faire Spiel und die Qualität der deutschen Fußballer über den grünen Klee. Daraufhin lobe ich ihn für sein Verhalten und seine vornehme Art, einen Verlust hinzunehmen. Sage, daß ich von anderen Pressekonferenzen her weiß, daß sonst nur vergrätzt und vergrämt nach einem Schuldigen gesucht wird. Meine Kollegen äußern Unmut. »Wo nehmen *Sie* denn Ihre Erfahrung her?«

Dann kommt Derwall, der noch von Kohl aufgehalten wurde. »Kohl sagte, daß ich mir nicht soviel aus alldem, was geschrieben wird, machen soll.» Dann lobt auch er der Türken Taktik, Tempo und Fairneß. Sagt: »Ich habe mich sehr gefreut, daß Sie so gut gegen Irland spielten. Aber wir schaffen es lieber aus eigener Kraft.« Dann auf Frage: »Wir konzentrieren uns natürlich mehr aufs Spiel als auf Dinge, die zu einem Politikum hochgespielt werden. Wollten Länderspiel machen.«

Na ja.

Ab in die Stadt. Den Rest der Nacht von einem Stadtteil zum andern geguckt, ob was los ist. Gegen 0.00 Uhr ungefähr hundert Hertha-Fans und Jung-Nazis am Kottbusser Tor, Kotti genannt. Die kamen die Treppe vom Bahnsteig runter. Konnte an die tausend Leute durchs Gitter sehen – darum schnell die Biege gemacht. Viel Polizei paßte auf. Ausgerechnet hier hat die Polizei die härtesten Straßenschlachten erlebt und öfter Dresche bezogen.

Nazikneipen abgeklappert: Nürnberger Krug, Artistenklause, Deutsches Haus haben dicht. Nur Polizeiwannen da. Dann am Zoo ein paar Nazis. Uniformiert, geschniegelt. Mit'm Beil den Scheitel gezogen. Ein Besoffener lallt was von »Türken platthauen«.

In allen Stadtteilen stehen Gruppen rum, unterhalten sich, sind eng zusammen. Einer beichtet, daß es was von Anti-Climax hat, wenn man sich auf Auseinandersetzung einstellt und nichts passiert: »Da möchte man am liebsten selbst was losmachen.«

Beende die Nacht im »Mahal«, dem Palästinenser-Restaurant in Kreuzberg. Wie jede Nacht.

27. Oktober. In der Richardstraße, groß: »Tötet Türken« und »Stinkendes Türkenpack raus«.

Bin in dem kleinen türkischen Laden. Bezahle gerade meinen saftigen Apfel. Schwupp ist die Polizei da. Verbissen und mit hochrotem Kopf vor Wut. Ach ja, Samstag nachmittag.

Hüsejin, Fatma, deren Schwestern, Brüder, Kinder und ich kämpfen für ein längst überfälliges liberales Ladenschlußgesetz für kleine Läden.

Auch *der* Kampf geht weiter!

Mißverständnis

In den Zeitungen stand, gleich nach dem Mölln-Attentat, daß Ralph Giordano an den Bundeskanzler geschrieben habe, daß sich ab sofort die Juden Deutschlands bewaffnen würden.

Als ich das las, dachte ich, da muß sich jemand verhört haben, oder Ralph hat sich verschrieben. Er muß gemeint haben, die Türken werden sich bewaffnen, oder die Asylbewerber werden sich bewaffnen, oder wir Juden werden uns bewaffnen, um die Türken in Deutschland zu schützen, oder um die Asylbewerber in Deutschland zu schützen.

Aber all das kann er ja nicht gemeint haben. Denn er kann ja auch nicht wollen, daß es hier einen Bürgerkrieg gibt. Daß er sich bedroht fühlt, ist kein Wunder. Wie ja jeder Jude, der sich hier exponiert. Der kämpferische Arie Goral, wir alle. Auch auf meinem Anrufbeantworter sind entsetzliche Anrufe drauf, wie Giordano sie im Fernsehen vorgespielt hat.

Und trotzdem: wir sind zur Zeit nicht die Opfer.

Vielleicht berühren mich die Schändungen jüdischer Friedhöfe nicht besonders, weil meine Toten gar keine Gräber haben. Ich werde nur wild, wenn es um Lebende geht.

Natürlich bin ich für Selbstverteidigung, natürlich bin ich für Notwehr. Ich weiß allerdings nicht, wie ich mich gegen Angreifer, die ich nicht kenne, die zu mehreren sind, die größer, stärker, ohne Hemmschwelle sind, wehren kann.

Also doch Waffen? Was für welche? Bei welcher Gelegenheit und wie einsetzen? Zu früh? Zu spät? Vor lauter Angst den Briefträger übern Haufen schießen?

Hetty

Wir hatten eine liebe Nachbarin. Ich seit neun Jahren. Die alten St. Georgianer ganze vierzig Jahre lang. Jeder hatte sie gern.

»Fußgänger von Autos überfahren« – Schlagzeile in der »Hamburger Morgenpost«. Wie fast täglich. »Innerhalb von fünf Stunden wurden am Sonnabend auf Hamburgs Straßen drei Fußgänger angefahren und lebensgefährlich verletzt. 17.05 Uhr... 22.40 Uhr... Wenige Minuten später, 22.47 Uhr, erfaßte ein Auto auf der Langen Reihe eine ältere Frau. Sie erlitt schwere Kopfverletzungen.«

Die ältere Frau, die in der »Mopo« nicht mal einen Namen hatte, war unsere Hetty. Warum auch groß aufmachen? Sie heißt ja weder Schleyer, Sedelmayer oder Marlene Dietrich noch ist sie an Aids gestorben.

Es sprach sich rum wie ein Lauffeuer. Traurige Gesichter in allen Läden. Daisy, Inhaberin vom Portugiesen: »Laß mich bloß in Ruhe. Bin sooo traurig. Sie fehlt so. Guck mal, die Ananas hat sie mir geschenkt. Die bleibt nun für immer überm Tresen hängen.«

Friebes, der Gemüsemann: »Hab ich tausendmal gesagt, ›Hetty‹, hab ich gesagt, ›du stirbst noch auf der Straße‹, wenn sie so mitten durch ging und lachte und winkte und den Autos zurief ›Laß mich mal vorbei, mein Schieter!‹ Die Lange Reihe ist doch 'ne Rennbahn.«

Bäckerei Reinbek: »Sie war immer für alle da. Immer da, wenn man jemanden brauchte. Half immer aus, wenn Not am Mann war.«

Lindenbergs zu ihren Kindern: »Von wem wir reden? Von der netten alten Dame, die euch auf der Straße 'ne Apfelsine geschenkt hat.«

An dem Abend ihres Todes war Hetty, fröhlich wie immer, in ihrer Stammkneipe bei Helle. Ihr fiel ein, daß sie zu Hause noch 'ne schöne, frischgekochte Suppe hatte. »Ich hol dir mal schnell 'nen Topf rüber«, sagte sie zu ihrem guten Freund Wolfgang, dem Kellner. »Die wird dir guttun.« Lief zu sich, quer über die Straße, holte die Suppe und wurde mit dem Topf in der Hand überfahren. Von einem Zuhälter aus Hannover, sagen die Leute.

Als ich das höre, stelle ich mir sofort die vielen Sadisten vor, die Jagd auf Rentner machen. Gas geben und sich auf die Schenkel schlagen vor Vergnügen, wenn alte Leute 'nen Luftsprung machen vor Angst und Gehbehinderte fast umkippen. Von deutschem Humor war auch in dem Stück »Ghetto« die Rede. Wer weiß, vielleicht war's diesmal anders.

Daß Hetty mit einem Geschenk für andere in der Hand ihr Ende erlebte, ist kein Zufall. Sie war immer gerade dabei, irgend jemanden zu beschenken. In der Nazizeit auch die Verfolgten, als darauf die Todesstrafe stand.

Hetty war Fotografin. Sie übernahm die Leica ihres Mannes, als der eingezogen wurde. Erst Paßbilder, dann Kinderfotos, Hochzeitsfotos, Taufen, Konfirmationen. Viele in St. Georg haben in ihren Alben die Fotos, die Hetty von ihnen machte. Sie liebte und lebte ihren Beruf. Später, als Gesellschaftsfotografin im Hotel Atlantic, fotografierte sie Soraya und andere spannende Gäste. Auch auf Ausflugsdampfern arbeitete sie, mit einer Schiffermütze schräg auf dem Kopf.

Hetty, die Hamburger Deern, lachende Augen, schöne Silberlöckchen, vollschlank, kaputtes Bein. Sie kannte alle, und alle kannten sie. Vier eigene und zwei Stiefkinder zog sie groß. Und einige ihrer Enkel. Eine Frau, verschwenderisch, heiter, liebevoll und großzügig, von großer Lebendigkeit und Ausstrahlung. Zwei Weltkriege hat sie erlebt. Doch eine lange Zeit durfte sie glücklich sein, als sie in dritter Ehe ihren Jugendfreund Waldi Appel endlich heiratete. Er war ihr ein und alles.

Sogar Hettys Beerdigung war heiter. Strahlendes Gelb und herrlicher Duft der vielen Mimosensträuße und -kränze. Keine Trauerbumen. Wäre Hetty nicht im Sarg, sondern neben uns gewesen, hätte sie sicher glücklich gesagt: »Das sieht ja toll aus. Nein, sind die schön!«

Wie der junge Pastor sagte: »Hetty würde nicht wollen, daß wir trauern. Laßt uns dankbar sein, daß wir sie gehabt haben. Wissen wir, ob mehr Lebenszeit gute und bessere Lebenszeit gewesen wäre?«

Auch wenn sie in der »Mopo« namenlos blieb; der Pastor sagte: »Denken wir an die Einmaligkeit jedes Menschen. Es gibt nur *eine* Hetty Elfriede Appel auf der ganzen Welt.«

Erna Helms

Vor fünfzehn Jahren bin ich in den Innenhof, Haus 5, gezogen. Zwei Monate hausten die Handwerker wie die Verrückten. Wanddurchbrüche wurden gemacht, ein Bad und eine Küche eingebaut und in jeden Raum eine Heizung gelegt. Die Nachbarn hatten wahnsinnig zu leiden. Sie hörten die ganze Zeit das Gebaue, Gehämmere, Gehacke, Gebreche und Gestemme.

Früher hatten alle im Hof zu vielen in den kleinen Wohnungen gewohnt. Erst wir haben alles aufgemotzt, und es erstaunt mich, daß die Alten, die als einzige noch immer ihre Kohleöfen mit viel Dreck und Geschleppe haben, nie neidisch sind.

Für zwei Monate Krach und Elend, die ich den Nachbarn bereitet hatte, fiel mir nichts Besseres ein, als jedem einen Blumentopf zu schenken. Meine direkte Nachbarin, die Polizisten-Mutter und Polizisten-Witwe Frau Tieke, riß den Blumentopf rein und knallte die Tür wieder zu.

Erna Helms und ihr Mann, die Rentner einen Stock tiefer, waren freundlich. Schüchtern sie, interessiert er, beide so klein wie ich, 1,56. Danach sahen wir uns nur gelegentlich mal auf der Treppe, im Vorbeigehen auf dem Hof oder in der Langen Reihe beim Einkaufen. Wir grüßten immer freundlich. Bin ein paarmal runtergegangen zum Ehepaar Helms, das da wie zwei Täubchen miteinander lebte. Seit über sechzig Jahren schon. Er war immer sehr animiert, erzählte und sprudelte. Er war bei den Wasserwerken angestellt, machte die Badeanstalt sauber und paßte auf. Beide waren lange Hausmeister. Putzten die Treppen im Hof und in den angrenzenden Häusern. Viele Jahre.

Ich wollte wissen, wie es früher im Hof war. Wollte wissen, wie es in der Nazizeit war. Hier und überhaupt. »Bei uns gab's keine Nazis. St. Georg war rot.« Und als ich bei anderen Gelegenheiten nachbohrte, fiel ihm sehr langsam ein, daß ja, also Juden – das wüßten sie nicht. Na ja, zwei, ein jüdisches Paar, das hätte schon im Hof gewohnt. Die beiden wären dann eines Tages weg gewesen. In die Alster gegangen, hätten sich ertränkt.

Dann sagte er einmal: »Man mußte ja sehr vorsichtig sein, wenn man einen anderen Sender hörte. Aufpassen, daß die anderen nicht durch die Wand hörten. Das konnte man ja nicht wagen.« Also doch nicht so rot.

Zwischendurch, weil ich so glücklich in diesem Hof bin, vergesse ich mein Mißtrauen. Nehme alte Frauen, die mit ihren Schubkarren die Straße entlangkommen und Lumpen sammeln, in den Arm, bin ihre Freundin. Doch am meisten wurde ich die Freundin von Erna Helms.

Als ihr Mann krank wurde, hab ich ihn noch besucht. Er kam mir in langen Unterhosen und langem weißen Unterhemd entgegen. Auf Tod wäre keiner gekommen. Und zwei Tage später lebte er nicht mehr. Nun dachten alle, daß Erna kaputtgehen würde. Daß Erna, die über sechzig Jahre von ihrem Mann verwöhnt und beschützt worden war, mit ihm abgekapselt gelebt hatte, ihm ins Grab folgen würde. Sie stand ja so unter Schock, daß sie nicht mal zu seiner Beerdigung mitkommen konnte.

Ich brachte ihr mal Blumen, mal eine Leckerei. Vor allem brachte ich mich selbst, Gespräche und Umarmungen. Manchmal kam ich, wenn Erna gerade Essen vorbereitete oder beim Essen war. Dann lud sie mich immer ein und sagte, daß es auch für zwei reiche. Und dann immer öfter, daß ich Bescheid sagen sollte, wenn ich zu Hause sei und nichts anderes vorhätte. Dann würde sie eben ein bißchen mehr kochen. Davon hab ich gern Gebrauch gemacht. Anfangs um ihretwillen. Und dann, weil es so gut schmeckte, immer mehr um meinetwillen. Ich habe ihr zwar Geld dafür gegeben, aber das war nichts, gemessen an dem Gefühl der Geborgenheit, das ich immer bekam.

Früher wollte ich mal eine Anzeige aufgeben, um eine Oma für mich zu finden. Jetzt plötzlich hatte ich eine im eigenen Haus. Es war eine große Zärtlichkeit zwischen uns. Ich rieb ihr Rücken und Schultern ein, und sie massierte mir bei Kopfschmerzen den Nacken. Sie kaufte mir weiche schwarze Wollunterwäsche – wegen der Blase. Und Wollstrümpfe. Ich schenkte ihr dauernd irgendwelche lebenserleichternden Küchengeräte, meine Bücher. Und eins über Hans Albers. Platten und Kassetten mit vielen Liebesliedern und Tangos. Nana Mouskouri war ihr Liebling. In der Küche tanzten wir manchmal miteinander.

Durch mich kam Erna zu Aida, die zweimal im Monat bei mir sauber macht. Nun hatte Erna, die ihr ganzes Leben für andere saubergemacht hat, zum ersten Mal selbst eine Hilfe.

Es gab eine Menge Gespräche und viel Gelächter zwischen Erna und mir. Ich hab mich keine Sekunde mit ihr gelangweilt. In unserem Hof lebten die flottesten und interessantesten Kolleginnen und Kollegen aller künstlerischer Sparten. Ich bin mit allen gern zusammen. Doch wenn die dachten, daß mein Zusammensein mit Erna Helms ein Indiz für Herzensgröße und ähnliches mehr war, haben sie sich vertan. Ich profitierte pausenlos. Und Erna wurde immer jünger und ausgelassener.

Erna fing mir zuliebe an, anders zu kochen. Und fand auch Geschmack daran. Viele von den Dingen, die sie ihr ganzes Leben gegessen hatte, mochte ich nicht. Keinen Käse, keinen Quark, keine gesäuerten Milchprodukte. Keine Zwiebeln, keinen Knoblauch, keine Schalentiere, keinen fetten Speck. Und sie verzichtete auf mehr und mehr und ließ sich von mir statt dessen was Chinesisches zubereiten oder was Indisches. Kaufte sich völlig neue Gewürze: Cayennepfeffer, Paprika, Chili, chinesische Gewürze, Ingwer. Wir entwickelten eine ganz eigene Kultur. Und wir waren immer öfter zusammen.

Wir spielten jede freie Minute Malefiz zusammen. Das hat sie so gepackt, daß alle anderen, die sie besuchten, auch ran mußten. Nach und nach, weil sie so munter geworden war, wurde sie Anziehungspunkt für immer mehr Leute.

Einmal sagte Erna zu mir, daß ihre Ehe wunderbar gewesen sei; sie sich keinen besseren Mann denken könne. Nur eins wäre nicht gut gewesen: er hätte ihr nie erlaubt, eine Freundin zu haben. Hätte sie völlig abgeschottet von allen anderen.

Jetzt hatte sie zum ersten Mal mich als Freundin. Und zunehmend auch andere Frauen. Sie wurde auch attraktiv für Männer. Herr Hanelt aus Haus 3 legte ihr, wenn sie Geburtstag hatte, Blumen und schöne Dinge vor die Tür. Auch zu Weihnachten. Ich wollte immer, daß er reinkommt. Wollte dann Torte besorgen und ihn mit einladen. Aber Erna hatte Angst, daß sie beide einen schlechten Ruf bekommen würden. Er war auch schon über achtzig und als großer Weiberheld bekannt.

Auch der Fensterputzer, ein ehemaliger Schulfreund ihres Sohnes Günter, putzte nicht nur, sondern blieb immer ein, zwei Stunden, um sich mit Erna zu unterhalten, weil sie ungeheuren Mutterwitz hatte. Eine wahnsinnig witzige, schlagfertige Frau. Das gehörte auch für mich zum Schönsten. Die Geborgenheit und unser Lachen.

Unser Innenhof ist wunderbar. Fünf alte Häuser um eine herrliche riesige Rotbuche herum. Dort feierten wir, als Erna siebzig Jahre im Hof wohnte, und ich zehn, unser erstes großes Hoffest. Jeder erzählte über Mikrophon aus seinem Leben. Nur Erna, die so köstlich erzählen konnte, traute sich nicht.

Sie war scheu, noch immer. Es war schwer, sie rauszukriegen aus ihrer Wohnung. Ich hab gekämpft, damit Sie mal mit über die Straße in eine Galerie geht.

Wir hatten beide große Angst umeinander. Ich war viel unterwegs und hatte immer Angst, sie nicht mehr vorzufinden, wenn ich zurückkam. Hab immer sofort bei ihr geklingelt. Rein und ein Spielchen gespielt.

So lebten wir sieben Jahre guter Dinge von Etage zu Etage. Weihnachten fingen ihre höllischen Rückenschmerzen an. Im Oktober war sie 86 geworden. Auch als die Ärzte ihr die Schmerzen nicht nehmen konnten, wollte sie um nichts in der Welt ins Krankenhaus. »Da holt man sich ja sonstwas weg. Hängt an Schläuchen und kommt nicht mehr lebend raus.«

Nette Zivis kamen. Machten den Ofen an und versuchten zu helfen. Essen auf Rädern wurde gebracht. Erna ließ es stehen. Sie haßte die Abhängigkeit.

Als ich die Treppe runterrenne, ruft Erna: »Peggy, kommst du mal?« hinter mir her. Ich, ohne mich umzusehen: »Jetzt nicht! Auf dem Rückweg. Bin schon viel zu spät dran.«

Abends machte sie nicht auf, ging nicht ans Telefon. Am nächsten Morgen fanden wir sie. Im warmen Wasser in der altmodischen hohen Wanne liegend, Tabletten geschluckt. Im hübschen Seidenunterrock, das Glas im Wasser neben sich. Selbstmord. Sie lag wie ein kleiner Engel in der Wanne. Auf dem Tisch ein Pappzettel. *Halte die Schmerzen nicht mehr aus.*

Ich vermisse Erna sehr. Kaufe manchmal auf dem Heimweg kleine Geschenke und Erbeeren für sie. Immer noch.

Flugblatt zur Hausbesetzung Lange Reihe 78

Ich bin aus einer toten Neubaugegend ins lebendige, etwas vergammelte St. Georg gezogen. Nicht durch Zufall, sondern um in der Mitte von Studenten, Arbeitern, Rentnern, Ausländern und Künstlern fröhlich atmen zu können. Das war vor fünfeinhalb Jahren.

Ich hab viel Zeit, Kraft und auch Geld aufbringen müssen, um meine Wohnung mit Heizung, Bad, Wanddurchbruch und Schönheit zu versehen. Es hat sich gelohnt. Denn ich hab noch keinen Tag unseren Innenhof mit der großen Rotbuche betreten, noch keinen Tag vom kleinen Balkon, mit den Tomaten und Rosen drauf, zu den Nachbarn rübergeguckt, ohne dankbar und glücklich zu sein. Die Nachbarn, die mir zuwinkten und Nettes zuriefen, waren vor allem die türkischen Familien mit ihren vielen hübschen Kindern in den Häusern der Langen Reihe 78 Haus 1 und 2. Ohne ein Kindernarr zu sein, hatte ich sie lieb. Wir halfen uns gegenseitig.

Plötzlich war eine Familie nach der anderen weg... Ihre blitzsauberen, wenn auch etwas kärglichen Wohnungen leer. Kein Lachen und keine Musik mehr zu hören. Es heißt, der Inhaber will die schönen, für St. Georg typischen Häuser lieber abreißen, als sie renovieren. Das wäre sehr dumm von ihm und sehr bedrohlich für unseren Stadtteil. So bedrohlich, wie die aus dem Boden schießenden warenhausähnlichen, unpersönlichen Geschäfte für die kleinen, liebenswerten, alteingesessenen Läden.

Mit vielen von denen, die dort arbeiten, sind wir St. Georgianer gut Freund. Ich hab dort einige der Inhaber weinen sehen, weil sie nicht wissen, wie sie sich und ihre Familien länger am Leben halten sollen. Ich kenne mehrere, die so in die Enge getrieben sind durch den Druck des sogenannten Fortschritts, daß sie neben ihrer Arbeit im Laden gezwungen sind, einer Vollbeschäftigung woanders nachzugehen.

Ich bin sehr froh, daß nicht nur ich möchte, daß das, was St. Georg liebens- und lebenswert macht, erhalten bleibt.

Man könnte schon was für unseren Stadtteil tun: man könnte endlich für die Verkehrsberuhigung – um die wir schon so lange betteln – sorgen.

Peggy Parnass
19. September 1981

Zwei Jahre konnten wir durch massiven gemeinsamen Protest den Abriß der Häuser des Nachbarhofes verhindern. Dann, hux-flux, hast du nichts gesehen, wurde alles über Nacht der Erde gleichgemacht. Und ist es noch. Ich bin heilfroh, daß immerhin die Buchhandlung Wohlers, Tabak-Burow, der Bäcker, der Schlachter, der Gemüsehändler, der Schuster, die kleine Schneiderei, der Fisch- und Hühnerladen, der Teekeller, Edeka und die Stammlokale »das Dorf«, »Helle«, Marcos »la Fontana«, »Frau Möller«, die Konditorei Gnosa, der Kräuterladen, die Apotheke, die Wäscherei, der Waschsalon, die Blumenläden, Spielwaren und die spannenden Secondhandläden noch da sind, in der Langen Reihe.

Juli 1985

Inzwischen wird eine Wohnung nach der anderen »umgewandelt«, das heißt verkauft. Auch alle in den fünf Häusern meines Innenhofs. Wir haben uns ein Jahr gewehrt. Vergeblich. Jetzt bin ich froh, daß mir meine Wohnung gehört. Weil die Mieten ins Absurde steigen.

Den kleinen Tabak-Burow mit den Papageien gibt's nicht mehr. Die beiden Schlachter und der Hühnerladen haben aufgegeben. Nicht tragisch, wir haben drei wunderbare Gemüseläden. Aber daß der Waschsalon, den viele von uns so dringend brauchen, seit Jahren weg ist, ist schon herbe. Nun ist da statt dessen eine Silbermünzhandlung. Die wir In- und Ausländer ja so dringend brauchen.

Doch einen Trost haben wir alle. Das Antiquariat Dr. Wohlers, die schönste Buchhandlung Hamburgs, ist noch da. Die Wohlers sind nicht Buchverkäufer, sondern Büchernarren, die wissen, wovon sie reden, wenn sie beraten. Darum pilgern auch Leute aus ganz Hamburg dahin.

Nur fehlt uns allen die wunderbare Ursula Wohlers, die wir alle so sehr geschätzt haben. Seit kurzem lebt sie nicht mehr.

Die ganzen kleinen Läden, Ecke Lange Reihe / Danziger Straße, wurden abgerissen. Später hat man fast drei Jahre gebraucht, um ein riesiges Haus hochzuziehn. Ein Krach zum Wahnsinnigwerden. Gut, da sind immerhin Sozialwohnungen entstanden. Aber unten – gigantisch um die ganze Ecke rum – die Dresdner Bank. Die brauchen wir auch wie ein Loch im Kopf, aber sie kann die Miete bezahlen.

Juni 1993

Frauen, Freier und St. Georg

Für mich ist der Autostrich bei uns in St. Georg alles in allem, inklusive Belästigungen aller Art, immer noch viel harmloser als das Auftauchen der Baulöwen, der Geldhaie, die dabei sind, unser Viertel zu verschandeln.

Mir ist jeder Autostrich lieber als die Supermärkte, die unsere geliebten kleinen Läden ruinieren, immer noch lieber als die sogenannte Sanierung, die in Wirklichkeit nicht dem Erhalt dient, sondern nur dazu, durch bis zu dreihundertprozentige Mieterhöhung die lange Ansässigen, weniger Bemittelten zu vertreiben. Sollte unser Viertel kaputtgehen, dann bestimmt nicht durch die Huren.

Wenn die Polizei, als Helfer der Durchführung des Senatsbeschlusses, Prostituierte sucht, findet und von St. Georgs Autostrichpflaster vertreibt, tut es mir leid. Die Frauen stören mich nicht. Wenn sie gejagt werden, jagt man die Falschen. Stören tun mich die unappetitlichen Freier und Zuhälter. Egal, ob die Freier aus der Provinz kommen, wie so viele, ob sie übersättigte Großstadtlustmolche sind, verantwortungsabgeneigte, liebesunfähige Rumficker, neugierige Jüngelchen mit zu viel Taschengeld oder Männer aus den Reihen der Polizei, die angeblich vor einer Festnahme auch gelegentlich die Prostituierte als Frau benutzen – die müßten vom Pflaster.

Ich bin dafür, daß die langsam rumkurvenden Kerle in ihren Autos gestoppt, gefilzt und festgenommen werden. Nicht nur, weil sie ihre Jagd nach Fleisch und Löchern nicht nur auf bereitwillig wartende Prostituierte beschränken. Diese labbrigen, sabbernden Ekelpakete fahren im Schrittempo neben jeder von uns Frauen in St. Georg her. Egal, ob wir gerade auf dem Weg zum Bäcker, dem Zeitungsmann, zur Arbeit oder ins Kino sind. Sicher kann frau sie in die Flucht brüllen. Aber das sollte sie nicht nötig haben.

Ich finde, daß es nur die Frauen und den Mann etwas angeht, worauf sie sich einigen, wenn diese Einigung beide zufriedenstellt.

Wissend, daß die meisten Prostituierten sich vor ihren oft stinkenden und besoffenen Freiern ekeln, daß sie alles tun, um ihrem Geschäftspartner nur ein Minimum für ein Maximum zu geben, ist natürlich das, was sich abspielt, nicht so anders als in allen anderen Bereichen des Kapitalismus auch.

Was soll denn daran frivol, pikant, gewagt, lustvoll sein? Die meisten Frauen ertragen ihren sogenannten Beruf sowieso nur vollgepängt oder im Suff. Es gibt natürlich auch andere, angesehenere Berufe, die nur im weggetretenen Zustand zu ertragen sind.

Der Männerstrich, reichlich vorhanden, ist meistens sehr viel appetitlicher und dezenter.

Ich verstehe Frauen nicht, die unter ihrer Prostitution leiden. Die mir dann erzählen, daß sie von dem widerwillig erworbenen Geld entweder Klamotten kaufen, Lokalrunden schmeißen oder einen Muskelmann mit Pretiosen behängen.

Wofür ich bin?

Genau wie vor 15 Jahren dafür, daß den vielen geilen Böcken das kurze Pseudo-Amüsement verwehrt wird. Sie sollten sich Sexualität mit anderen Mitteln als denen des Geldes oder der Gewalt verdienen.

Und den Frauen wünsche ich einen anderen Status. Sie sollten staatlich angestellt, wie Krankenschwestern, auf Krankenschein, für wirklich bedürftige Männer arbeiten. Wie für andere Kranke auch. Normal besoldet, normal versteuert. Geachtet.

Schließt Euch zusammen, organisiert Euch. Spuckt Männern, die die Krumme machen, in die offene Hand. Gebt Euren Zuhältern einen Tritt dahin, wo es weh tut. Laßt Euch nicht durch Drohungen und Schläge erpressen.

Bis es soweit ist, könnt Ihr Euch anders eingliedern. Solange Ihr, auch in schlechten Zeiten, erheblich mehr verdient als die meisten Frauen in anderen Berufen, fangt was Vernünftiges an mit Eurem Geld.

Die wenigsten von Euch gehen doch auf den Strich, um hungernde Kinder und greise Eltern zu ernähren. Reiht Euch ein in Bürgerinititativen, finanziert Projekte mit, die auch in Eurem Interesse bestehen.

P. S. Die Huren werden immer jünger. Süchtig, elend. Viele von ihnen sind 14, 16, 18 – schon aidskranke Wracks.

Eine Erwachsene, die Ex-Hure Domenica, kümmert sich um sie – versucht zu retten, was zu retten ist. Nimmt sie bei sich auf, gibt ihnen Wärme. Versteht sie besser als andere Sozialarbeiter. Allerdings geht sie selbst dabei kaputt.

Ein Mädchen, nach mißlungenem Selbstmordsprung vor die S-Bahn am Hauptbahnhof, ohne Arme, schon vorher aidskrank, hat einen Zulauf wie noch nie.

Was sind das bloß für Männer, die sich am Elend dieser todkranken, wankenden Gestalten aufgeilen? Obwohl diese oft vollgekotzt und kotverschmiert sind? Durch Einstiche und eitrige Abszesse auch blutverschmiert. Vielleicht ist gerade das der Reiz. Und zahlen doppelt, wenn's ohne Gummi geht.

Was sich diese Männer bei so einer Gelegenheit holen, ist mir egal. Aber daß sie es nach Hause tragen, zu Frau und Kindern, finde ich furchtbar.

»Ich warne Sie, Herr Teufel«

In Moabit wird seit über einem Jahr der Lorenz-Drenkmann-Prozeß verhandelt. Ich will den Fritz Teufel endlich mal aus der Nähe sehen. An einem absolut unüblichen Prozeßtag, wie alle Verteidiger mir immer wieder versichern. Unüblich, weil es gerade an dem Tag so konziliant zugeht. Kein großes Geschrei, keine Explosion. Wittenberg, einer der beiden Verteidiger Teufels, sagt: »Früher hieß es immer: ›Sie sind nicht dran‹. Jetzt heißt es immerhin nur noch: ›Das ist nicht dran‹, wenn ein Verteidiger sich zu Wort meldet.« Man wird bescheiden.

Ich, da ich den Ton in Berlin noch nicht gewöhnt bin und außerdem denke, Berlin: locker-flockig, ein bißchen Sinn für Humor, welch ein Glück für den witzigen Teufel, bin schockiert über das Ausmaß an Aggressivität. Es geht schon los, bevor ich überhaupt drin bin in dem Gebäude. Schwer bewaffnete junge Polizisten pöbeln meinen Taxifahrer an. Einen gestandenen Mann, dem der Schreck in die Glieder fährt. Er kurvt mit mir rum, um mich woanders abzusetzen und murmelt die ganze Zeit: »Was für'n Rotzlöffel.« Immerhin, er murmelt noch, wenn auch außer Hörweite.

Daß unten am Eingang alles, was ich hatte, gründlich durchsucht wird und ich selbst abgetastet, finde ich schon normal. Daß ich außerdem sofort zur Justizpressestelle rase, um zusätzlich zum Presseausweis noch einen Sonderausweis zu bekommen, ist genauso bedenklich.

Schon sehr bedrückt suche ich in dem Riesengebäude den Saal. Mußte noch mal an einer Sperre vorbei. Einer Panzerglas-Schleuse. Ein Mann und Frau sitzen da. Kontrolle als Lebensaufgabe. Die Durchsuchungen gehen von vorne los. Ich bin erstaunt, was ich so alles in meiner

Reportertasche habe. Als man mir verbietet, sie mit reinzunehmen, frage ich, warum. »Wir haben unsere Anordnungen.« »Ja, weswegen? Was befürchtet man?« »Wir haben unsere Anordnungen.« »Ja, aber haben Sie sich noch nie gefragt, warum man diese Anordnungen erteilt?« »Nein, warum sollte ich?« »Ja, denken Sie denn nie nach über das, was Sie tun?« »Nee, warum sollte ich nachdenken? Fürs Nachdenken werd ich nicht bezahlt.« Ich biete an, meine schweren Waffen dazulassen. Natürlich gewinnen die unser kleines Duell.

Der Verhandlungssaal ist riesig. Erst mal total unübersichtlich. Presseangehörige dürfen erst im zweiten Glied sitzen, sehr weit entfernt vom Richtertisch hinter den Rücken breitschultriger Beamter. Die ängstliche Aggressivität und Befehlstöne setzten sich im Saal fort. Ich versuche, mich an die Umgebung zu gewöhnen. Suche Fritz Teufel, sehe aber erst mal Riegen junger, gutaussehender Verteidiger: Venedey und Portius für Ralf Reiners, Wieland und Wittenberg für Fritz Teufel, Kern für Andreas Vogel, Panka und Kernen für Till Meyer, Remé und Lohstöter für Gerald Klöpper, Schöndienst und Kolb für Ronald Fritsch. Vor ihnen eine genauso große Riege Zwangsverteidiger, die ich vorhin, vor dem Saal, für Staatsanwälte hielt. Grimmige, unzufriedene Gesichter. Sicher verständlich, da keiner mit ihnen was zu tun haben will. Und weil sie ihre möglichen Fähigkeiten nicht anwenden dürfen. Vielleicht wäre es klüger gewesen, sie in die Verteidigung voll mit einzubeziehen, damit sie auch was dazulernen. So, wie es ist, sitzen sie als Gegner da. Und wenn sie Beifall lächeln, habe ich den Eindruck, es ist Beifall für die Bundesanwälte, die da in ihren roten Roben sitzen: Widera, Jaeckel und der pfiffigste von ihnen, Völz.

Es dauert, bis ich den finde, den ich suche: Fritz Teufel. Verdammt noch mal, meine Augen sind zu schlecht. Schade, daß ich das Fernglas nicht mit reinnehmen durfte. So sehe ich nur lang wallendes Haar und ein leuchtend rotes breites Stirnband. Viel zu heiter für die Umgebung. Hätte ich doch bessere Augen! Teufel und seine Mitangeklagten sitzen weit weg hinter Glas. Drei Querhölzer verdecken die Gesichter. Alles austauschbar. Das merke ich immer wieder, wenn Anwesende noch nicht durch Uniformen, Talare oder Sitzordnungen kenntlich gemacht sind. Links sind ja auch Angeklagte, sehe ich plötzlich. Die Augen müssen sich erst dran gewöhnen. Zeugen fragen oft: »Wo sind sie denn?«, wenn sie Angeklagte identifizieren sollen. Die Glaskästen haben was von Käfig und Füttern an sich. Besonders, wenn Hände raushängen oder einem Angeklagten Papiere entgegengestreckt werden. Das Gespräch mit den Verteidigern hat was Akrobatisches. Durch die Ritzen kann man immer gerade nur Nase oder Mund sichtbar werden lassen. Der Kopf geht nicht durch. So hätte ich auch Ulrike von weitem wie durch einen Nebel sehen können, ohne sie zu sprechen, ohne sie zu berühren, als wäre ich ihr Gegner.

Für uns unhörbar lachen und reden die Gefangenen miteinander. Langsam lächelt einer nach dem andern rüber. Ich hab mich rumgesprochen. Hoffentlich führt das nicht zu irgendwelchen Saltos mit üblen Folgen. Bin aufgeputscht, nicht müde, wie immer, wenn das Gericht alles übertönt. Die Reihen Sicherheitsbeamte vor und hinter mir machen mich ungeduldig. Und irgendwelche Intelligenzler in meinem Rücken, die mitlesen, was ich notiere.

Die Stimme des Vorsitzenden Geus hallt und schnarrt und befiehlt. Durch die Mikrophone verstärkt und vielleicht auch verzerrt. Befehlstöne von allen Seiten. Marianne Herzog sitzt unter den Zuschauern. Ruft mir von hinten während der Pause was zu. Wir dürfen nicht miteinander sprechen. Sobald eine Pause beginnt, springt die Muskelriege hinter mir auf wie ein Mann, dreht sich, schwupp, den Zuschauerbänken zu und bildet eine Fleischmauer. Um ich weiß nicht was zu verhindern.

Wenn man sieht, was für Leuten man Waffen anvertraut. Stumpfen, dumpfen Kraftmenschen. Die meisten von ihnen sehen nicht so aus, als hätten sie erhebliche Hemmschwellen beim Gebrauch von Gewalt zu überwinden. Auch der Oberverantwortliche scheint nicht von Zweifeln geplagt. Sollte auch er nachts nicht gut schlafen, hat es sicher andere Gründe. Zwischendurch stellen die Angeklagten die Frage Brechts, was wohl krimineller sei: eine Bank zu besitzen, oder eine Bank auszurauben?

Die erste Zeugin wird vereidigt. Ich schreibe weiter und werde beim Rausgehen von dem Flegel an der Tür nicht nur gerügt, sondern mal wieder im Befehlston gemahnt: »Nächstes Mal stehen Sie auf!« Sage: »Meinen Sie?« Daraufhin verpetzt er mich an den Vorsitzenden. Ich werde nach vorne gebeten. Als ich aufstehe, um nach vorne zu gehen, durch den riesigen Saal, springen zwei Gorillas auf und schließen sich mir an. Unheimlich dicht kommen sie heran. Ich weiß nicht, ob man mich für gefährlich oder gefährdet hält. Auf jeden Fall hätte ich sehr gerne auf die Gesellschaft der Herren verzichtet. Sie führen mich zu Herrn Geus wie zur Hinrichtung.

Ich habe vor Angst und Schreck und Aufregung dem Mann nicht klarmachen können, was man diesem Vorsitzenden und jedem anderen klarmachen müßte. So wie es war, ließ ich mich erpressen. Als es hieß, ich dürfe nicht mehr in dem Saal arbeiten, wenn ich nicht bereit sei, prompt und pünktlich bei jeder Vereidigung aufzustehen, versprach ich um der Arbeit willen zu gehorchen. Ich hatte auch noch die Gelegenheit, Teufel zu zitieren: »Wenn es der Wahrheitsfindung dient, stehe ich natürlich gerne auf.«

Teufel selber, der immer noch nicht einsieht, obwohl Jahre ins Land gegangen sind, wofür dieser ganze Kram gut sein soll, führte ihn einmal ad absurdum, indem er bei einer Vereidigung einen Kopfstand machte. Also aufstand, nur umgekehrt. Daraufhin wurde er mehrere Monate von seiner eigenen Verhandlung ausgeschlossen. So etwas diszipliniert. Denn immerhin ist ein Verhandlungstag, wenn auch im fast ganz geschlossenen Käfig, eine Art Freiheit: ein Blick in den Zuschauerraum, in dem auch Freunde sitzen. Vielleicht sogar hier und da ein Zwinkern, bevor jemand rausgeführt wird.

Ich gehe wieder hin. Es wird dreimal die Woche verhandelt. Erst seit kurzem. Und zwar erst, nachdem Prof. Dr. med. Cabanis nach dreimonatiger Untersuchung feststellte, daß Till Meyer aufgrund seines labilen Kreislaufes höchstens zweimal wöchentlich verhandlungsfähig ist.

Ich sage jetzt, als ich schon den zweiten Tag nicht reingelassen werden soll, daß ich eine Menge Sonderausweise vorzeigen kann. Datierte Ausweise aus Hamburg. »Interessiert mich doch nicht!« blökt der Mann. »Will ich gar nicht wissen!« Und später: »Wenn es Ihnen hier nicht gefällt, bleiben Sie doch zu Hause!«

Der Vorsitzende Geus sagt: »Herr Klöpper, Sie sind ja wieder sehr munter heute!« Das hat Gründe, denn zwischen den beiden Verhandlungstagen sind Klöpper und die anderen im Gefängnishof zusammengeschlagen worden. Denn auch Herr Geus kann sich nicht durchsetzen. Leider ausgerechnet da nicht, wo es den Angeklagten gut täte. Die zwei Stunden Hofgang, die er genehmigt hat, werden zunichte gemacht durch die Knastaufseher. Die Anstaltsleitung setzt sich über den Richter hinweg und der scheint sich damit abfinden zu müssen. Als die Angeklagten endlich ihr Recht auf frische Luft, wenn man das so nennen kann, durchsetzen wollen, indem sie im Hof bleiben, treten an die dreißig beamtete Schläger in Aktion. Angeblich sind acht von ihnen inzwischen arbeitsunfähig aufgrund der Gegenwehr der Häftlinge.

Wie immer das vor sich gegangen sein soll – geschwächt wie sie sind nach vier Jahren U-Haft. Sie selber hatten jedenfalls dicke blaue Augen, als sie wieder ins Gericht kommen, und Prellungen am ganzen Körper. Einen verdrehten Fuß gab's auch. Ein Fingerabdruckexperte wird vernommen. Die Quintessenz seiner Ausführungen ist, daß auch in Millionen oder Milliarden Lichtjahren keine zwei Leute die gleichen Abdrücke haben können. Toll! Nur bricht das ganze zusammen, als der Verteidiger Wieland fragt, wie es dazu kommt, daß zwei Gutachter sich widersprechen. Der Gutachter meint, daß es daran liegen kann, daß der Fingerabdruck zerquetscht, verschoben, zerdrückt und verzerrt ist. Darauf Rechtsanwalt Wittenberg: »Kann der Unterschied in den Merkmalen nicht auch daran liegen, daß sie von einem ganz anderen Finger stammen?«

Auch drei Schriftgutachter werden gehört. Allerdings erst, nachdem die Verteidiger Ablehnungsanträge gestellt haben, die ich nicht leicht verstehe. Endlich begreife auch ich, daß all diese Gutachter beim BKA ausgebildet worden sind, daß sie dort ihre Karriere machen und daß man davon ausgehen kann, daß sie ihren Auftraggebern nicht unbedingt in den Rücken fallen wollen. Das heißt, mir sagten sie, daß ja ein Vermögen ausgegeben wird dafür, daß die Wissenschaftler ihre Unabhängigkeit innerhalb des BKA bewahren. Ich kann mir nicht vorstellen, daß Wissenschaftler unabhängiger sind von ihren Arbeitgebern, selbst wenn sie wollten, als zum Beispiel festangestellte Journalisten von ihren Verlegern.

Fritz Teufel fragt: »Trifft es zu, Herr Sachverständiger, daß das Standardwerk des von Ihnen so oft erwähnten Papstes für Schriftgutachter den Titel trägt: Wie mache ich dem Gericht ein X für ein U vor?« Daraufhin wird dem Fritz das Fragerecht entzogen. Fast immer, wenn er den Mund aufmacht, um etwas zu fragen, heißt es erst mal: »Ich warne Sie, Herr Teufel!«

Die Verteidiger sind mürbe gemacht. Sie werden ständig wie dumme Jungen behandelt. In unglaublicher Weise. Ihnen wird das Wort abgeschnitten, sie werden angeschnauzt, gerügt, entmündigt. Ich hab so was auch in Hamburg gesehen. In Ehrengerichtsverfahren, wenn honorige, angesehene, erfolgreiche, altgediente Strafverteidiger einen Kollegen vertraten, um dann plötzlich zu erleben, wie man ihnen über den Mund fährt, wie hilflos sie dann dastehen, wie verunsichert, mit hochrotem Kopf, anfangen zu stammeln. Es ist furchtbar mitanzusehen, wie schnell man jemandem die Würde rauben kann. Und wie schnell ein Selbstverständnis kaputtgeht.

In diesen Verfahren werden Verteidiger kaputtgemacht. Wenn sie für so lange Zeit ihre übrigen Mandate fallen ließen, wären sie ruiniert. So ruinieren sie sich gesundheitlich. Als Ausgleich dafür wissen sie neuerdings, daß die Zwangsverteidiger für ihr Nur-Dasitzen, für ihr stummes Ausharren, ohne zu verteidigen, erheblich mehr Geld bekommen als sie selber. Eine Erfahrung, die auch Heinrich Hannover beim Kölner Oberlandesgericht gemacht hat. Und Schily in Stammheim: 50 000 Mark weniger als der Zwangsverteidiger.

Auch dieser Verhandlungstag geht zu Ende. Ich bin unentwegt brav aufgestanden, bei jeder Vereidigung. Man lernt ja schnell. Da heißt es plötzlich nach der alleraller-letzten Vereidigung: »Da hinten im Zuschauerraum sind zwei nicht aufgestanden!« Gegen den Protest aller, die beteuern, daß jeder aufgestanden ist, brüllt es von vorne: »Vorkommen! Wer war das? Ich habe Sie gesehen!«

Als keiner sich angesprochen fühlt, werden ein junger Mann mit auf den Rücken gedrehten Händen und eine junge Frau nach vorne geschleppt. Für die Saaldiener, die, wenn sie nicht eingreifen dürfen, nur ihre Langeweile haben, ein willkommener Anlaß, aktiv zu werden. Ich hab den Eindruck, daß die immer nur darauf warten, per Handzeichen übereilig etwas zu melden. Als ich die schlohweißen Gesichter der angeblichen Missetäter sehe, als ich wieder das Gebrülle, die Order, die Befehle höre, als ich die Angst mitkriege, renne ich nach vorn. Ich verlange eine Erklärung von Geus. Ich sage ihm, daß ich es nicht ertrage, immer weiterer Brutalität zuzusehen. Ich frage, was ihm an dem Eid so wichtig ist, daß er dafür Menschen quälen läßt: »Warum lassen Sie Zuschauer mißhandeln?«

Geus, blaß wie der Tod, schreit dauernd: »Verlassen Sie den Saal! Ich betrachte Sie nicht mehr als Organ der Presse!« Ich: »Sie machen es sich zu leicht. Ich kann nicht gehen. Ich muß eine Antwort haben.« »Ja, Gott sei Dank mache ich es mir leicht. Mit Ihnen kann man nicht anders umgehen.« Er gibt einem der Saaldiener einen Wink und ich werde aus dem Gerichtssaal geführt. Draußen vor der Tür sitze ich dann auf einer Bank und heule. So ein Gefühl der Ohnmacht! Ich bin nicht bereit, mir so was kampflos bieten zu lassen. Aber erst mal k. o.

In Hamburg erfahre ich, daß mein Ausschluß nicht rechtmäßig ist. Die Tatsache, daß ich auf den Hinterbänken sitzen darf, ohne mitzuschreiben, löst das Problem nicht. Laut Gerichtsverfassungsgesetz darf ein Berichterstatter nur ausgeschlossen werden, der entstellend oder unrichtig berichtet. Das kann von mir nicht behauptet werden. Oder die Verteidigung muß durch die Berichterstattung beeinträchtigt werden. Wird sie auch nicht. Auch aufgrund ungebührlichen und grob störenden Benehmens kann man ausgeschlossen werden. Aber es war keine Störung der Sitzung, da die Sitzung schon geschlossen war. Laut BHG 18 Seite 179, und das hoffe ich, merken sich jetzt alle Leser, muß gestattet werden, daß auch auf den Zuschauerbänken mitgeschrieben wird. Nur der Verdacht auf Unterrichtung nicht vernommener Zeugen begründet ein Verbot. Doch dieser Verdacht muß auf jeden Fall vom Vorsitzenden ausreichend begründet werden.

Ich telefoniere mit der Leiterin der Justizpressestelle und anschließend mit Herrn Geus. Er hat inzwischen offensichtlich auch eingesehen, daß er sich geirrt hat. Macht allerdings zur Bedingung, daß ich mich nach ihm richte, wenn ich wieder rein will.

Ich gehe wieder hin. Kriege mit, wie Paranoia sich breitmacht. Eine Kollegin, die mich sprechen will, flüstert gehetzt: »Ich glaube, ich werde dauernd belauscht.« Ich sage: »Und wenn schon.« Gehe rein, nachdem ich den Leuten, die vorher so feindselig waren, herzlich zugelächelt habe. Man gewöhnt sich zu schnell. Die groben Gesichter, schon vertraut. Genau wie in Hamburg, dankbar für jeden Gruß. Dankbar, wieder reingelassen zu werden, bescheiden, mit guten Vorsätzen, lieb sein, nicht mehr unangenehm auffallen.

Die Zwangsverteidiger wirken immer noch düster. Kein Wunder. Ich hasse mich, weil ich wieder anfange, alle zu verstehen. Ich weiß inzwischen, daß Geus sehr schwer krank ist. Thrombose. Daß er trotz Schmerzen diesen Prozeß durchsteht und dadurch das Nachrücken des rigorosen Beisitzenden Weiss verhindert. Kriege die Ängstlichkeit aller mit. Alle immer auf dem Sprung. Alle immer im Gefühl, angegriffen zu werden.

Wieder wissenschaftliche Zeugen des BKA. Können sie sich wirklich vom Einfluß ihres Arbeitgebers freimachen? Ich habe so oft die Wissenschaftler als verlängerten Arm des Gerichts gesehen. Sie wollten nie ihre Auftraggeber verstimmen. Einer von ihnen erwähnt dazu die Weisung seines Vorgesetzten, wonach er in der Erstattung seiner Gutachten unabhängig ist: Unabhängig kraft Weisung! Merke, wie krank ich reagiere, als ich versuche, Fritz in die Augen zu sehen.

Schuldgefühle. Versuche, es heimlich zu tun. Das Gesicht mit beiden Händen zu verdecken und durchzugucken. Heimliches Zulächeln. Ein Flüstertüteneffekt.

In einer Pause rufen die Verteidiger mich zu sich. So stehe ich Auge in Auge mit Fritz Teufel.

Tatsächlich Auge in Auge, denn nur die sehe ich durch den Schlitz. Und das Stirnband. Signalisierte ihm, sein Gesicht zu zeigen. Sanfte, schöne Augen, kurzsichtig wie ich, weicher Mund. Es geht unverhofft konzentriert und lange. Fließende Spannung und Drehen im Magen. Angst, erwischt zu werden. Schon sind sie da. Werde ermahnt: »Keine Kontaktaufnahme. Ich habe alles gesehen!« »Ich, ich will ihn aber sehen, darum bin ich hier.« Ich werde wieder des Saales verwiesen.

Kann so ein Mann, der zwei Jahre dieser intensiven

Vorverurteilung ausgesetzt ist wie dieser Richter, der ständig unter Begleitschutz steht, am Arbeitsplatz, zu Hause, in der Freizeit, im Urlaub, der dies alles den Angeklagten in die Schuhe schieben muß oder zumindest diese Anklage, kann so ein Mann, wie es vom Gesetz gefordert, frei über Schuld oder Unschuld der Angeklagten urteilen? Hat er theoretisch überhaupt noch die Möglichkeit, jemanden freizusprechen?

Vorm Haus berittene Polizisten. Parkverbot ums ganze Haus herum. Eine Riesenschlange Polizeieinsatzfahrzeuge. Der Raum neben dem Verhandlungssaal ist die Kommandozentrale eines Sondereinsatzes. Kommandotrupps mit schweren Waffen, Zielfernrohre, Maschinenpistolen.

Im Beratungs- und im Richterzimmer stehen den ganzen Tag zwischen der schutzsicheren Trennscheibe und dem Fenster zwei Mann mit Waffen im Anschlag. Ja, wie soll jemand, der jeden Tag so »beschützt« wird, daß er weiß, es müssen Schwerstverbrecher sein, vor denen man ihn schützt, überhaupt noch in die Verlegenheit kommen, Unschuld zu erkennen?

P. S. Nach fünf Jahren Untersuchungshaft packt Fritz Teufel sein Alibi auf den Tisch, um das sich vorher kein Aas gekümmert hat. Es ist wie beim Pferderennen. Wetten: Acht Jahre, zehn Jahre für Teufel, da ist doch nicht mehr drin. Kronzeuge Hochstein ist gekippt. Frau Drenkmann hatte falsch gesehen.

Geus ist, glaube ich, der erste Richter, der sich geradegemacht hat, als ihm klar wurde, daß der Verfassungsschutz mit gezinkten Karten spielt. Seine Urteilsbegründung wird zu einer schallenden Ohrfeige für den Verfassungsschutz. Und dem Berliner Innensenator Peter Ulrich wirft er zu Recht vor, daß dieser bis heute sein gesamtes Material, von dem er erst nach vielem Hin und Her sechs von mehr als 100 Aktenseiten rausrückte, für sich behält. Auch eine Vernehmung der Vernehmungsbeamten hat der

Innensenator zu verhindern gewußt. Bieder aussehende Leute, wohl aus Justiz und anderen Diensten.

Hans Schueler von der »Zeit« sagt: »Hier, in diesem Saal, wurde Freislers Beisitzer, der Blutrichter Reese freigesprochen.« Ich weiß. Mit Hilfe des Egbert Weiss, der in diesem Prozeß Beisitzer ist.

Oder doch? Was muß Idealisten passieren, damit sie zur Waffe greifen? Und was ist mit Waffen in den Händen von Polizisten und Soldaten, die nicht mit Idealismus, sondern mit Dumpfheit und festem Gehalt gesegnet sind? Wie immer die Frage: Wen soll wessen Waffe vor wem oder was schützen? Mich können sie nur bedrohen.

Was machen wohl die Zwangsverteidiger, nachdem ihre zweieinhalb Jahre als Statisten im Gericht zu Ende sind? Haben einzelne vielleicht mitgedacht, sich womöglich auf jeden Prozeßtag vorbereitet?

Vielleicht tröstet es Fritz Teufel etwas, daß sein Alibi, durch das klar wurde, wie leichtsinnig nach dem Leitmotiv »mitgefangen – mitgehangen« gehandelt wurde, Anlaß war, in allen folgenden Fällen nach der Individualschuld zu suchen.

Ein voller Erfolg der Verteidigung, wie Rechtsanwalt Wolfgang Panka betont. Auch ein Zwangsverteidiger gratuliert herzlich zu der hervorragenden und zu guter Letzt erfolgreichen Arbeit der Kollegen – die allerdings bis auf Teufels Verteidiger Revision einlegen wollen.

Fritz ist mit den Jahren nicht weniger witzig geworden und dümmer schon gar nicht. Nach dem Knast radelte er mitten im Winter Richtung London. In London blieb er ein Jahr. Als Bäcker. Er versorgte die Engländer mit gutem Vollkornbrot. Dann radelte er weiter nach Portugal. Lebte guter Dinge auf dem Land, pflanzte Wein an und lebte, wie er sagt, von den Früchten des Gartens.

Inzwischen lebt er wieder in Berlin. Dort zog er mit andern den schnellen »Moskito«-Botendienst auf. Im Schnitt radelt Teufel 100 bis 150 km am Tag. Beruflich.

So kann er seine Sucht zu Geld machen.

Sein Lieblingspolitiker ist eine Frau: Regine Hildebrandt. Er sagt: »Ich glaube, daß Frauen vernünftiger sind. Und daß das Patriarchat genauso viel Unheil angerichtet hat wie der Kapitalismus.«

Ein Possenspiel

Endlich mal eine lustige Geschichte. Lachen tut so gut. Stellt euch vor, was vier beherzten Polizisten passiert ist. Seit Wochen liegen sie auf der Lauer. Nicht ungefährlich. Einen Jüngling gilt es zu observieren. Er steht unter schwerstem Verdacht. Ist er doch von Bielefeld nach Hamburg gezogen. Da fragt man sich: Was macht der hier? Was soll das?

Sicherlich hatte er etwas mit der RAF zu tun oder auch nicht. Nun wohnt er auch noch in einer Wohngemeinschaft nicht weit von dem Stadtteilprojekt rote Flora. Irgendein ähnliches Projekt soll es in Bielefeld geben. Und dort war die zu observierende Person auch schon mal gesichtet worden.

Unsere vier braven Männer, unermüdlich im Einsatz, haben Erfolg. An mehreren Tagen sehen sie einen gutaussehenden jungen Mann das Haus verlassen. Welch Freude. Daß es der Falsche war, tat der Freude keinen Abbruch. Denn wie Polizeihauptmeister Martens, später vor Gericht zu seinem Eifer befragt, sagte: »Irgend etwas ergibt sich immer.« Und noch eine Begründung lieferte der Mann für sein Hinterherjagen: »Damit es nicht so langweilig ist.«

Also fuhren sie hinter ihm her. Mal hierhin, mal dahin. Mal zur Zentralbibliothek, mal zum Einkaufen. Er ließ sich nichts zuschulden kommen, aber das war kein Hinderungsgrund. Denn wie gesagt, was nicht ist, kann ja noch werden.

Doch dann, 'lujah sag i, schon nach drei Wochen wurde es wirklich spannend. Steigt doch das zu observierende Subjekt mit einem zweiten Mann, schönlockig dazu, in einen kleinen, zehn Jahre alten VW Golf. Daß der mickerige Wagen auch noch geliehen war, stimmt schon bedenklich.

Dann aufi aufi, bis über die Stadtgrenze hinaus. Wollten die jungen Männer nach Paris, nach Rom, vielleicht nach Moskau oder Hongkong? Nichts hätte das Polizei-Quartett aufgehalten. Doch leider machten die beiden Jungs schon im häßlichen Pinneberg halt. Scheiße. Daß auch Pinneberg außerhalb des Befugnisradius' des LKA liegt, wirklich schade. Wenn man schon seine eigenen Gesetze übertritt, dann sicher lieber im spritzigen Amsterdam, London oder New York.

Ach, ich kann mich so gut in die Polizei hineinversetzen. Da stehen sie nun in dem Kaff. Nichts ist los, die beiden Jungs haben sie aus den Augen verloren. Doch dann, noch mal ein 'lujah, sind sie nicht auf den Gleisen zu sehen? Die sind zwar 375 Meter entfernt, doch man staune, mit nacktem Auge zu erkennen. Sicherheitshalber auch noch sekundenlang durchs Fernglas, en détail. Die Männer, die die Polizisten gesehen haben wollen, sehen zwar ganz anders aus als die Verfolgten. Aber vielleicht hatten sie sich ja für den bösen Akt umgezogen. Denn Entsetzen über Entsetzen! Sie waren nicht auf den Gleisen, um Blumen zu pflücken oder um einem nahen Zug den Weg zu weisen. Nein, Steinplatten transportierten sie auf die Gleise. Ein Greuel.

Ein Zug fuhr durch, der Lokführer sah zwar keine Steinplatten, aber Äste und Holzbretter auf den Schienen. Wie schon so häufig auf dieser Strecke. Zum Glück können solche Gegenstände einen Zug nicht aus der Bahn werfen. Trotzdem, was müssen das für Gemüter sein, die Spaß daran haben, überhaupt etwas auf die Schienen zu legen.

Jedenfalls ganz andere Gemüter als die beiden irrtümlich verfolgten jungen Männer. Die übrigens zum Zeitpunkt der Geschichte auf den Gleisen, wie auch immer die sich abgespielt haben mag, in 1000 Metern Entfernung an einem herrlichen Rosenfeld spazierengingen.

Dort kamen sie an Kunden der Gärtnerei vorbei. Das, und den Zeitpunkt, bestätigte auch der Inhaber des Rosenfeldes.

Auch wenn die Jungs Hochleistungssportler gewesen wären, die im Ben-Johnson-Takt die 1000 Meter zu den Gleisen zurückgelegt hätten, Platte drauf, um dann wieder zurückzusprinten, sie hätten wie aus dem Wasser gezogen aussehen müssen. Klitschnasse Klamotten. Und auch noch eine Stunde später atemlos. Doch sogar die vier Polizisten räumten ein, daß die beiden bei ihrer Festnahme trockenhäutig und nicht außer Atem waren.

Leider versäumten sie und auch die Kollegen der Pinneberger Polizei, nach Spuren von Beton und Staub an den Händen, unter den Nägeln und der Kleidung der Überführten zu suchen. Folgenschwer: So gab es ein halbes Jahr U-Haft für Knud und Ralf. Aber dann ging es fröhlich weiter.

Inzwischen war zwar auch der Polizei klar, daß keiner der beiden Festgenommenen der gesuchte Bielefelder war. Aber das haben sie klugerweise lange für sich behalten. Genaugenommen brauchte es ein ganzes Jahr, bis der Vorsitzende Richter Selbmann die Observationsakten zu Gesicht bekam. Solange hatte das LKA, gedeckt von Innensenator Werner Hackmann, die Akten zurückgehalten.

Polizeieigeninitiative???

Selbmann, sonst nicht gerade für seine Milde gerühmt, kam im Laufe des Prozesses nicht aus dem Staunen heraus. Er sah sich ja nicht nur täglich mit den schuldlosen Angeklagten konfrontiert, sondern schaute 58 lange Verhandlungstage in das Antlitz der Staatsanwältin Heike Roitsch von Almeloe.

Ein Trotzköpfchen in Robe. Blond, eifrig und ehrgeizig. Sie sorgte im ländlichen Itzehoe für den Haftbefehl und sechs Wochen später bei der Haftprüfung für eine Sensation. Da Knud, der Geschichtsstudent, und Ralf, der Tischlerlehrling, einen festen Wohnsitz haben, mußte sie sich etwas einfallen lassen, um die beiden festzuhalten. Also machte sie aus dem Vorwurf des gefährlichen Eingriffs in den Schienenverkehr eine Anklage wegen versuchten Mordes.

Pech für die Arme. Der Vorsitzende Richter Selbmann stellte nach dem halben Jahr Untersuchungshaft schon am ersten Prozeßtag fest, daß kein Verdacht auf Mordversuch besteht und setzte die beiden auf freien Fuß. Von Stund an kämpfte Frau Heike Roitsch von Almeloe verbissen darum, Recht zu behalten.

Ich war zwar nicht selbst im Prozeß, aber Freunde und Kollegen hatten das Vergnügen und konnten mit immer neuen Döntjes aufwarten.

Unterdessen traten, kamen und gingen die bis zur Unkenntlichkeit maskierten Polizeizeugen auf. Perückenbedeckt, bartgetarnt. Und von einer Maskenbildnerin der Staatsoper aufs allerlieblichste geschminkt. Ob sie auch ihre Stimmen verstellten, weiß ich nicht. Aber daß sie, mit egal welchen Stimmen, nichts Gescheites aussagten, schon. Eine multiple Gedächtnislücke hatten sie da, wo sie nichts im Chor Abgesprochenes von sich gaben. Oder sich, wie fast alle Polizisten, hinter einer nicht vorhandenen Aussagegenehmigung verstecken.

Einer der vielen köstlichen Sätze des LKA-Polizeihauptmeisters Rolf Dieter Martens, 49, im Laufe des Prozesses: »In erster Linie habe ich dazu keine Aussagegenehmigung, und wenn ich eine hätte, hätte ich keine Erinnerung.«

Auch sein Kollege Günter Thoms, 44, stand ihm in nichts nach. Wie die taz seine Vernehmung festhielt: »Ob er später nochmals am Tatort gewesen sei? ›Das weiß ich nicht!‹ Ob er anschließend noch mal bei der Pinneberger Polizei vorgesprochen habe? ›Das weiß ich nicht!‹ Oder ob Thoms überhaupt danach noch einmal in Pinneberg gewesen sei? ›Das weiß ich nicht!‹ Über hundertmal die Einheitsfloskel. Selbst auf die Frage, ob er in diesem Jahr schon einmal in Itzehoe gewesen sei? ›Das weiß ich nicht.‹

Auf den Hinweis der Verteidigung, daß dieser Prozeß doch in Itzehoe stattfinde und er schon mehrfach geladen worden sei, räumt Thoms ein: ›Etliche Male‹.«

Ich staune, die vier vermummten Zeugen der verbissenen Staatsanwältin hatten sogar zwei Rechtsbeistände dabei. Bekamen, wenn es prekär wurde, immer wieder dies oder das zugeraunt. Irgendwann, als es dem Strafverteidiger Andreas Beuth zu bunt wurde, sagte er: »Ich stelle fest, daß der Zeuge nicht nur eine Maskenbildnerin hat, sondern auch einen Souffleur.«

Wie der Pressesprecher der Hamburger Staatsanwaltschaft, Oberstaatsanwalt Rüdiger Bagger, mir gerade am Telefon sagte: »Auch Polizisten müssen die gleichen Rechte vor Gericht haben wie jeder andere Bürger.« Da möchte ich mal jeden anderen Bürger, der als Zeuge geladen ist, ohne mit dem Angeklagten verschwägert oder verwandt zu sein, sehen, wenn er sich genauso verhalten würde wie diese Polizisten. Was würde man wohl mit uns, die nicht der Polizei angehören, machen, um eine anständige Zeugenaussage zu erzwingen.

Eigentlich gab es noch einen Zeugen. Einen Schlachter auf dem Heimweg über die Brücke, auf der auch die Polizei stand. Der meldete sich, als die Pinneberger Polizei per Handzettel nach Zeugen suchte. Er hatte zwei Leute gesehen, die auf den Gleisen herumalberten, und beschrieb sie. Da sich seine Beobachtungen nicht mit denen des LKA deckten, wurden diese gar nicht erst zu den Akten genommen.

Nach 56 Verhandlungstagen wurden Plädoyers gehalten. Und dann, man traute seinen Ohren nicht: Die äußerst verbitterte Staatsanwältin Almeloe, die von ihrer fixen Mordidee nie abgerückt war, beantragte Freispruch.

Die engagierten Verteidiger Andreas Beuth, Ursula Ehrhardt, Peter Tode, Dieter Magsam und Johannes Santen natürlich auch. In ihrem Schlußwort erklärten Knud und Ralf: »Wer sich für das Miteinander und ein gutes Zusammenleben einsetzt, ist zu keiner Tat fähig, bei denen Menschen gefährdet werden. Ein solcher Anschlag wäre nicht mit unserer politischen Identität zu vereinbaren.«

Geduldig versuchte Selbmann in seiner Urteilsbegründung der verstockten Staatsanwältin beizubringen, »daß auch Polizisten irren können«. Und, »kein Staatsanwalt verpflichtet (ist), gegen seine eigene Überzeugung zu plädieren«. Er spricht Knud und Ralf frei, denn, »das Risiko einer Verwechslung ist so groß, daß Zweifel an der Täterschaft unüberwindbar waren«.

Was fängt sie wohl mit dieser Information an?

Jetzt, man halte sich den Bauch, hat die unergründliche Frau Almeloe Revision eingelegt, gegen das Urteil, das doch ganz im Sinne ihres Antrags gefällt wurde. Oh, süßes Geheimnis Weib!

Nun aber Schluß mit lustig. Es wurde zwar erst mal gefeiert. Alle waren erleichtert. Aber was war vorangegangen? Ob die Hamburger Polizisten sich geirrt hatten, gelogen oder was konstruiert hatten, wer weiß.

Was Knud und Ralf in den eineinhalb Jahren durchmachten. Was ihre Familie, ihre Freunde, ja alle, die sie liebten, durchmachten, wird dadurch nicht weniger.

Auch der Lehrherr von Ralf zweifelte keine Sekunde an Ralfs Unschuld und hielt seinen Platz frei. Während der sechsmonatigen U-Haft und der ganzen Prozeßdauer. Und hängte mit den Kollegen ein Plakat auf: »Ralf gehört zu uns, nicht in den Knast.«

Ralfs Mutter, Sabine, nahm an 58 Prozeßtagen die Strapaze auf sich, von Hamburg nach Itzehoe zu fahren, um in jeder Minute ihrem Sohn beizustehen. Jeden Verhandlungstag brachte sie Körbe voll Proviant mit für alle anwesenden Freunde: Obst, Kuchen, Süßigkeiten, Kaffee, Säfte und Brötchen.

Durch diesen Prozeß politisch wach geworden, übernahm sie auch die notwendige Pressearbeit – was für eine Frau.

Der Mutter ging es wie vielen Eltern im Laufe der letzten fünfundzwanzig Jahre. Die rechtschaffen, fleißig, bürgerlich, ein Leben lang Staat, Polizei und Justiz vertraut hatten. An Staat = Geborgenheit, Polizei = Schutz und Justiz = Gerechtigkeit geglaubt hatten. Fassungslos standen sie vor der Realität. Wie zum Beispiel damals, als man brutal und willkürlich ihre Kinder in Nürnberg gewaltsam aus dem Jugendzentrum zerrte und festnahm.

Daß der ganze Horror auch noch schweinisch teuer ist, ist klar. Verteidiger wollen bezahlt sein. Der Staat kommt nur für die beiden Pflichtverteidiger auf. Da aber ein Verteidiger pro Mandant einen so langen Prozeß voller Verschleierungen, Desinformationen und Hindernissen nicht schaffen kann, waren weitere Verteidiger notwendig.

Da kam die Solidarität wieder zum Tragen. Die Freunde gaben selber und sammelten bei anderen. Soviel Geld war noch nie für einen Prozeß zusammengekommen. Denn die Prozeßkosten liegen insgesamt bei ungefähr 300 000 Mark. Etwa die Hälfte davon müssen Knud und Ralf tragen. Mit ihren 3600 Mark Haftentschädigung pro Kopf wären sie nicht weit gekommen. Auch wenn das viermal so viel ist wie die Entschädigung für KZ-Auschwitz-Häftlinge, die im nachhinein nur fünf Mark pro Hafttag als sogenannte Wiedergutmachung erhalten haben.

Weil ich wissen wollte, wie Knud die Zeit erlebt hatte, luden wir ihn zum Chinesen in der Lincolnstraße ein.

Nach und nach erzählte er:

»Wir wurden um 18 Uhr, als wir zu unserem Wagen gingen, festgenommen. Warum, sagte man uns nicht. Wir waren um 20 Uhr mit unseren Freundinnen verabredet und hatten erst mal nur Angst, nicht pünktlich hinzukommen. Um 2.30 Uhr war dann das erste Verhör. Erst um 8 Uhr am nächsten Morgen kriegten wir etwas zu essen. Und ich dachte nur: ›Wie erklär ich das meinen Leuten?‹ Denn ich hatte abends auch Dienst im Flora-Café.

Nachts, so alleine, hab ich mit Staniolpapier eine Liebeserklärung an die Wand geschrieben. ›*Uli,* ich liebe dich.‹ Und das ausgerechnet in einer Pinneberger Zelle. Ich hab auch versucht, die Nazisprüche an den Wänden wegzumachen.

Ich hatte Angst, total. Es hieß dann, wir müßten in Haft bleiben, weil wir eine Mindeststrafe von einem Jahr zu erwarten hätten.

Ich lernte Mithäftlinge kennen. Die Ausländer im Knast sind extrem alleingelassen. Die Schließer rufen immer, auch wenn einer aus Zaire oder sonstwoher kommt: ›mangare!‹ Und wenn gar nichts verstanden wird, jedes Wort lauter und noch lauter.

Ich hab in den sechs Monaten viel gelesen. Bücher über Knasterfahrungen. Auch ›Schuld und Sühne‹ von Dostojewski. Ich hab die ersten Tage viel geweint. Ein, zwei Monate war ich sehr verzweifelt. Dadurch, daß ich mich für andere Häftlinge einsetzte, übersetzte, Briefe und Anträge für sie schrieb, hab ich mich langsam selbst wiedergefunden.

Ralf und ich hatten Hofgang zusammen. Haben auch oft gelacht über die Situation. Wir sind seit 1984 Freunde. Sehr geholfen hat uns, daß wir fast täglich Besuch hatten. Obwohl die Leute bis ins ferne Itzehoe pilgern mußten.«

Jetzt könnten Knud und Ralf endlich durchatmen, wieder richtig leben. Wenn nicht die Berufung der Staatsanwältin wie ein Damokles-Schwert über ihnen hängen würde. Wenn es in der Urteilsbegründung auch nur einen einzigen Formfehler geben sollte, kommt die Staatsanwältin mit ihrer Berufung durch. Wenn Ralf und Knud Pech haben, findet noch einmal alles in epischer Breite statt.

Doch wie Andreas Beuth traurig lachend sagte: »Hier gab es wenigstens einen Freispruch. In anderen, genauso absurden Fällen, leider nicht.«

Prozeßbegleitung

Gisela Wiese ist Vizepräsidentin der katholischen Friedensbewegung PAX Christi. Sie hat das »Bündnis gegen Staatsgewalt« mit ins Leben gerufen, das strafrechtliche Maßnahmen gegen die Polizeibeamten, den Rücktritt von Innensenator Werner Hackmann, des verantwortlichen Dienstherrn des LKA Hamburg, und die Einrichtung eines Parlamentarischen Untersuchungsausschusses fordert. Sie erklärt, warum sie Knud und Ralf alle 58 Verhandlungstage begleitet hat.

»Weil ich die beiden zu Unrecht Beschuldigten aus der politischen Arbeit kenne und weiß, daß Menschen, die sich für eine gerechtere Stadtteilpolitik einsetzen, nie Menschenleben gefährden würden. – Weil ich es nicht zulassen kann, daß sich politisch einmischende Bürger bespitzelt und kriminalisiert werden. – Weil ich mit der PAX-Christi-Gruppe Hamburg acht Jahre lang jüdische Zeugen und Zeuginnen zu den NS-Prozessen begleitet habe und diese Erfahrungen das Vertrauen in die Justiz gemindert haben. – Weil ich als freiwillige Helferin seit 18 Jahren im Hamburger Strafvollzug arbeite und unsere Demokratie durch die verwaltende Bürokratie gefährdet sehe.

Erfahrungen bei Prozeßbeginn: Ein großes Polizeiaufgebot erwartet uns. Die Stimmung schürt Aggressivität. Wie geht der Staat mit seiner Jugend um? Kein Verhandlungstag, an dem ich mich nicht schäme, daß den Lügen der LKA-Beamten nicht Einhalt geboten wird, der Prozeß nicht längst als Farce entlarvt wird. Wieder meine Ohnmacht als Bürgerin, sich nicht laut einmischen zu können. Ich sehe, wie Ralf und Knud geprägt werden von dem Nervenaufwand. Sehe, wie die Eltern gezeichnet sind von dem Unrecht, das offensichtlich geschieht. Sehe, wie die jungen Menschen im Zuhörerraum bestätigt bekommen, daß der Staatsschutz den Staat schützt und die Demokratie immer fragwürdiger erscheint.

Warum halte ich das aus? Weil die Verteidigung politisch und juristisch klar die Sache der beiden vertritt. Weil Presse- und Medienvertreter unter uns sind, die einen Standpunkt haben und ihn auch öffentlich vertreten. Zuallererst aber, weil ich erleben darf, daß die beiden von Freundinnen und Freunden nie allein gelassen werden. Sie werden mir fehlen, diese Menschen, die Solidarität leben. Ich werde ihnen immer verpflichtet bleiben. Gemeinsam werden wir unsere Freiräume nutzen, um demokratische Rechte einzufordern und eine Gesellschaft vorzubereiten, die den Menschen in den Mittelpunkt stellt und nicht wirtschaftliche Interessen.«

Dazu sind Waffen da

Wer 'ne Knarre hat, schießt schneller. Wer nervös ist und 'ne Knarre hat, noch schneller. Wer Angst hat oder wer sich im Recht fühlt, auch. Also – Polizisten schießen schneller.

Hier in Hamburg war es der Polizeibeamte Dieter L., der nach 21 Dienstjahren auf einem Parkplatz in Hamburg den 18jährigen Lehrling Alf Heins in den Hinterkopf schoß. Nachts um zwei Uhr.

L. und ein Kollege hatten sich freiwillig zum Einsatz gemeldet, weil bekannt war, daß auf den Parkplätzen häufig Wagen aufgebrochen wurden: Radios und anderer Krimskrams geklaut wurden. L.s Kollege verzog sich in den für die Beobachtung bereitgestellten Wohnwagen. Er hört den Funkverkehr ab.

L. hatte weder Funksprechgerät noch Trillerpfeife dabei, ließ also jede Möglichkeit, Verstärkung herbeizurufen, aus. Obwohl er, wie er sagt, mit bewaffneten Gangstern rechnete. Ohne jede Verabredung oder Planung für das, weswegen er bei Nacht, in Zivil, unterwegs ist. Plötzlich sieht er dann auch den über 1,90 Meter großen Schüler Christian Sch., der mit 'ner leuchtenden Taschenlampe in der Hand auf dem Parkplatz umhergeht. L. packt ihn an. Da kommt der kleine Freund hinzu, nur 1,62 Meter und spiddelige 40 Kilo. Sagt: »Is was?«, angeblich mit in Handschuhen geballten Fäusten. Ach Gott. Mußte auch vor dem Polizisten hergehen, ein Tritt von L. half nach. Leichtes Stolpern. Da die Waffe sowieso auf Alfs Hinterkopf gerichtet war, wurde es ein aufgesetzter Schuß.

Dieter L. sagt: »Oh, Scheiße!« Das rettet ihn vor dem Vorsatz und vor dem bedingten Vorsatz. Zu dem großen

Schüler Christian sagt er: »Bleib hier stehen und warte, ich hole Hilfe.« Da hielt er den Jungen also plötzlich für ungefährlich und gehorsam. War er ja auch.

Diese tragische Geschichte brachte dem Polizisten im ersten Verfahren zwei Jahre ohne Bewährung ein. Daraufhin hielt sein Verteidiger Bossi die junge Richterin Stephanie Haese (30) für inkompetent und voreingenommen. Denn Staatsanwalt Gammelin hatte nur ein Jahr zur Bewährung gefordert, und er selbst wollte den Freispruch.

Bossi legte Berufung ein. Die Eltern des Jungen nahmen wieder als Nebenkläger an der Verhandlung teil. Preßten verzweifelt einander Hände. Mußten wieder zusehen, wie an der Todeswaffe die Schießhaltung hin und her demonstriert wurde. Sagten: »Wir gehen raus, wenn von Gewebe- und anderen Obduktionsbefunden die Rede ist.«

Als Bossi kam, begrüßte er den Staatsanwalt Gammelin mit »Na, mein Mitstreiter! . . . Im Herzen waren Sie doch immer bei uns!« Ja, manchmal haben Angeklagte eben mehrere Verteidiger.

Und erhalten Schonfristen: Der Polizist L. wurde erst drei Wochen nach der Tat vernommen, »weil er bis dahin unter Schock stand«. Alfs Freund wurde sofort von allen Seiten gelöchert, obwohl sogar Kriminalhauptmeister P. später als Zeuge sagte: »Seine Verfassung war desolat. Er weinte ständig. Zitterte am ganzen Körper. Flog so richtig. Redete ganz unzusammenhängend.«

Der Anwalt der Eltern, Hans-Ulrich Lemberg, in seinem Plädoyer: »Die Nebenkläger haben keine Rachegedanken gegen den Angeklagten. Für sie ist der Tod ihres Kindes endgültig, die Verletzung nicht wieder gutzumachen. Da der Tod ihres Sohnes aber so sinnlos ist, haben sie den Wunsch, daß aus diesem Geschehen bei den in das Geschehen verwickelten Personen und der Allgemeinheit die notwendigen Konsequenzen gezogen werden.« Und er bat, seinen Gegner Bossi zitieren zu dürfen, der erst vor kurzem in einem anderen Prozeß gesagt hatte: »Es darf keinen Polizistenbonus geben.«

Normalerweise wird jemand, der einen Menschen tötet, ohne Mörder zu sein, als Totschläger bestraft. Außerdem gibt es die fahrlässige Tötung. Da reicht der Strafrahmen bis zu fünf Jahren. Von der oberen Grenze macht man aber keinen Gebrauch. Weder bei Tötung im Verkehr im Suff, noch bei Polizeikugeln. Dieter L. hat in der Zeit zwischen seinen beiden Prozessen nicht auf die Dienstwaffe verzichtet. Auch diesmal hält man ihm zugute, daß er nicht vorbestraft ist. Vorbestraft ist er unter anderem deswegen nicht, weil er 1977, als er einem flüchtenden Einbrecher, wenn auch nicht tödlich, in den Hals schoß, nicht bestraft wurde. Damals ging die Kugel an der linken Halsseite rein und trat am linken Unterkiefer wieder aus. Der Flüchtende war unbewaffnet.

Ein Ausbilder für Fortgeschrittene: »Wir lehren: nicht festnehmen um jeden Preis.«

L. meint, daß er nicht der einzige ist, der Dienstanweisungen nicht befolgt. Denn Dienstanweisungen gibt es. »Nach den Sicherheitsbestimmungen für den Umgang mit Waffen und Munition ist der Zeigefinger gestreckt am Abzugsbügel zu halten und erst dann an den Abzug zu bringen, wenn abgezogen werden soll.« Die Waffe sei stets durchgeladen und entspannt zu tragen.

Außerdem heißt es:

§ 8 Abs. 2

Vor der Anwendung von Schußwaffen ist stets zu warnen.

§ 10 Abs. 1

Schußwaffen dürfen nur gebraucht werden, wenn andere Maßnahmen des unmittelbaren Zwanges erfolglos angewendet sind oder offensichtlich keinen Erfolg versprechen.

§ 10 Abs. 2

Zweck des Schußwaffengebrauches darf nur sein, angriffs- und fluchtuntüchtig zu machen.

§ 11 Abs. 1 Ziff. 2c

Schußwaffen dürfen gegen einzelne Personen nur

gebraucht werden, um eine Person, die sich der Festnahme oder der Feststellung ihrer Person durch die Flucht zu entziehen versucht, anzuhalten, wenn sie eines Vergehens dringend verdächtig ist und Anhaltspunkte befürchten lassen, daß sie von einer Schußwaffe Gebrauch machen werde.

Der Nebenkläger sagt: »Wenn sich der Angeklagte L. an die Bestimmungen dieses Gesetzes gehalten hätte, hätte er bei seinem Intelligenzgrad erkennen können und müssen, daß die Situation auf dem Parkplatz unter keinen rechtlichen Gesichtspunkten den Gebrauch der Schußwaffe rechtfertigte. Der Angeklagte hat nach den Feststellungen in der Hauptverhandlung weder den Zeugen Christian noch das Opfer Alf Heins vor dem Gebrauch der Waffe gewarnt.«

L. selbst sagt: »Durch Durchziehen der Waffe wollte ich darauf aufmerksam machen, daß ich bewaffnet bin, da ich als Polizist nicht zu erkennen war.«

Wie beruhigend. Stellt euch mal vor, im Dunkeln zieht hinter euch ein großer Mann mit Parka oder Lederjacke eine Waffe durch und richtet sie auf euch – auch wenn er »Polizei« dabei ruft. Das kann ich auch rufen.

Wie verhalten wir uns dann am besten? Bleiben wir vor Schreck stehen, heißt es, wir bauen uns drohend auf oder sind renitent. Zucken wir zusammen, kann es als Angriff mißverstanden werden. Laufen wir in Panik weg, ist es »das Entweichen« des Verbrechers. Ich hoffe nur, daß ich nie im Leben in so eine Situation komme.

Die fünfte Große Strafkammer des Landgerichts Hamburg korrigierte das erste Urteil: Dieter L. bekommt eine Bewährungsstrafe von nur einem Jahr und drei Monaten statt der zwei Jahre ohne Bewährung. Er darf Polizeibeamter bleiben und nach drei Jahren Waffenverbot auch wieder schießen.

Es wird immer um den Beamtenstatus gebangt. Der Verlust davon würde nach dem Gesetz bedeuten, daß der Polizist mit keiner Dienstwaffe mehr ausgerüstet sein dürfte. Es wäre aber nicht gleichbedeutend mit einem Verlust der Alterssicherung. Der Dienstherr hat vielmehr in solchen Fällen die beamtenrechtiche Versorgung durch eine gleichwertige versicherungsrechtliche zu ersetzen.

Nach dem Prozeß ist Alfs Familie weiter erschöpft und verzweifelt. Der Vater: »Unsere 18jährige Tochter hat sich geworfen und geschrien. So ein furchtbarer Schreikrampf. Und der Alf war ja der Abgott unserer zwölfjährigen. Sie versucht sich jetzt mit ihm zu identifizieren. Trägt seine Pullover, wächst da rein. Wir sind alle seit damals in psychologischer Behandlung. Es ist so schlimm, wenn wir morgens aufstehen. Zeit heilt Wunden, sagt man. Stimmt nicht. Die Kirche war voll weinender Leute. Über 350. Er war beliebt bei jung und alt. Und jetzt wird er mit Schmutz beworfen.«

Er meint den von der Polizei geäußerten Verdacht. Doch selbst wenn die Jungen hätten klauen wollen – darauf steht keine Todesstrafe. Und das Reinleuchten in Autos ist nicht mal strafbar. »Alf sollte immer spätestens um ein Uhr nachts zu Hause sein.« In der Nacht ist er, zum ersten Mal, heimlich aus dem Fenster geklettert. Seine Freundin hatte kurz vorher Vater und Großvater verloren. Für sie ist der Schmerz so groß. »Unser Opa fährt jeden Tag zum Friedhof. Einmal wurde er auf der Straße vorm Friedhof ausgerechnet vom Polizisten Lücke angehalten und angeschnauzt. Ohne zu wissen, daß das der Mann war, der unseren Jungen erschossen hat, sagte er: ›Und die Polizei hat meinen Enkel erschossen‹.«

Auch Rolf Bossi war mal Nebenkläger. Fast parallel zu seiner Aufgabe als Verteidiger des Polizisten Lücke, kämpfte er für die trauernde Mutter Marianne B. Die Frau, Fabrikarbeiterin, nebenher noch drei Putzstellen, hat ihren kleinen Sohn, den Jürgli verloren. Jürgen, erst 14 und nur 1,50 Meter groß, sehr schmächtig, ein wuschelköpfiger, lustiger Lausbube, wurde am 30. März 1983 in München von einem Polizisten erschossen. Ein schreckliches Versehen? Die Kurzschlußhandlung eines überängstlichen Beamten? Nervenversagen? Oder brutale Schießfreudigkeit? Jürgen war in sein Jugendzentrum, in dem er schon lange beliebt und gern gesehen war, durchs Fenster eingestiegen, um dort zu übernachten, wie schon manchmal davor. Er schämte sich wohl, nach Hause zu gehen, weil er etwas getrunken hatte, meinen die Freunde. Weil er nicht anders reinkonnte, schlug er eine Scheibe ein. Dadurch hielt der Polizist Friedrich K. den kleinen Hauptschüler für einen Einbrecher und schoß beherzt durchs Fenster. Dreimal. Der erste Schuß war schon tödlich.

Jürgens weinende Freunde hielten tagelang Mahnwache. Und über tausend Jugendliche folgten seinem Sarg. Auch dieser unbemittelten Mutter blieben, statt des einzigen Sohnes, nur die erheblichen Beerdigungskosten. Bossi fand damals herbe, bittere Worte gegen die Polizei. Doch auch sein Angriff auf den Polizistenbonus konnte nichts daran ändern, daß der Todesschütze mit nur sechs Monaten auf Bewährung davonkam. Der Staatsanwalt hatte dreieinhalb Jahre beantragt. Ein Urteil, das einem Freispruch gleichkommt. Ein Urteil, das eher der Ermutigung als der Abschreckung dient. So brachen die Kollegen des Angeklagten damals denn auch in Jubel aus. Spendeten im Gericht Beifall und nannten das Urteil »super«.

Alles nicht neu. Die Sache hat Tradition. Auch Kurras war umgeben von daumendrückenden Kollegen, als er vor Gericht stand, weil er den Demonstranten Ohnesorg in den Hinterkopf geschossen hatte. Der erste in einer langen Reihe putativer – vermeintlicher – Notwehrtodesschüsse. Die guten Wünsche hatten Erfolg. Der freie Kurras blieb auch frei. Damals war Schily Nebenkläger im Prozeß und wachte dadurch politisch auf. Wie meine greise Nachbarin sagt: Jedes Böse hat was Gutes. Nur geändert hat sich, außer bei Schily, dadurch nichts.

1982 wurden elf Bürger von Polizisten fahrlässig umgebracht. 1983 waren es schon 24.

Am 7. Oktober 1984 wurde ein 16jähriger Ausbrecher,

der in einem geklauten Wagen Amok fuhr, durch einen Querschläger getroffen. Es war ein Unglück, wenn man so will. Doch warum rasen Polizisten wie Wahnsinnige, wie in einem Idiotenkrimi, hinter Autofahrern her, wenn abzusehen ist, daß so oder so dadurch Leute ums Leben kommen?

Am 19. September 1983 erschossen drei Polizisten vor der Spar- und Darlehnskasse in Alsdorf-Hoengen bei Aachen zwei Geiseln, weil sie sie für Gangster hielten. Den Räubern geht es auch nicht gut. Einer von ihnen, der 29jährige Schlachter Erwin, ist durch eine Kugel querschnittsgelähmt. Die drei Täter stehen jetzt vor Gericht. Sie sind der räuberischen Erpressung und Geiselnahme mit Todesfolge angeklagt. Für ihre Verurteilung spielt es keine Rolle, daß nicht sie, sondern Polizisten die beiden jungen Geiseln getötet haben.

Es geschieht immer wieder. Mal sind es flüchtende Radfahrer, die man mit einem Schuß in den Rücken vom Rad holt (acht Monate mit Bewährung), mal sind es Betrunkene, die nicht schnell genug wegtorkeln können. Immer sind es Mißverständnisse. Fast nie, wie im Kino oder Fernsehen, der große Showdown, der auf Gegenseitigkeit beruht.

Ich finde, daß die Ausbilder und Einsatzleiter auf die Anklagebänke gehören, denn sie erteilen die Vollmachten.

Um Ausreden, Begründungen und Erfindungen ist man nie verlegen, wenn das »Unglück« passiert ist. »Die Waffen gehen von alleine los.« Oder: »Der Schuß hat sich durch einen Aufprall gelöst.« Obwohl klar ist, daß ein Aufprall eine Pistole derart blockiert, daß sie auch danach nicht ohne einen neuen Entsicherungsvorgang versehentlich losgehen kann. Also auch nicht durch eine schreckhafte Verkrampfung der Hand.

Am beliebtesten als Ausrede ist die Putativnotwehr. Das heißt, daß sich jemand zwar nicht gegen einen realen Angriff verteidigt, aber ohne eigenes Verschulden irrtümlich einen solchen Angriff vermutet. Das setzt allerdings voraus, daß der angebliche Notwehrschütze erstens bewußt schießt und zweitens sein Opfer wenigstens wahrnimmt.

Polizisten erklären auch immer wieder, daß sie ihr Gegenüber eigentlich nur kampfunfähig machen wollen. Daß sie eigentlich nur auf die Beine gezielt haben, als sie den Kopf trafen. Vielleicht sollten sie lieber auf den Kopf zielen.

Sicher, auch Polizisten können einem leid tun. Sie sind schlecht bezahlt, sind auch krank, haben auch Liebeskummer, auch Ärger mit den Kindern. Und Fehler kann jeder mal machen. Nobody is perfect. Doch es ist ein Unterschied, ob ein Bäcker ein Brötchen anbrennen läßt oder ein Polizist Leben auslöscht.

Ich will auch nicht, daß Polizisten zur Strafe den Rest ihres Lebens in Gefängnissen hocken. Sie sollen nur keine Waffen haben. Der Einwand, daß Polizisten doch erheblichen Gefahren ausgesetzt sind, daß sie sich schützen müssen, sticht nicht. Der Polizeiberuf ist nicht der gefährlichste im Land. Weit entfernt. Der gefährlichste aller Berufe ist der der Hausfrau. Dann haben wir Dachdecker, Fassadenmaler, Fensterputzer, Grubenarbeiter, Fließbandsklaven, Fahrer, Feuerwehrmänner, Bergsteiger, Rennfahrer und viele andere mehr. Alle gefährdeter als unsere Polizei.

Es gibt auch Schönes zu berichten. Da geht es zwar nicht um Todesschüsse, sondern nur um Mißhandlung, aber immerhin. Während einer Demo am 21. Oktober 1983 standen sich mehrere Greifer aus Versehen als Gegner gegenüber. Hüben die Uniformierten Michael L. und Michael H. – drüben der Zivilgreifer Markus M., vermeintlicher Demonstrant. Die Herren kannten sich, waren auch gemeinsam ausgezogen, um festzunehmen, waren Jiu-Jitsu-Lehrer bei der Polizei. Ob absichtlich oder nicht, L. will seinen Kollegen nicht erkannt haben. Also drosch er auf ihn ein. Fäuste in den Magen, Stockstöße in den Unterleib. Das hatte M. gar nicht gerne. Als er schon völlig hilflos war, jagte ihm H. noch sein Knie hinterher. Das sah und bezeugte der Kollege Anton R.

Ich freue mich, daß M. seine Kollegen endlich mal von vorne sah und sich in ihnen spiegeln konnte. »Er sah aus wie ein tollwütiges Tier, das gleich zubeißt«, beschreibt M. Seine Hoden tun heute noch weh.

Wenn die Tollwut der Polizisten tatsächliche Demonstranten trifft oder wenn diese in den Zellen schwer mißhandelt und beschimpft werden, haben sie weniger gute Karten als Markus M., der erfolgreich gegen seine Kollegen prozessierte. Die meisten echten Demonstranten können gar nicht erst eine Anzeige riskieren. Weil sie wissen, daß sich, egal wie sehr sie selber zusammengeschlagen worden sind von der Polizei, eine Anzeige gegen die Polizei wie ein Bumerang auswirkt. Die Mißhandelten finden sich sonst immer als Angeklagte vor Gericht wieder. Wegen angeblichen Widerstandes gegen die Staatsgewalt.

Richter Bück in Hamburg fühlte sich durch das, was über den Polizisten Michael L. ausgesagt wurde, an Nazi-Prozesse erinnert. Und er verurteilte den Gewalttätigen bewußt zu einer Strafe, die ihn aus dem Polizeidienst kippt. Vorausgesetzt, die Strafe wird rechtskräftig.

Auch Polizist M. und sein Kollege und Anklagezeuge Anton R. sind nicht froh. Sie wurden versetzt und von vielen Kollegen gemieden. Man nimmt ihnen übel, daß sie sich gegen die Mißhandlungen durch eine Anzeige wehrten. Dafür hat deren Kollege Karl-Ludwig S., der, bei der Demo neben den Kollegen stehend, nichts gesehen oder gehört haben will, ein Verfahren wegen des Verdachts der Falschaussage am Hals.

Der Arme. Er hat doch nur getan, was üblich ist.

499 Verfahren gegen Hamburger Polizeibeamte

Geht man von der Zahl der Ermittlungsverfahren gegen Hamburger Polizeibeamte aus, gab es in den vergangenen fünf Jahren noch nie so viele »schwarze Schafe« unter den Polizisten wie im Vorjahr.

Aus einer Senatsantwort auf eine Kleine Anfrage des GAL-Abgeordneten Rainer Schmidt geht hervor, daß 1984 insgesamt 449 Verfahren eingeleitet wurden.

Mit 173 Fällen nimmt dabei unter den Delikten die Körperverletzung im Amt die Spitzenposition ein. Bei den sogenannten Polizeisachen rangieren Diebstahl und Unterschlagung mit 68 Fällen ganz vorne.

In der Antwort wurde in diesem Zusammenhang auf die Erfahrungen vergangener Jahre verwiesen, wonach die allermeisten Verfahren eingestellt wurden. So hat es beispielsweise 1982 in den 468 eingeleiteten Verfahren nur zu 29 Anklageerhebungen und 21 Urteilen gereicht.

Aus: »Hamburger Abendblatt« vom 28. 2. 1985

Polizei und Staat

Alles ist brutaler geworden. Gemütliche kleine Prügeleien gibt es kaum noch. Jetzt landet der Stiefel im Gesicht. Da hofft man, daß die Polizei kommt und dem Mißhandelten aus der Klemme hilft. Doch was tun, wenn Polizisten die Täter sind?

Ja, Gewalt nimmt zu. Daß innerhalb der Polizei ein ungewöhnlich großer Anteil an Republikanern vertreten ist, fremden- und außenseiterfeindlich, war mir immer klar. Nur jetzt ist einiges davon durch Zahlen zu belegen.

Schleswig-Holstein zum Beispiel. Ein Polizeiobermeister (29) und ein Oberkommissar (35) nahmen am 3. Oktober 1992 einen Esten wegen illegalen Aufenthalts vorläufig fest. Der Mann wurde ohne Grund mit Faust und Ledergürtel geschlagen und getreten und mit der Dienstpistole bedroht. »Deutschland den Deutschen. Ausländer raus«, brüllte der Obermeister, »wir Polizisten sind alle Faschisten. Ich mach dich fertig.« Der Vorgesetzte schritt nicht ein, obwohl er dazu verpflichtet und in der Lage war.

Ungewöhnlich an der Geschichte ist nicht die Schweinerei, sondern daß ein anderer Beamter den Vorfall meldete und diese Polizisten jetzt, im April 1993, vor Gericht stehen. Ich bin gespannt auf das Urteil. Und ich würde gerne wissen, wie Polizei und Vorgesetzte jetzt mit ihrem kritischen Kollegen umgehen.

»Focus«, Januar 1993: »Jeder fünfte der zweitausendfünfhundert Mann starken Berliner Freiwilligen-Polizeireserve hat eine kriminelle Vergangenheit: Raub, Körperverletzung, sexueller Mißbrauch und Rechtsradikalismus.«

Obwohl die Behörde von ihrem Vorleben wußte, sind sie eingestellt worden. Da wundert es nicht, daß die Polizei, die immer Jung- und Altnazis geschützt hat, nicht gerne hinguckt, geschweige denn eingreift, wenn Skins sich auf die Schwächsten stürzen, ihnen die Knochen brechen, sie totschlagen oder verbrennen. Da zieht Familie Polizei sich diskret zurück. Wie es heißt, aus Personalmangel.

Da freute es mich, daß alle wieder munter beisammen waren, als es darum ging, eine Wohnung in der Hafenstraße zu räumen. Die Presse schrieb, daß es zwischen hundert und dreihundert schwerstbewaffnete, wenn auch nicht gut ausgebildete, Beamte waren.

Das mit der Ausbildung soll besser werden. Man will die Staatsdiener auch psychologisch schulen. Doch bis es soweit ist, haben sie andere Leitbilder. Zum Beispiel den Chef der Kieler Polizeiinspektion, Wolf Rüdiger Röper (52). In einer Einsatzbesprechung vor einer Häuserräumung wies dieser an: »Packen Sie so zu, daß der Arm viermal aus der Kugel schlägt. Dabei müssen Sie darauf achten, für die Medien immer nur zu lächeln und zu lächeln.« Polizei lernt fürs Leben, sprich für Gegenden wie die Hafenstraße und für jede unliebsame Demo. Röper wurde vor Gericht gestellt. Das änderte gar nichts. Röper bleibt im Amt. Das Gericht meinte, bei Kenntnis der Umstände könne man nicht auf Führungsversagen schließen.

Täter schützen hat Tradition.

Nach den furchtbaren Brandmorden in Mölln folgten trauernde Türken den Särgen von Großmutter, Enkelin und Cousine zum Flughafen, von wo aus die Toten in die Heimat überführt werden sollten. Aus unerfindlichen Gründen völlig enthemmt, griffen Polizei und Bundesgrenzschutz wahllos Trauernde aus der Menge heraus und schlugen sie zusammen. Auch Faruk Arslan, der seine Mutter, seine Tochter und seine Nichte durch den Brandanschlag verlor.

Skins und andere Jungnazis – Kleintäter, die oft zu Großtätern werden – lernten von der Wiege an, wie man mit unerwünschten Schwächeren umzugehen hat. Die Jungs können ja kein Unrechtsbewußtsein haben, da sie immer von Polizei, sprich Staat, geschützt wurden. Auch wenn sie öffentlich auftraten. Sie müssen unendlich überrascht sein, daß man sich jetzt plötzlich von ihnen abwendet.

Brutalität wird begünstigt. Die Feigheit ist unermeßlich. Sie treten nie nach oben. Auch Skins sind nur mutig, wenn sie zu zehnt einen »Krüppel aus dem Rollstuhl kippen können«, wie Dieter Hildebrandt sagt. Rentner knocken, Schwule aufmischen, Punks klatschen, Obdachlose plattmachen, na danke. Die Hemmschwelle ist gesunken oder gar nicht vorhanden. Jeder, dem das Leben und die Gesundheit eines anderen nicht egal ist, ist solchen Angreifern hilflos ausgeliefert. Alles schlimmer als früher? Nein, wie in allen anderen Ländern auch, früher vom Staat für den Staat zur Gewalt verpflichtet. Und jetzt nur dazu animiert.

Die Skins haben ja Vorbilder. Wie kommen sie denn auf diese Baseballschläger, mit denen man anderen die Knochen bricht. Das haben sie ja die ganzen Jahre gesehen, wie man das macht. Die Polizei hat es ihnen vorgespielt.

Übrigens, es gab Bürger, die es nicht ertragen konnten, daß Ausländer so ganz ohne Schutz sind. Die zu den Unterkünften fuhren, um die Flüchtlinge mit ihren eigenen Körpern zu schützen. Sie wurden sofort weggeknüppelt. Von der Polizei. Die, bei der Gelegenheit nicht unterbesetzt, sofort zur Stelle war.

Die Sache hat System, sie hat Methode. Es kann kein Zufall sein, daß die Polizei immer nur da ist, wo ein Bürger kritisch ist und nicht da, wo ein Bürger nach unten tritt und mordet.

Skins sind feige. Die meisten Polizisten sind feige. Nicht nur sie sind feige. Leider. Auch die meisten Ärzte, Juristen, Journalisten, Beamten und Politiker haben null Zivilcourage. Kriechen nach oben und fallen mit Vergnügen jedem in den Rücken. Es sei denn, es könnte der eigenen Karriere schaden. Ärzte und Juristen haben so selten wie Polizisten was zu befürchten, weil auch sie bereit sind, jede Schweinerei der Kollegen zu decken.

Der ganze Schmutz des Rechtsradikalismus spielt sich nicht nur auf der unteren Etage ab. Die Inspiration kommt immer woanders her. Rechtsradikale gibt es international auch im Verfassungsschutz und in Geheimdiensten. Bei Licht betrachtet kann man nur von Verbrecherorganisationen sprechen, wenn man zum Beispiel an CIA, KGB, MIT, Mossad denkt.

Unser Hamburger Senat ist auch nicht ohne. Zur Zeit treibt dort zu aller Schande Werner Hackmann als Innensenator sein Unwesen. Daß der Mann austauschbar ist, weiß ich. Denn er hatte Vorgänger. Auch alle kein Honigschlecken. Und er wird Nachfolger haben. Doch was Hackmann so alles gutheißt, ist nicht zu überbieten.

Seit 1989 existiert die E-Schicht auf der Wache 16 im Schanzenviertel. Eher ein Chamber of Horrors als eine Polizeistation.

Immer wieder Prügelorgien. Die zu Fleischwunden am Kopf, Gehirnerschütterungen, Nierenquetschungen, Prellungen, Platzwunden und Blutergüssen am ganzen Körper führten. Die Köpfe der Festgenommenen immer wieder auf die Kante des Tresens schlagen oder mit schwerem Schuhwerk Tritte ins Gesicht, sorgte für reichlich Nasenbeinbrüche. Die Mißhandlungen gingen meistens weiter, nachdem die Festgenommenen gefesselt und schon schwer verletzt am Boden lagen.

Es gab um die einhundert Anzeigen gegen Polizisten der Wache 16. Doch das sagt nichts aus über die Zahl der Mißhandelten. Denn jeder weiß, wer einen Polizisten anzeigt, findet sich umgehend als Angeklagter wieder. Deshalb schrecken die meisten davor zurück. Auch noch dem Gebrechlichsten werden nämlich einstimmig von der Polizei Bärenkräfte attestiert, die angeblich dazu ausreichen, vier schwerbewaffnete und um Köpfe größere Männer gefährdend anzugreifen.

Von der E-Schicht, immer in Zivil und von anderen Verbrechern nicht zu unterscheiden, wurden nicht nur Besoffene, Rabauken, sogenannte Chaoten, sondern auch Journalisten, Rechtsanwälte, Arbeiter, Krankenpfleger und Lehrer im Wagen und auf der Wache zusammengeschlagen. Die gerade im Weg stehen, trifft es.

Hackmann fand nichts dabei. Der Senat auch nicht. Wenn ich an dessen Mitglieder denke, die mir überall begegnen, wird mir übel. So adrett, so aufgeschlossen, so elegant, so feinsinnig und kulturbeflissen. Wenn sie lächelnd Opern- und Theaterpremieren besuchen, ist ihnen ihre Komplizenschaft gegen Menschlichkeit kaum anzusehen. Was, wenn sie selbst oder ihre Kinder solchen Übergriffen ausgesetzt würden? Wie gesagt, die Polizisten der Wache 16 sind nicht wählerisch, wenn losgelassen.

Die Senatsmitglieder werden protestieren, daß ich zu hart mit ihnen umspringe. Doch wären sie so anders, als ich sie beschreibe, wäre die Situation eine andere.

Hackmann versucht, sich zu verteidigen. Es habe Einzelgespräche gegeben. Er hat auch Einzelfälle beklagt, doch nichts geändert. Im Laufe der Zeit zwar 17 Polizisten versetzt, Gott weiß wohin, doch das hat auch nichts geändert. Offensichtlich herrscht bei der Polizei kein Mangel an potentem Nachwuchs.

Also noch mal. Über hundert Anzeigen wegen Körperverletzung im Amt. Ohne daß Anklage erhoben wurde. Wie üblich alles im Vorfeld vom Tisch, wenn es um polizeiliche Täter und verbeamtete Schläger geht. Die wegen ihrer einander deckenden Zeugenaussagen nicht eindeutig ermittelt werden können. Bis auf zwei Fälle, die jetzt tatsächlich verhandelt wurden. Allerdings nur in einem Zivilprozeß, in dem es um Schmerzensgeld ging.

Das Landgericht Hamburg sprach den beiden körperlich schwer mißhandelten Klägern je 2500 und 4000 Mark zu. Nicht gerade üppig gemessen an den Schmerzen, dem Schock, dem Arbeitsausfall. Und vor allem dem Verlust der Würde.

Doch immerhin, der ungewöhnliche Vorsitzende, Detlev Timmermann, stellt öffentlich fest,

– daß auch eine mögliche Straftat keine vorsätzlichen körperlichen Mißhandlungen rechtfertigt,

– daß sichergestellt werden muß, daß die Revierwache 16 kein rechtsfreier Raum sein darf,

– daß die Betroffenen keinerlei Mitschuld an den Verletzungen haben, die ihnen von den Beamten der E-Schicht zugefügt worden waren und ihnen wegen der erlittenen Erniedrigungen ein besonderes Rehabilitationsrecht zugesprochen werden muß,

– daß die von Beamten der E-Schicht vorsätzlich begangenen Mißhandlungen mit rechtsstaatlichen Grundsätzen nicht mehr zu vereinbaren sind.

Der Senat, den all diese Dinge sonst nicht anfochten, fordert nach wie vor keine Bestrafung der Rambos. Behauptet aber doch langsam, näheres wissen zu wollen.

Die Beamten sind nach wie vor nicht vorbestraft, da ja kein Prozeß gegen sie stattgefunden hat. Das Trinkgeld zahlte der Staat. Ein Strafprozeß fand allerdings gegen den lädierten Kläger statt. Der fünfundzwanzigjährige Frank erhielt acht Monate Haft auf Bewährung wegen Widerstandes gegen die Staatsgewalt.

Als ich mich am Telefon gegenüber dem Oberstaatsanwalt Rüdiger Bagger zur Praxis der Staatsanwaltschaft, Polizei-Täter zu schützen, kritisch äußerte, meinte er, daß ich offensichtlich den Rechtsstaat aushebeln wolle. Ganz im Gegenteil. Ich wünsche mir endlich einen Rechtsstaat. In dem wäre es allerdings undenkbar, daß die Bürger dieses Staates durch die Beamten des Staates zu Schaden kommen.

Daran gestört haben sich außer den direkt Betroffenen auch andere, für den Fall Bedeutsamere. Das internationale Sekretariat von amnesty international in London schaltete sich ein.

Dem Druck ausgeliefert und den Dauerattacken Linker und zuletzt gar der eigenen Partei und der Journalisten, wurde Hackmann mürbe. Einsichtig wohl kaum. Denn die Prügelbeamten, die Hackmann als gutausgebildet, hochmotiviert und hochqualifiziert lobt, möchte er künftig im Jugendschutz einsetzen. »Um«, wie er sagt, »dem Aufkeimen politisch motivierter Gewalt schon beim Frühstück zu begegnen.«

Daß er damit Gewalt von rechts meint, ist nicht anzunehmen.

Auch die Mannen der E-Schicht haben sich nie, nicht mal aus Versehen, an einem Rechten vergriffen.

Elternmord

Axel V., 18 Jahre, und Christian T., 17 Jahre, sind zu acht Jahren Jugendstrafe verurteilt worden. Wegen heimtückischen Doppelmordes am Schlachterehepaar V., den Eltern von Axel. Bei *Konkret* will man unbedingt, daß ich darüber schreibe. Nicht, daß ich irgend*was* schreibe, sondern, daß ich das Urteil empört kritisiere. Die Kollegen, die das von mir wollen und erwarten, haben alle Eltern.

Ich sag gleich, daß mich der ganze Fall mit Widerwillen erfüllt – nicht nur das Urteil. Ich bin nicht die richtige Instanz. In mir kommt zuviel hoch, das es mir unmöglich macht, lieb und verständnisvoll an die beiden Söhne zu denken. Im Prozeß war ich sowieso nicht, da er unter Ausschluß der Öffentlichkeit stattfand. Lese aber, was Kollegen der Urteilsbegründung entnommen haben: Beide Jungen litten unter Einsamkeit, der eine, weil zu autoritär erzogen und ohne menschliche Wärme. Der andere, weil allzu frei erzogen und dazu fettleibig durch Drüsenkrankheit.

Das Mitleid der Presse gilt dem armen Schlachterssohn, den die Eltern vor und nach der Schule zur Mitarbeit in ihrem Betrieb zwangen. Es ist die alte Geschichte vom Kleinunternehmer, der seinen Laden »doch nur für unser Kind« aufgebaut hat und dafür Anerkennung fordert. Und vom armen Kind des Kleinunternehmers, das mit diesem unerbetenen, verpflichtenden Geschenk nichts anzufangen weiß. Und wie ein solcher Laden für jung und alt zur Zwangsanstalt wird, aus der man nur mit Gewalt ausbrechen kann. Etwa, indem der Sohn für ein paar tausend Mark seinen Freund anheuert, damit er sich abends in die Schlachterswohnung schleicht und die fernsehenden Eltern mit einer Maschinenpistole durchlöchert, während auf der Mattscheibe Toni Buddenbrook von Bendix Grünlich geschieden wird, weil deren Eltern ...

Trotzdem, ich kann mich nicht aufs Fleischermord-Urteil konzentrieren. Die ganze Geschichte weckt Gefühle, Erinnerungen und Wut.

Eltern machen immer alles falsch. Wie war das: Die einen zu streng, die andern zu lasch? Zu kalt, zu warm? Der Ärmste, nie ist er geliebt worden! Der arme Junge, seine Mutter hat ihn mit ihrer Liebe förmlich erstickt! Ein Schlüsselkind, das nicht mal regelmäßig zu essen bekam! Ein Muttersöhnchen, das immer pünktlich zum Essen kommen mußte!

Noch als Erwachsene greinen und schluchzen sie in Psychogruppen herum: »Immer mußte ich meiner Mutter im Haushalt helfen!« »Ich hasse Weihnachten! Da muß ich immer nach Hause und mich für die vielen Geschenke bedanken!« »Jede Woche ruft meine Mutter an, ich soll doch endlich mal zum Essen kommen!« »Meine Mutter hat nie Zeit für mich gehabt!« »Meine Alte macht sich lächerlich, jetzt hat sie auch noch einen Freund! Die hat doch gut alleine gelebt!« »Scheiße! Jetzt ist meine Mutter auch noch krank und jammert mir vor, daß das vom vielen Arbeiten kommt!« »Dauernd ruft sie an und sagt, sie fühlt sich so allein.«

Wenn ich den ganzen Quatsch hör, möchte ich gern einen der jaulenden Jammerlappen mit dem andern erschlagen. Die Eltern gleich mit. Die tyrannischen Mütter sowieso. Aber erst recht die demütigen, die froh sind, sich tyrannisieren lassen zu dürfen. Glücklich, wenn der liebe Junge sein stinkendes Wäschebündel vorbeibringt. Weil sie dann wissen, daß er noch mal kommt, um den Kram sauber und duftend wieder abzuholen. Mütter, die mit Wonne die Wohnung ihrer verreisten Kinder putzen und sich vor Freude nicht einkriegen, wenn man ihnen auch noch die Enkelkinder aufplackt. Die sagen: »Du weißt doch, eine Mutter kann zehn Kinder ernähren, aber zehn Kinder können nicht eine Mutter ernähren.«

Ich versteh Eltern gut, die hie und da ein Kind aus dem Fenster schmeißen. Fabriklärm, Straßenlärm, Babylärm. Mürbemachend, nervenzerrend. Wenn es schon die reichen Eltern, mit Haus und Garten, nicht richtig machen können, was soll man dann von den anderen, denen mit Schichtarbeitslohn und Sozialwohnung im elften Stock, verlangen?

Und schmeißt man sie nicht aus dem Fenster, sondern wartet, bis sie groß genug sind, einen umzubringen oder umbringen zu lassen, machen sie vor Gericht heulend mildernde Umstände geltend. Ein Reporter schrieb, daß der Angeklagte Christian T. im Gericht von seinen Eltern umarmt wurde und daß dem Axel V. in dieser Situation seine Eltern sicher fehlten. Wie der Witz vom Elternmörder: »Ich bitte das Gericht strafmildernd zu berücksichtigen, daß ich Vollwaise bin.«

Meine Wut läßt etwas nach. Ich bin ja nur neidisch auf das, was so viele abstreifen wollen: Eltern. Jeden Tag sehne ich mich nach meiner Mutter. Dabei erzählen mir alle meine Freunde, auch die, die sich inzwischen sehr gut mit ihren Eltern verstehen, daß sie sie irgendwann in ihrem Leben bis aufs Blut gehaßt haben. Ja, daß es nichts als glücklicher Zufall gewesen sei, daß nicht jeder von ihnen irgendwann in einer Aufwallung von Elternhaß zum Elternmörder wurde.

Wenn das Leben nicht auszuhalten ist, kann man sich selbst umbringen. Oder man tötet die, denen man die Schuld daran gibt, daß man dieses Leben leben muß. Schon vor meiner Pubertät kämpfte ich gegen das Verbot von Abtreibung. Als ich schwanger war, beantragte ich eine Abtreibung. Weil ich keine Kinder in diese kaputte Welt setzen wollte. Als mein Antrag abgelehnt wurde und alles zu spät war, brachen Egoismus und Neugierde durch. Ich begann, mich wie ein Kind auf mein Kind zu freuen.

Als man mir nach dem Kaiserschnitt meinen wunderschönen Jungen mit dem Wuschelkopf zeigte, liebte ich ihn – und schrie deshalb: »Schlagt ihn tot, bevor er merkt, wie das Leben ist!« Natürlich schlugen sie ihn nicht tot. Und ich konnte ihn nicht glücklich machen.

Erinnert ihr euch an »Scheidung auf italienisch«? In dem Film habe ich reichlich gelacht, als der junge Ehemann in einem Land, in dem es noch keine Scheidung gab, durch einen ungeschickten Mordversuch nach dem anderen sich seiner hübschen Frau entledigen wollte.

Fast alle wollen abhauen. Eheleute ihren Partnern, Verhältnisse ihren Verhältnissen, Eltern ihren Kindern, Kinder ihren Eltern. Sie wollen sich von ihren Intimstketten befreien. Die meisten kratzen einfach die Kurve, ziehen weg, kündigen. So long, babe. Adios, muchachos. Viele, immer mehr, begehen Selbstmord. Einige, die beides nicht schaffen, töten andere. Also Grab oder Knast.

Irgendwas muß ja ausgehakt sein, wenn jemand, der die Schnauze voll hat, nicht einfach abhaut. Wie der Mann im Männerwohnheim*, der seinen unerträglichen Zimmergenossen auf gruselige Weise umbrachte, weil er sich nicht traute, beim Heimleiter um die Verlegung in ein anderes Zimmer zu bitten.

Da kann mir doch keiner sagen, daß einer bei Sinnen ist, der nur den Absprung in den Mord schafft. Bei Gericht sieht man das anders: auch Axel V. und Christian T. gelten als voll zurechnungsfähig.

* *Konkret* 2/76, abgedruckt in »Prozesse«, Rasch und Röhring, Hamburg 1991 und rororo, Reinbek 1992, S. 383

Schwiegertochter in spe – ade

Damals verkündete die Justizpresseliste Nr. 48: »B., Elfriede (66), Totschlag. Der Beschuldigten B. wird zur Last gelegt, zwischen dem 15. und 17. Januar 1981 die Hausfrau Elisabeth R., die mit dem Sohn der Beschuldigten in einem eheähnlichen Verhältnis lebte, getötet zu haben, um auf diese Weise zu verhindern, daß sie das gemeinschaftlich mit ihrem Sohn bewohnte Haus verlassen müsse.«

Frau B., schon fast ein Jahr in U-Haft, sitzt auf der Anklagebank in Saal 336. Blaß wie der Tod. Sehr einsam. Das zerfurchte Gesicht eine einzige Anklage unter der kurzen Dauerwelle. Dunkler Faltenrock, passende Wolljacke, Schlangenlederschuhe. Eine Hausfrau, wie man sie die Lange Reihe und jede andere Straße rauf und runter sieht.

Ich frage sie: »Sind Sie sehr aufgeregt?«

»Wieso denn? Ich hab doch mit der ganzen Sache gar nichts zu tun. Habe nichts zu befürchten.« Ihre Stimme ist hart.

Sie ist am 18. Oktober 1915 geboren. Also eine friedliche Waage.

Sie lehnt energisch jede Aussage ab. Auch zur Person. Ach du Scheiße!

Ich will unbedingt wissen, was sie fühlt, denkt, erlebt, durchgemacht hat. Da dringen Staatsanwalt und Anklage bruchstückhaft durch ... um die Ehe des Sohnes mit Frau Elisabeth zu verhindern ... erschlagen ... zersägt ... zerhackt ... ohne Mörder zu sein. Ob sie alles verdrängt hat? Sitzt versunken, verbittert da.

Keiner war auf ihr Schweigen gefaßt. Zeugen müssen nun schnell ran. Also Pause. Die Schließerin, die so böse geguckt hat, wird menschlich. Geht lächelnd zu Frau B., die angeregt mit ihr spricht.

Dann hört man viele Tage Zeugen: Kripo, den Sohn, den Witwer, die Gutachter und ab und zu sogar Frau B., wenn etwas aus ihr rausplatzt. Ihre Tochter, die Beamtin ist, verweigert die Aussage. Mag nicht zwischen Mutter und Bruder stehen.

Als Background des Dramas schält sich heraus: Frau B. lebte allein mit ihrem Sohn Dieter. In einem eigenen Haus in Volksdorf. Ein Haus, das es nie gegeben hätte, wenn nicht Frau B. seit 1952 jahraus, jahrein mit ihrem Mann zusammen alles getan hätte, um es mit eigenen Händen aufzubauen. Frau B., die schon mit den Eltern immer nur zur Miete gewohnt hatte und dreimal umziehen mußte, schleppte 25 000 Steine in Marmeladeeimern hoch. Sie strickte, sie nähte, sie arbeitete in Küchen. Sie brauchte Geld, um sich ihren Lebenstraum erfüllen zu können: ein eigenes Heim. Ein Zuhause, das sie pingelig sauberhielt. Das sie immer weiter verschönerte, weil sie es liebte. Doch eingetragen war das Haus auf ihren Mann.

Auch ihren Sohn liebte sie. Als Witwe unternimmt sie das meiste mit ihm gemeinsam. Auch das nette Ehepaar aus Bayern, das sie 1973 im Urlaub kennenlernen, besuchen sie meistens gemeinsam zu weiteren Urlauben und fröhlichen Bergtouren. Frau B. versteht sich so gut mit der jungen Elisabeth, daß sie, als deren Mann anruft und sagt, daß jetzt das dritte Kind fällig ist, sofort nach Bayern eilt, um sich um die beiden anderen Kinder zu kümmern. Die schöne Freundschaft hält viele Jahre. Bis aus dem 32jährigen Sohn und der 30 Jahre alten Mehrfachmutter Elisabeth ein Liebespaar wird.

Jetzt sagt der Witwer: »Warum gerade der? Der Dieter ist kein Mann. Einer, der noch nie 'ne Frau gehabt hat? 32 Jahre und noch nie versucht, 'ne Frau rumzukriegen.« Vielleicht gerade deswegen.

»Aber er war ein guter Zuhörer, konnte stundenlang zuhören. Sie hatte Probleme, nicht sexuell, aber so.«

Frau B. war außer sich, als sie merkte, was los war. Nannte ihre Freundin Hure. Schrieb an deren Mutter in etwa: ». . . die ist so frech, und wenn das nicht aufhört, kriegt sie welche auf ihr loses Maul. Wenn das Loch juckt, ist der Verstand im Arsch.«

Als Elisabeth mit einigen ihrer Kindern sogar in ihr Haus zieht und sie indirekt zwingt, sich auf das Obergeschoß zu beschränken, soll sie laut und heftig getobt, angeblich auch mit Sachen geschmissen haben. Im Laufe der Auseinandersetzungen soll Sohn Dieter seiner Mutter sogar blaue Augen gehauen und die Türen zu allen unteren Räumen, auch zum Keller mit den Werkzeugen, vor der Mutter verschlossen gehalten haben.

Als Zeuge sieht der Sohn seine Mutter nicht mal aus Versehen an.

Der Vorsitzende Heinsohn: »Seien Sie mal ganz ruhig, Herr B. Sie brauchen keinen Ton hier zu sagen, aber wenn, dann nur die Wahrheit. Da dürfen Liebe oder Haß zur Mutter keine Rolle spielen.«

Der junge Angestellte, blond, blauäugig, Brille und Lederjacke, erzählt eifrig, was immer seine Mutter belasten kann. Frau B. hat die Beine elegant übereinandergeschlagen. Nur ihr Fuß bewegt sich leicht. Das tut aber auch der Fuß des Redakteurs der »Bild-Zeitung«.

Der Sohn erzählt: »Erst Oktober letzten Jahres veränderte sich die Freundschaft. Ihr Mann ist das von Elisabeth gewahr geworden. Wir wollten heiraten.«

Schwerer Seufzer.

»Meine Mutter hat mich für verrückt erklärt. Ich solle zum Psychiater gehen. Frau mit drei Kindern. Sie wolle sich aber aus allem raushalten. Zog deswegen nach oben. Als ich Elisabeth am 27. 12. abholte, empfing sie sie mit ›Alte Hure, ich laß mich doch nicht vertreiben‹ und schmiß mit Schuhen von oben aus dem Treppenhaus. Der Hauseigentümer bin ich. Das Haus hat mein Vater mir vererbt. Als er starb, war ich im Kinderheim. Jetzt habe ich es verkauft und meine Schwester ausbezahlt.«

Jetzt bewegen sich alle Finger der gefalteten Hände von Frau B.

Vorsitzender: »Gingen Sie nicht mal zu Ihrer Mutter rauf nach der Arbeit?«

»Nein, weil sie schimpfte.«

»Wo sollte Ihre Mutter denn bleiben? Wir haben hier ein Schreiben von Ihnen, in dem Sie Ihrer Mutter die Kündigung in Sie-Form aussprechen.«

»Ja, das sollte meine Bekannte per Einschreiben aufgeben. Dazu ist sie wohl nicht mehr gekommen.«

Vorsitzender Heinsohn liest aus einem Brief von Frau B. vor: »Bin bereit auszuziehen, damit das Haus erhalten bleibt.«

Jetzt verstehe ich den bitteren Zug um Frau B.s Mund.

Der Sohn will erzählen, wie er nach Hause kam, die Freundin weg war, wie er rumtelefonierte, um sie zu finden, wie er die Schlittenspuren sah und das Blut. Der Vorsitzende unterbricht: »Soweit sind wir noch nicht.«

Der Brodelnde soll auf Chronologie achten. Ein Wunder, daß er alles noch so genau weiß. Ganze Tagesabläufe. Das geht wohl nur, wenn man in Gedanken tausendmal wiederkäut.

Vorsitzender Heinsohn: »Wußten Sie schon, daß Ihre Mutter verurteilt war wegen eines nicht unerheblichen Verbrechens?«

»Ja.«

Da wird viel gemunkelt, aber was genau hat sie denn getan? »Geklaut wie ein Rabe.« – »Noch 'n Mord ...«

Jetzt darf er vom Schlitten erzählen und den Blutspuren im Schnee: »Ich konnte mir nicht vorstellen, daß meine Mutter alleine rodeln geht.«

Die Mutter hat jetzt hochrote Flecken im Gesicht. Hamlet, Ödipus – und wie sie alle heißen. Elisabeths Rache nach dem Tod: Der Sohn liefert seine Mutter ans Messer. Was fühlt sie? Sie sieht ihn ja heute zum erstenmal seit damals.

»Hassen Sie Ihre Mutter?«

»Haß ist nicht der richtige Ausdruck. Ich verachte sie wegen der Tat, die sie wahrscheinlich begangen hat. Unser Verhältnis war nie gut. Als sie aus dem Gefängnis kam, waren wir im Heim. War gar nicht scharf drauf, nach Hause zu kommen. Sie sagt zwar immer, sie hat das Grundstück mit Vater gekauft, aber ich weiß nicht. Sie kochte für mich und hatte wohl 800 bis 900 Mark Rente. Sie legt Wert darauf, daß alles tipptopp in Schuß ist. Neue Fenster, alles selbst gestrichen. Den Garten machten wir gemeinsam.«

Erfüllt sie das mit Sehnsucht? Grün, Blüten, Laub, Düfte?

Der Sohn erzählt weiter. Von seinem Wirbelschleifer, der geliehenen Kettensäge und anderen grauenvollen Werkzeugen. Und davon, wie er im Heizofen im Keller rumstocherte und Knochenreste fand. »Da dachte ich . . .« Er belastet sie, bis Schluß für heute ist. Zwei Tage später, als der Verteidiger Schielzeth, der auch in dem Sohn einen denkbaren Täter sieht, ihn in die Mangel nehmen will, verweigert er, der nicht verpflichtet ist, sich selbst zu belasten, die Aussage.

Frau B. unterhält sich aufgeregt mit ihrem Anwalt.

Der junge Witwer, Verkaufsfahrer, ähnelt seinem Freund Dieter. Seine drei Kinder und er sind Nebenkläger. Er, aus Bayern angereist, ist ständig im Gericht anwesend. Im Gang sagt er zu mir: »Wir haben sehr jung geheiratet. Sie war 16 und ich 23.« – »Was fühlen Sie, wenn Sie Frau B. hier sehen?« – »Sie tut mir leid. Ich glaub nicht, daß sie's gemacht hat. Höchstens zerstückeln geholfen.« Und dann: »Die haben sicher nicht zusammen geschlafen. Er hat doch nie nach Mädchen geguckt. Mein Eindruck war, daß Dieter und seine Mutter sich sehr gut verstanden. 99 Prozent waren die zu zweit.« Er seufzt: »Es war erst sehr schlimm. Den Haushalt mach ich selbst. Kochen nach der Arbeit. Ein Kind holt nach den Schularbeiten ein. Finanziell, das ist das wenigste. Roland ist 13. Gerald 9, der ist behindert, und Alexander ist erst 5.«

Als Zeuge erzählt er von der guten Ehe und der schönen Freundschaft. Und wie er abends von der Arbeit nach Hause kam und den Brief mit »Such mich nicht« fand. Wie er alle Verwandten anrief, nachdem sie sich bei den B.s verleugnen ließ. Wie bald darauf die Mutter B. ihm von den ständigen Krächen erzählte und ihn bat, seine Frau zurückzuholen. Wie seine Frau irgendwann versprach, zu ihm zurückzukommen. Wie er etliche Male zum Bahnhof fuhr, unruhig wurde, wie sich endlich die beiden Rivalen kurzschlossen: »Ist sie bei dir?« – »Nein, bei dir?« – »Nein.« – »Ich wußte ganz bestimmt, daß sie wiederkommen würde. Ich liebte sie nicht weniger. Sie war genauso groß wie ich, 1,74, 80 Kilo, 'ne Narbe am Hals. Und am Rücken zwei Muttermalwarzen. Und eine Blinddarmnarbe.«

Er muß Fotos begucken, Schmuck identifizieren. Wahrscheinlich Geschenke von ihm an sie bei besonderen Anlässen.

»Tragen Sie Ihren Ehering noch?«

Er murmelt: »Nein, nicht mehr.«

Frau B., leichtfüßig wie ein junges Mädchen, steht dicht neben ihm, um die Bilder auch zu sehen. Schließlich alles Sachen der Toten, die in Frau B.s Zimmer zwischen ihren Sachen gefunden wurden. Sie sagt, weil die Tote ja auch häufig bei ihr oben war und unten wenig Platz hatte.

Mehrere Kripobeamte sagen aus. Damals an den Fall herangelangt dadurch, daß der Sohn die Polizei rief.

»Sie bestritt von Anfang an. Wir versuchten vergeblich, ihr Vertrauen zu gewinnen. Mit dem Schlitten hatte sie angeblich Müll weggefahren. An den Stellen, die sie dafür angab, haben wir aber nichts gefunden. Daß sie rodeln war, sagte sie auch. Für nichts hatte sie eine Erklärung. Nicht für die fremden Eheringe in ihrer Handtasche, nicht für den Ring der Toten, der bei ihrem Schmuck lag, nicht für die Kettensäge am falschen Platz mit Blut dran. Wir hatten ja die beiden Wannen mit Leichenteilen in Frau B.s Kadett in der Garage gefunden. Wir zeigten ihr

Lichtbilder von den Wannen, es berührte sie gar nicht. Da kam nicht mal ein ›Um Gottes willen‹.«

Frau B. beugt sich angestrengt vor. Jetzt wach im Gesicht.

»Da war überhaupt keine menschliche Rührung zu spüren. Allerdings der Eindruck manchmal, als ob sie weinen wolle.«

Vorsitzender Heinsohn: »Man kann schon die Nerven verlieren bei solcher Anschuldigung.«

Kripo: »Das war kein Nervenverlieren. Das war doch immerhin ihre angehende Schwiegertochter. Sie antwortete nur lakonisch: ›Tot ist tot‹. Der Sohn entdeckte Knochenreste in der Ofenanlage. Wir haben die festen Stücke extra verpackt.«

Vorsitzender: »Das größte Stück in etwa?«

Zeuge: »Nicht länger als so.« Zeigt 15 Zentimeter.

An Frau B. zittert nichts. Weder Hände noch Augenlider.

Verteidiger Schielzeth: »Meinen Sie, daß alles, was da bewerkstelligt worden sein soll, von einer Frau B. bewerkstelligt werden könnte? Das Tranchieren, das ganze Zerlegen?«

Zeuge: »Ich habe noch nie erlebt, in den zwanzig Jahren, daß eine Frau so etwas getan hat, aber sie könnte.« Frau B. mischt sich ein, protestiert. Die Ofenöffnung sei zu klein, sogar für große Scheite. Mit dem drei Pfund schweren Hammer, mit dem Elisabeth wahrscheinlich erschlagen wurde, genau weiß man's nicht, da man ihren Kopf nie fand, hatte sie nichts zu tun. Mit der Flex-Trennschleifmaschine und mit der Kettensäge, blutige Zeugen der Zerstückelung, auch nicht. Mit dem Blut am Kartoffelschälmesser, mit dem vom Aufwischen blutdurchtränkten Papier und anderen Küchengegenständen angeblich auch nicht.

Sie mischt sich wieder ein, sie sagt was. Wird von mehreren Seiten angeblafft. *»Seien Sie doch mal ruhig!!«* Anstatt ihr zu erklären, daß sie später drankommt. Frau

B., jetzt rot, erregt, nicht zu bremsen, über die Vernehmung im Schnee: »Sagt er, Menschenskind, Sie sind jetzt 65! Geben Sie's doch zu, dann fällt die Strafe viel niedriger aus. *Doch* haben Sie mir das gesagt!!!!«

Die Tage und Zeugen kommen und gehen. Verteidiger Schielzeth kämpft mit dem Rücken gegen die Wand. Frau B. verliert immer häufiger die Nerven. Bewundernswerte Direktattacken, sobald sie raushat, wer was über sie in der Tagespresse geschrieben hat. Pöbelt: »Durch die Scheiße ziehen. Durch die Kacke. Unerhört. Können sich Ihre Zeitungen in den Arsch stecken. Da wird man weit vorher verurteilt.«

Fotos werden ausgebreitet auf dem Richtertisch. Alles in bunt. Gute Porträts von ihr. Hätte sie gern Abzüge? Fotos von ihrem Haus, vom Garten, den gut aufgeräumten Zimmern. Wecken sie Sehnsüchte? Alles, wofür sie Kraft und Herzblut hergegeben hatte, jetzt verloren, liegt vor ihr.

Unter den Zuschauern sitzt, wie jeden Tag, die verhaßte Verwandte, die sich schnell einen Teil der Möbel untern Nagel gerissen hat. Ein Geschrei zwischen den Frauen geht los. »Hetzjule! Da sitzt sie ja!«

»Das ist 'ne Beleidigung!«

»Mit meinen ganzen Sachen übern Deich gegangen.«

Wieder Fotos. Diesmal die Plastikwannen mit Inhalt. Grauenhaft. Der junge Witwer hört mit zusammengepreßten Lippen, daß der Unterleib seiner Frau 34,5 Kilo wiegt. Er hört es immer wieder, weil es darum geht, ob Frau B. trotz Halswirbelsäulenschaden und chronischen, erheblichen Schmerzen in der Lage war, Wanne und Fleisch ins Auto zu heben. Ja, meinen die Gutachter. Wenn gestoßen, gezogen, getragen, geschoben, irgendwie möglich. Kurz anheben unter Einsatz aller Energien.

Was geht im Witwer vor? Er sitzt da mit gesenktem Kopf, ausgehöhlt. Schwarzer Anzug, Rollkragenpulli. Makaber. Immer wieder hört er von Blut, Schimmel, Resten an Kettensäge, von Leichenteilen, Kopf ab, Arme ab, Beine ab, noch mehr Blut. Die 34,5-Kilo-Leib hat er schließlich lange Jahre geliebt und begehrt. Die Geschichte ist widerlich. Ich möchte mich wahllos mit allen prügeln.

Schielzeth vergleicht den Torso mit einer Wanne Naßwäsche. Er hat intensiv recherchiert und in der Wäscherei erfahren, höchstens 15 Kilo.

Pause. Diskussionen unter Experten – meist ältere Leute, die täglich freiwillig ins Gericht gehen. Zarte Frau: »In der Not ist man zu allem fähig. Im Krieg. Wog 72 Pfund. Kind auf dem Arm. Schweren Koffer an der Hand getragen.« – »Mir tut auch alles weh«, sagt eine andere Dame. Krankheiten werden ausgetauscht. »Angst gibt einem Kräfte.« –»Was machen die Ollen denn hier?« – »Paß mal auf, min Jung, sonst wirst du auch mal alt. Von wegen soll tu Huus bliben, saubermachen und so.« – »Rentnerkarte für Bus und Bahn heißt: nicht vor neun und nicht nach vier. Muß immer eher weg.« – »Die kriegt sicher sechs bis acht Jahre, anschließend Heil und Pflege.« – »Urteile? Da denkt man drei Jahre, und der kriegt lebenslänglich.« – »Oder umgekehrt.«

Die Gutachter sind dran. Man erfährt nicht viel, aber doch ein wenig. Schließlich hat sie sich auch denen nicht anvertraut.

»... anspruchsvolles Selbstbild. Keine geistig-seelischen Altersveränderungen, kein Abbau. Gesundes Mißtrauen. Neigt zu Pseudorationalisierung. Meint, wenn die Zeiten anders gewesen wären, Oberschule, Modegeschäft. Will zeitlos elegant sein. Anders. Besonders.«

Ansehen. Ein Heim. Eigentum haben. Alles nicht ungewöhnlich, wenn eine Frau der Kunst- oder Oberschicht angehört. Auch bei der Mittelschicht wirkt der Wunsch nach einem Haus nicht abnorm. So was haben andere, ohne Aufwand, ohne sich dafür krummzulegen.

»Der Sohn hat an ihrem Rockzipfel gehangen. Gegenseitiges Abhängigkeitsverhältnis. Hervorragendes Verhältnis zu Kindern. Immer hilfsbereit. Immer beschäftigt.

Alle Kleider selbstgestrickt. Beim Weihnachtsbasar gingen ihre schönen Handarbeiten als erstes weg. Ungemein vitale und kämpferische Frau. Will sich abheben. Mehr haben.«

Wer will das nicht?

Und jetzt erfährt man wenigstens ein klein wenig über die Geschichte von damals. Die sechs Jahre Haft. Wie jetzt ein Indizienprozeß. Ihr Bruder, dem der Giftanschlag mit E 605 gegolten haben soll, überlebte. Allerdings nur, bis Frau B., die bis heute ihre Unschuld beteuert, ihn nach ihrer Entlassung von Behörde zu Behörde schleppte, um mit seiner Hilfe eine Wiederaufnahme zu erreichen. Er sollte zugeben, daß er sie zu Unrecht beschuldigte und nie wirklich verdächtigte.

Der Bruder nahm sich das Leben. Frau B. sagt, daß das schlechte Gewissen ihn dazu trieb. Dann ist das hier ja nur eine Variation auf das Thema. Damals der Bruder als Kronzeuge, jetzt der Sohn. Auch damals war Schielzeth ihr Verteidiger. Dem sie zu Recht vertraut, obwohl er sie vorm Gefängnis nicht bewahren konnte. Er beginnt sein Plädoyer mit: »Die Angst des Torwarts beim Elfmeter ist gleichzusetzen mit der Angst des Verteidigers, nicht alles für die Aufklärung getan zu haben.«

Vorher plädierte Staatsanwalt Hansen: ». . . Spekulationen will ich nicht anstellen. Doch der Ehemann der Ermordeten *kann* es nicht gewesen sein. Nachts nicht, weil dann Herr B. da war. Tagsüber hat er ein wasserdichtes Alibi am Arbeitsplatz. Es ist nicht unwahrscheinlich, daß die Frau zwischen den Männern seelisch hin- und herpendelte. Ist uns allen schon mal so ergangen. Der Sohn hat die Polizei gerufen. ›Feuer, Feuer‹ rufen und als erster löschen helfen tut so mancher Brandstifter, um sich einen weißen Fuß zu machen. So war es jedoch hier nicht. Der Sohn ist geschädigt. Er hat seine künftige Frau verloren.«

Der Witwer leidet auch.

Also zwei Witwer.

»Totschlag – Mord, das hieße heimtückisch aus Haß oder Habgier ... Es ist unglücklich, daß das Haus nach dem Tode des Mannes an beide Kinder fiel. Sie war dadurch rechtlos. Ihr geschah moralisch ein Unrecht ... Das Opfer provoziert sonst oft den Totschlag. In diesem Fall nicht. Nur die bloße Existenz provozierte ... Daher nicht minder schwer ... Haarscharf am Mord vorbei ... Reue wäre ein logischer Bruch ... Die Angeklagte ist wegen versuchten Mordes vorbestraft. Ich beantrage zehn Jahre ...«

Frau B. schreit: »Es wird hier *gerichtet, gerichtet* und *gerichtet*, und ich hab nichts zu sagen. Hat gemacht, gemacht, gemacht. *Stimmt* doch nicht. ›Tot ist tot‹ kam von der Kripo, nicht von mir! Die *Zustände*! Wenn der sagt: Ich kann Sie auch sechs Wochen hierbehalten. Da ist einem doch egal, was die auf ihr Papier schreiben. Ob mein *Sexualleben* in Ordnung ist. Darauf gebe ich doch keine Antwort. Wie man durch die Scheiße gezogen wird. Im voraus verurteilt. Schon nach fünf Minuten.«

Minuten vor der Urteilsverkündung sagt Schielzeth: »Mein Gott, hoffentlich schreit sie nicht wieder so. Damals schrie sie derart.«

Urteil: zehn Jahre und Kosten des Verfahrens.

Sie schreit nicht. Die Frau, die so laut keifen kann, atmet kaum. Beruhigungstabletten? Anwaltsbitte? Hört sie noch zu? Ich glaube nicht. Horcht wohl eher hoffnungslos in sich hinein. Wie alt ist sie, wenn sie rauskommt? 76? Oder wegen guter Führung nur 72?

Und nun schreit sie doch. So plötzlich, daß wir mit offenem Mund dastehn. »Gieren Sie einen noch blöde an. Ballerdoktors sind das. Ich hab heute Sommerschuhe an. Blöder Heini. Schreibt jeden Tag, was ich anhab. Ich sag doch nicht, was ich sexuell mach.«

Die begleitende Polizistin sieht mich mal haßerfüllt strafend, mal nur angewidert an. Wie jeden dieser sieben Tage. Was, wenn ich ihr ausgeliefert wäre? Doch Frau B. hat von ihr nichts zu befürchten.

»Gespräche?«

Mit einer Asylbewerberin sprechen? Ja gerne. Hauptsache, wir können uns verständigen. Da ich niemanden auf gut Glück auf der Straße ansprechen kann, versuche ich es über Freunde und Bekannte. Deutsch – englisch – französisch. Eine Afrikanerin? Kennt leider keiner. Mit Hilfe einer Dolmetscherin möchte ich nicht gerne, weil dann die Intimität des Gesprächs auf der Strecke bleibt.

Nach Wochen vergeblicher Suche, als zum Schluß nur der Kontakt zu zwei Jugoslawinnen versprochen wird, bin ich natürlich doch heilfroh, daß Stefanie, eine hier geborene junge Frau, Kind jugoslawischer Eltern, sich als Dolmetscherin zur Verfügung stellt. Vorgespräch mit ihr allein bei mir. Dann Vermittlungen hin und her. Bin verblüfft, daß alles so schwierig, so umständlich ist. So unklar, ob jemand überhaupt gesprächsbereit ist. Stefanie und andere geben im Containerdorf Deutschunterricht. Ehrenamtlich. Und haben Angst vor Ausbeutung der geflüchteten Frauen.

Dunja

Endlich alles geklärt. Dunja, vierunddreißig, Albanerin aus dem Kosovo, ist schließlich zu einem Gespräch bereit. Sie ist erst seit drei Monaten mit Mann und Tochter in Deutschland. Frührentnerin, da fast blind.

Bei strömendem Regen auf ins Containerdorf am Stadtrand. Die Unterkünfte: außen Blech, innen Sperrholz. Hundertzwanzig Personen aus zwanzig Ländern leben dort zusammen. Das heißt: zwanzig verschiedene Sprachen, zwanzig verschiedene Mentalitäten, mindestens zwanzig verschiedene Lebensgewohnheiten.

Der freundliche Pförtner erkennt mich, weil er früher im Theater Kampnagel gearbeitet hat. Durch den trostlosen Gang rein in das kleine Zimmer. Etwa neun Quadratmeter Schlauch, immer für drei Personen. Unendlich häßlich. Zwei lange grelle Neonröhren an der Decke machen ein gnädiges Drüberwegsehen unmöglich. Trotz der Enge pieksauber. Der gespendete Schwarzweißfernseher läuft die ganze Zeit, laut. Davor der Ehemann, grimmig, abweisend. Bin also nicht mit Frau Dunja und der Dolmetscherin allein. Dunja hat wunderschöne Augen, ein feines Gesicht, aber kaum noch Zähne. Wirkt viel gelassener als ihr Mann.

Die lebhafte dreizehnjährige Tochter kommt mit ihrer Freundin rein. Und noch eine Deutschlehrerin. Egal wie ich es finde, jetzt muß das Gespräch beginnen. Als Dunja die Lippen öffnet, um die erste Frage zu beantworten, schreit ihr Mann los. Verbietet jede Antwort. Schreit, daß er nicht umgebracht werden will. Auch in Hamburg gebe es mordende Serben und Spitzel.

Ich setzte immer wieder an. Versuche zu beruhigen, indem ich Pseudonyme vorschlage. Erkläre, daß das Gespräch nicht für eine Tageszeitung gedacht ist, sondern für ein Buch. Nichts hilft. Jedesmal, wenn Dunja die Lippen bewegt, schreit er minutenlang aufs neue. Das schöne, weiche Jugoslawisch durch seine Stimme verzerrt. Dunja sackt in sich zusammen. Die Deutschlehrerin will, daß ich aufgebe. Und die arme Stefanie ist hilflos.

Die beiden Mädchen spielen fröhlich weiter. Tom und Jerry, ein Brettspiel. Die Eltern der Freundin kommen auch rein. Sie leben schon viele Jahre in Hamburg. Versuchen lieb, den Mann zu beruhigen. Ihn zu überreden. Wollen ihn mitnehmen. Doch gegen Panik ist nichts zu machen.

Nach ein paar Stunden fahr ich heulend wieder zurück in die Stadt.

Azra

Eine Woche später bin ich dank Stefanies Hilfe am andern Ende der Stadt bei Azra aus Bosnien. Der Malteser Hilfsdienst hat in dem häßlichen Neubau eine noch häßlichere Etage angemietet. Achtzehn Personen aus Bosnien, Afghanistan und Polen leben dort. Alles Frauen mit ihren Kindern.

Azra empfängt uns in ihrem schäbigen Zimmer. Wirkt wie erloschen. Ihre Kinder Amir (vier) und Elvis (neun) so schön wie sie. Riesenäugig, tiefernst. Wimpern dicht und lang, wie ein Teppich auf den blassen Wangen. Meine Frage: »Hast du für Elvis geschwärmt?« Ein kleines Lächeln: »Wir beide.« Wir beide – das sind sie und ihr Mann Mile. Der nicht bei ihr ist.

Azra ist schlank. Hellblaues T-Shirt, schwarze Hose. Wundervolle, große dunkle Augen, seidiges schwarzes Haar, Ohrringe. Viel zu jung, viel zu sinnlich, um so allein und gebrochen zu sein. Auch ihr fehlen schon etliche Zähne. Ungesunde Ernährung? Kein Geld für Zahnärzte?

Das Zimmer ist trostlos, kaputte fleckige Tapete. Kühlschrank, Bett, Sofa, Tisch, Schrank. Alles häßlich. Auch hier der kleine Schwarzweißfernseher von Spendern. Auch hier das scheußliche Neonlicht von der Decke. Duschen und Toiletten für alle gemeinsam auf dem Flur.

Mit Entsetzen verfolgt sie jeden Tag die Nachrichten aus Ex-Jugoslawien. Deutsch kann sie nicht, aber die Bilder sprechen für sich.

Ich könnte mich treten, daß ich nicht daran gedacht habe, Kerzen und Süßigkeiten für die Kinder mitzubringen. Azra bietet Saft und Tee an. Gott sei Dank, sie erzählt. Wenn auch sehr vorsichtig.

»Wir lebten in einem kleinen Dorf. Wir haben uns sehr jung kennengelernt und wohnten lange bei meinen Schwiegereltern. Unsere Nachbarn waren Moslems, Kroaten und Serben. Da gab es nie Probleme. Ich war selbständige Schneiderin. Mile ist Radio- und Fernsehtechniker. Wir waren sehr, sehr glücklich miteinander. Irgendwann wollten wir aber allein leben. Vier Jahre bauten wir mit Hilfe von Freunden unser eigenes Haus. Wir haben es ganz besonders schön gemacht, drei Balkons und gute Fenster. Wir hatten Träume vom Glück. Wir wollten das Haus einrichten, dort zusammen leben, die Kinder aufwachsen sehen. Eine Adriareise haben wir geplant – zum erstenmal ans Meer. Vorher hatten wir weder Zeit noch Geld. Der Hausbau schluckte beides.

Es war gerade fertig, als Mile sich mit allen andern jungen Männern des Dorfes in den Wäldern versteckte. Er war Zivilist. Wir Frauen versteckten uns mit den Kindern in den Kellern. Viele wurden abtransportiert. Als ich nach fünfzehn Tagen keine Nachricht von Mile hatte, wurde ich unruhig. Seit dem 22. August 1992 ist er verschwunden. Er war immer mutig, klug und zuverlässig und ein sehr schöner Mann. Ich liebe ihn sehr und kann mir nicht vorstellen, daß er vielleicht nicht wiederkommt. Mein Kleiner ruft immer laut nach seinem Vater, sobald er einen Mann sieht. Ich wäre auch gern zu Mile in den Wald gegangen, doch das ging nicht, weil die Gefahr bestand, daß Kinderstimmen alle verraten hätten.

Es gibt Gerüchte seit dem großen Schock. Mal heißt es, Mile ist verhaftet. Dann, er sei getötet. An dem 22. August, an dem er verschwand, wurden mein zweiundsechzigjähriger Vater und mein vierundachtzigjähriger Schwiegervater erschossen. Meine Tante hat die beiden begraben. Wir anderen haben die Toten nicht mehr gesehen, weil wir uns nicht aus den Kellern rauswagten.

Meine minderjährige Nichte wurde verschleppt und vergewaltigt. Ihre Mutter suchte und fand sie, völlig verstört. Ihr Vater war schon zwanzig Jahre als Gastarbeiter in Stuttgart. Allein. Weil er nur ein Zimmer hatte, das er mit einem Kollegen bewohnte. Er kam nur im Urlaub nach Hause. Jetzt ist meine Tante mit den fünf Kindern zu ihm nach Stuttgart geflüchtet.

Wir hatten alle immer gut miteinander gelebt. Wie Tito uns das gelehrt hat: Brüderlichkeit und Einheit. Die Extremisten, die Tschetniks, haben uns ins Unglück gestürzt. Plötzlich wandten sich unsere Nachbarn gegen uns. Es gab Überfälle und Morde. Unser netter Schulbusfahrer wiegelte plötzlich die anderen auf. Uns sind schreckliche Dinge zu Ohren gekommen – Männer sind in ätzendem Kalk gebadet und nackt in die Sonne gelegt worden. Lebende Kinder schob man in heiße Ziegelöfen.«

Greueltaten, wie sie während des Zweiten Weltkriegs von kroatischen Faschisten an Serben verübt wurden. So schlimm, daß sogar die deutsche Wehrmacht, nicht gerade für Zimperlichkeit bekannt, entsetzt war. Mir fällt auch meine Tante Flora ein, die in Auschwitz miterlebte, wie ihre mitgefangenen griechischen Genossen von besoffenen SS-Männern an ihrer Seite am Fließband weg in den großen Salzsäurebottich geworfen wurden. Furchtbare Schreie, dann lösten sich die Männer auf. Da denkt man, die menschliche Phantasie sei was Schönes.

Es geht wieder einmal um Rasse, Blut und Boden. Auch die Helden sind von gestern, werden ungeachtet ihrer Greueltaten zu Märtyrern erhoben. Der Ustachafaschist und Serbenmörder Ante Pavelič kommt in Kroatien wieder zu Ehren. Seine Tochter hat die faschistische Partei wieder zum Leben erweckt.

Serbisch-Bosnien, Kroatisch-Bosnien, Bosnisch-Bosnien und zahllose andere Staatsgebilde, die noch in keinem Atlas verzeichnet sind, tauchen über Nacht auf. Transnistrien, Abchasien, Tschetschenien. Und alle schon in mörderische Konflikte verstrickt.

Allein 1992 forderten 52 bewaffnete Auseinandersetzungen etwa eine halbe Million Menschenleben. Also Bosnien ist überall.

Eine Epidemie ultranationalistischen Wahnsinns. Unter dem Motto: *Hasse deinen Nachbarn wie dich selbst.*

Azra erzählt weiter: »Meine Mutter und meine Schwestern mit ihren drei Kindern sind nach Kroatien zu meinem Bruder geflohen. Mein Schwager ist auch verschwunden. Ich konnte nicht dahin. Soviel Platz hat er nicht und auch kein Geld, denn die Inflation ist furchtbar. Also bin ich mit meiner Cousine, deren Mann auch weg ist, und ihren Kindern geflohen. Wir brauchten einen ganzen Monat, um nach Deutschland zu kommen. Von Ort zu Ort. Erst nach Kroatien, dann kein Einlaß in Slowenien, per Autobus zurück. Schließlich über Ungarn hierher. Unterwegs wurden die geretteten Männer gleich in Uniformen gesteckt und bekamen Waffen von der Armee. Auch einige der Frauen zogen Uniformen an.«

Deutschland. Rettung. Von Ausruhen, Erholung, Pflege kann allerdings nicht die Rede sein. Sie wurden sofort auf dem großen Containerschiff im Hafen untergebracht. Sie, die immer so beschützt gelebt hatten, umgeben von Eltern, Geschwistern und ihren Männern. Die Kabinen sind fünf bis sechs Quadratmeter klein. Die Hölle für alle. Kriminalität vorprogrammiert.

»Meine Cousine und ich hatten jede eine Kabine. Da waren aber so viele Männer auf dem Schiff. Alle ohne Familie. Auch viele Afrikaner. Wir hatten große Angst. Darum sind wir mit unsern vier Kindern in eine kleine Kabine zusammengezogen.«

Ich sage: »Die Männer kommen auch von weit her, sind auch sehr schlecht dran. Und sehr einsam. Aber ich kann deine Angst gut verstehen. Auch deutsche Frauen haben Angst vor fremden Männern – auch vor deutschen Männern natürlich. Zum Beispiel im Fahrstuhl, in Parkhäusern, abends auf den Straßen. In Parks sogar am Tag.«

Bald gab es auf dem Schiff auch Gerüchte über Neonaziüberfälle und daß man als Asylbewerber in Deutschland seines Lebens nicht sicher ist. Die Frauen sehen auch Brandanschläge auf Asylbewerberheime im Fernsehen, sind aber so kaputt, daß es gar nicht richtig zu ihnen durchdringt. Fühlen sich trotzdem sicher. Ein Glück, daß sie nicht alles verstehen. Ein paarmal verlassen die Frauen das Schiff, machen Spaziergänge im Hafen. Sehen auch die buntbemalten Wände der Hafenstraßenhäuser.

Dann werden die Frauen getrennt. Azra landet im Containerdorf und versucht verzweifelt, mit ihrer Cousine wieder zusammenwohnen zu dürfen. Es ist alles blödsinig. Man müßte doch selig sein, wenn es in so einer Massenunterkunft unter den zwanzig Nationalitäten auch Leute gibt, die sich kennen, mögen und sogar verständigen können. Drei Monate brauchte die Stadt. Na gut, jetzt sind sie wieder zusammen.

»Es ginge ja, wenn nicht so viele tot wären. Die Trauer um die, die schon tot sind – Freunde und Verwandte –, und die Angst um die, die noch da sind. Und meine Kinder leiden sehr.«

»Wie hast du dir Deutschland vorgestellt?«

»Ich hab gedacht, es sei ein großes, schönes, reiches und sicheres Land. Ich wollte immer in der Stadt leben. Wenn wir Sarajewo oder Zagreb besuchten, dachte ich immer, eine Großstadt, das wäre gut. Aber so... Deutschland ist mir ganz fremd. Wir sind so isoliert und haben noch nichts von Hamburg gesehen. Weil wir kein Geld haben, um in die Stadt zu fahren. Weil wir die Sprache nicht können. Und weil ich die Kinder keine fünf Minuten allein lassen kann. Die sind dann außer sich. Wir bekommen auch keine Einladungen.«

»Du hast ja als Schneiderin Gott sei Dank einen Beruf, den du in der ganzen Welt ausüben kannst. Vielleicht im Moment kein Trost, aber das ist wirklich dein Kapital. Die Änderungsschneiderin in meiner Straße ist aus Argentinien hierher geflohen und hat jetzt einen eigenen kleinen Laden. Wie stellst du dir die Zukunft vor?«

»Mit meinem Mann würde ich, egal, wo in der Welt, leben. Ohne ihn will ich zurück. Und mit anderen verlassenen Frauen etwas aufbauen.«

Ich kann so wenig über Azra erzählen, weil die Dolmetscherin und ich uns scheuten, noch intimer zu fragen. Wenn es auch nur etwas differenzierter wurde, verstummte sie und sah weg. Wie schlecht es ihr ging, war nicht zu übersehen. Also muß ich noch jemanden finden.

Da erzählt man mir in der jüdischen Gemeinde von Sina, einer jungen Jüdin aus Kiew in der Ukraine, und ihrem durch Tschernobyl schwerkranken Kind. Die Zweiunddreißigjährige ist Computeringenieurin, Dolmetscherin und Musikerin. Auch sie wohnt in einem Containerdorf weit außerhalb Hamburgs. Seit Mai 1991.

Das ist meine Geschichte! Da ist dann alles drin. »Aber wir wissen nicht, ob sie noch da ist. Seit zwei Monaten kommen unsere Briefe an sie immer zurück.«

Ich telefoniere zwei volle Tage überall rum. Containerdorfbüro: »Die sind weg. Haben sich nicht verabschiedet und keine Adresse hinterlassen.« Der kleine Igor besuchte die erste Klasse einer Schule. Die Lehrer sagen: »Er ist plötzlich nicht mehr wiedergekommen. Wir haben uns auch sehr gewundert und in der Unterkunft nachgefragt. Die wissen auch nichts. Sie hat den Jungen auch nicht abgemeldet.« Doch am meisten wundern sich die Angestellten des Rathauses und des Sozialamtes darüber, daß sie die ihr zustehende Sozialunterstützung seit mehr als zwei Monaten nicht mehr abgeholt hat. »Das können wir uns gar nicht erklären.«

Ich frage: »Kann es nicht sein, daß sie sich zusammen mit dem kleinen Igor das Leben genommen hat?« Gedehnt: »Neeein, das kann ich mir nicht denken. Sie wirkte sehr energisch. Hat sie nicht auch mal einen Freund erwähnt?«

Mir ist mulmig. Der Gedanke an die unglückliche Sina und ihr armes Kind läßt mich nicht los. Soweit ich weiß, hat man sie nicht bei der Polizei als vermißt gemeldet.

Ich frage wieder bei der Gemeinde nach. »Sie war ja

länger als eineinhalb Jahre in dem Container und hatte mehr als die Schnauze voll. Sie war erst Asylbewerberin und bekam dann eine unbefristete Aufenthaltserlaubnis, als man sie als Kontingentflüchtlinge akzeptierte. Immer wieder stellte sie Anträge, um nach Hamburg umziehen zu dürfen, aber die Behörden haben genauso oft abgelehnt. Niemand hat ihr geholfen. Erst als das Chanukkageschenk deiner Tante Flora, das sie über die Gemeinde hinschickte, zurückkam, war uns klar, daß Mutter und Kind verschwunden waren. Ich hab dann auch rumtelefoniert. Aber keiner wußte, wo sie sind.«

»Habt ihr denn Sina und ihr Kind suchen lassen?«

»Nein, wie soll man sie suchen?«

Ich koche. Werde auf eigene Faust etwas unternehmen. Da sie nicht illegal in diesem Land ist, muß man ja auch keine Angst haben, die Polizei einzuschalten.

Rebekka

Bei aller Aufregung, ich brauche noch eine Gesprächspartnerin. Über Ulrich, der hier viele Russen betreut, lerne ich gleich zwei Frauen kennen.

Erst mal Rebekka, fünfundsechzig, jüdischer Kontingentflüchtling, Hochschuldozentin für Deutsch. Spricht auch Englisch und Französisch.

Welch ein Glück, ein direktes Gespräch. Jetzt wohnt sie in einem modernen Hochhaus am Stadtrand. Steht fröhlich in der Tür. Klein, krauses braunes Haar, muntere Augen, in Jeans und blauem Pulli. Ihre Einzimmerwohnung ist sehr hübsch, heitere Farben. Erst beim Hinsetzen merkt man, wie hart das grüne Sofa vom Sozialamt ist.

»Auf meiner Matratze kann ich auch nicht schlafen«, sagt sie, »die paßt irgendwie nicht aufs Bett.«

Aber trotzdem, welch ein Kontrast zu den Unterkünften, die ich bisher gesehen habe. Sie sagt: »Oh, ich hab' das erste halbe Jahr aber auch anders gewohnt. In einem ehemaligen Waisenhaus. Dreizehn Personen. Eine Toilette und ein Bad für alle.«

»Bist du ausgewandert oder geflohen?«

»Es war eine Flucht. Vor dem Antisemitismus, den es bei uns zwar immer schon gab, aber jetzt schlimmer denn je. Wir Juden sind an allem schuld. An der Perestroika, an der Finanzmisere, an den Unruhen. An allem.«

Es leben heute in der ehemaligen Sowjetunion zweieinhalb Millionen Juden, also ungefähr ein Viertel der jüdischen Bevölkerung.

»Aber Marx und Trotzki, und ich glaube auch Lenin, waren doch auch Juden? Und viele, viele andere Kommunisten.«

»Ja sicher, an der Revolution waren wir natürlich auch schuld.«

Der Antisemitismus gehörte zum Alltag, war dem russischen Volk in Fleisch und Blut übergegangen.

»Aber wenn Flucht vor Antisemitismus, warum dann ausgerechnet nach Deutschland?«

»Ich hatte keine Illusionen, aber ich dachte, da bin ich nicht alleine. Da gibt es viele Juden.«

»Wieso, die sind doch alle tot.«

»Ja, aber viele meiner Bekannten sind schon vor mir hierhergekommen. Und andere Länder... Israel ist zu heiß für mich. Und zu meinem Bruder in die USA geht nicht. Er ist schon zweiundsiebzig und kommt kaum selbst zurecht. Ich hätte ihn lieber hier.«

»Wie fühlst du dich, wenn du hier siehst, daß andere, Nichtjuden, verbrannt werden?«

Traurig: »Privilegiert.«

»Ich weiß so gar nichts. Wie habt ihr denn gelebt?«

Sie erzählt: »Meine Eltern sprachen zu Hause nur Jiddisch. Mein Vater Salman war Musiker am Konservatorium. Meine Mutter hatte keinen Beruf, aber einen herrlichen Sopran. Sie hätte auch Sängerin werden können. Mein Bruder Sascha, der jetzt in Amerika ist, ist Professor, Schiffbauingenieur und Autor. Meine Mutter hatte elf Geschwister. Sie ist jiddisch aufgewachsen. Mutters kommunistischer Bruder wurde von der Weißen Garde erschossen, ein anderer zum Krüppel geschlagen. Viele Juden änderten ihre Namen ins Russische, um nicht aufzufallen.«

Jetzt sagt das Gerücht, daß es schwarze Listen gibt, die assimilierte Juden entlarven.

»Durch das Familienoberhaupt, meinen Vater, waren wir alle Antistalinisten. Wir wußten, daß die Besten, die Klügsten, die kritischsten Kommunisten umgebracht wurden. Jede Nacht Verhaftungen.

Unsere Stadt Leningrad wurde ab September 1941 von den Deutschen belagert. Panik bei allen. Bei Juden, Kommunisten und Zigeunern. Die Deutschen waren nur vier Kilometer von Leningrad entfernt. Sie bombardierten uns und hungerten uns aus. Fast eine Million Tote. In einer einzigen Stadt!

Meine Mutter wurde schwer verwundet und erholte sich nie davon.

Der Hunger war so groß, daß viele Menschenfleisch aßen. Ich sah ein kleines Mädchen, dessen Po weggegessen war. Wir wurden nie zu Kannibalen. Wir aßen Kleister und Viehfutter. Wir waren fast verrückt vor Hunger. Ein Onkel, der Offizier war, ging fünfzehn Kilometer bei der Eiseskälte von der Front zu uns, um ein Brot zu bringen. Das rettete uns das Leben.

Von den KZs der Deutschen – Auschwitz, Majdanek, Buchenwald, Treblinka – wußten wir erst später.

Wir haben wie durch ein Wunder überlebt. Schule, Studium – eine wunderschöne Zeit. Ich hatte nur ein Ziel: studieren und meinen Beruf erreichen. Für uns Juden war ein Studium nicht selbstverständlich. Man hat meist weniger begabte Nichtjuden vorgezogen. Aber da ich als Allerbeste der Schule eine Goldmedaille bekommen hatte, nahm man mich gleich auf.

Ob ich verliebt war? Dafür und für eigenes Glück hatte ich überhaupt keine Zeit. Ich hatte wirklich nur ein Ziel

– meinen Beruf. Doch ich hatte viele gute Freunde, durch mein Studium und den Beruf.«

Sie war sicher ein sehr hübsches junges Mädchen. Heiter, sportlich.

»Ich spielte Volleyball, Tischtennis und war eine gute Schwimmerin.«

»Bestimmt verliebten sich doch andere in dich?«

Sie, abwehrend: »Kann sein, darauf habe ich nicht geachtet.«

»Hast du dich denn in Frauen verliebt?«

»Nein, auch nicht. Ich bin immer bei meiner kranken Mutter geblieben. Es war sowieso aussichtslos für jeden, eine eigene Wohnung zu finden. Als mein Bruder heiratete, zog er zur Familie seiner Frau.«

Ja, ja. Als die BRD schon wieder reich und fett war, war die UdSSR immer noch arm und mager. Deutschland hat den Krieg gewonnen.

»Meine Mutter starb 1969. Das war eine Katastrophe für mich.«

»Hast du dann allein weiter in der Wohnung gewohnt?« »Von allein kann nicht die Rede sein. Bei uns lebten immer zahllose Menschen, die nichts miteinander zu tun hatten, zusammengedrängt auf jeder Etage. Teilten sich Klo, Waschbecken und Küche.

Als Jüdin hatte ich es – wie alle Juden bei uns – immer weiter schwer. Zum Beispiel bekam ich an der Universität nur einen Stundenlohn. Alle anderen hatten ein festes Gehalt. Man konnte uns Juden immer benachteiligen, weil wir so leicht zu erkennen waren. In unseren Ausweisen nämlich, das heißt im Paß, steht zum Punkt fünf als Nationalität nicht Russe, sondern Jude. Auch bei mir, obwohl meine Familie seit über hundert Jahren in Rußland lebt. In den fünfziger Jahren gab es die Verfolgung jüdischer Ärzte. Basierend auf Verleumdungen und sonderbaren Vorwürfen.«

Das war also, als in den USA McCarthy zur Kommunistenhatz blies. Und kein linker Künstler, Schauspieler,

Schriftsteller, Regisseur oder Wissenschaftler seines Lebens mehr froh wurde.

Rebekka erzählt: »Meine Freunde waren gemischt, Juden und Nichtjuden. Doch die besten sind fast alle während der Blockade verhungert.«

Nicht nur die Lage der Juden, auch die Lage anderer Russen ist unerfreulich. Nach wie vor.

»Dreimal stand ich am deutschen Konsulat an für ein Visum. Alle, die davon hörten, waren enthusiastisch, wollten auch her. Aber zu spät. Seit ungefähr fünfzehn Monaten geht es nicht mehr. Ich vermisse sie alle, aber es war wirklich unerträglich. Ökonomisch und politisch.

Ich weiß nur, nach vierzig Jahren Arbeit, die ich mit großem Elan und ganzem Einsatz geleistet habe, bin ich bettelarm. Nichts, gar nichts ist mir geblieben.«

Wo leben wir bloß?

Der »Spiegel«: »In Rumänien, wo eine ultranationalistische Partei gegen Minderheiten und Nachbarn hetzt, wird der ›eiserne Marschall‹ Ion Antonescu, der Juden und Zigeuner verfolgen ließ, wieder angebetet.

Die Slowakei sieht in dem klerikalfaschistischen Diktator von Hitlers Gnaden, Tiso, ein Vorbild.

In Polen rühmt man Marschall Pilsudski, in Ungarn Reichsverweser Admiral Horthy.

Und die Ukraine hat ihrem antisemitischen Paradenationalisten Bandera bereits wieder Denkmäler gebaut.«

Wie ein amerikanischer Europaspezialist sagte: »Völkermörderische Armeen. Faschistische Banden. Konzentrationslager. Ratlose Politiker. Flüchtlingselend. Geschlossene Grenzen. Belagerte Städte ... Neues Europa? Was denn für ein neues Europa? Immer noch das alte.«

Menschenfeindlichkeit – ein Flächenbrand.

Ljuba

Nun will ich auch noch Ljuba kennenlernen. Fahre zu ihr, wieder ans andere Ende der Stadt. Diesmal eine hübsche Zweizimmerwohnung im Neubau. Sie lebt dort mit ihrem neunzehnjährigen Sohn Alexander. Die Möbel in seinem Zimmer sind bequemer als ihre. So sind Mütter eben.

Ljuba, 48, ist Informatikerin aus Moskau. Schwarzlockig, attraktiv, wach, weich, sehr weiblich. Ihr Deutsch ist erstaunlich gut, nach nur einem Jahr in Hamburg. Sie besucht vom Arbeitsamt bezahlte Deutschkurse für Akademiker.

Nach einigem hin und her über die von mir mitgebrachten Leckereien will ich auch über sie so viel wie möglich wissen.

»Meine Schwester Tessa ist 60 und Chemielehrerin. Mein Bruder Anatoli, er ist erst 43, ist Diplomingenieur. Der Altersunterschied ist so groß, weil dazwischen der Krieg war.

Mein Vater Abraham war Kommunist. Mit fünfzehn schon berufstätig. Er war so tüchtig, daß er später der Leiter einer jüdischen Kolchose wurde. Er war schon früh berühmt dafür, daß er die riesigen Heuballen nur mit dem Auge fast auf den Zentimeter genau messen konnte. Er hatte null Ausbildung, konnte kaum lesen und schreiben. In seiner Familie waren die Männer Knechte, denn Juden durften keinen Besitz haben, durften also auch nicht Bauern werden.

Unter dem Zaren waren Städte für Juden verboten. Sie durften nur in bestimmten Gebieten wohnen und bestimmte Berufe ausüben. So wurden viele Schneider, Schuster oder Wäscherin.

Meine Mutter Mira bekam als jüngstes von sieben Kindern auch keine Ausbildung. Denn ihr Vater, der zwar nichts besaß, kein Wahlrecht und auch keine anderen bürgerlichen Rechte hatte, wurde nach der Revolution plötzlich der besitzenden Klasse zugerechnet. Eine Katastrophe für meine Mutter, denn nun sollten nur Proletarier gefördert werden. Seine älteren Kinder hatten da alle schon was gelernt.

1929 bis 1934 starben viele an Hunger. Die Ernte mußte an den Staat abgeliefert werden. Ausbeutung total. Die meisten Juden wollten weg, bekamen aber keine Pässe und keine Ausreisegenehmigung. Meine Mutter heiratete schon mit siebzehn, um der Rechtlosigkeit ihrer Familie zu entkommen. Durch die Ehe erhielt sie die Rechte ihres Mannes. Die beiden waren sehr unglücklich zusammen, weil ihre Mentalität so unterschiedlich war. Er, der Kommunist, hatte seine Ideale außerhalb der Familie, sie war die typische jiddische Mamme. Dadurch war auch unsere Kindheit nicht glücklich.

Als die Ärzteprozesse stattfanden, war ich sieben. In meiner Schule gab es außer mir nur noch ein einziges jüdisches Kind. Da war ein vierzehnjähriger Schüler, der mir jeden Tag Ängste einjagte. Der lief immer hinter mir her und schrie: Dein Vater hat Zhdanow vergiftet! Zhdanow war Politbüromitglied und unter mysteriösen Umständen gestorben. Ich hatte jeden Tag Angst, zur Schule zu gehen. Versuchte, mich in der Garderobe zwischen den Mänteln zu verstecken, aber auch da hat er mich geschnappt.

Ich war sehr verschlossen, aber vertraute mich endlich meiner Mutter an. Sie bat meine Lehrern um Hilfe. Danach grölte er nicht mehr rum, aber lauerte mir überall auf, mit der Gebärde des Kehledurchschneidens.

Ich war immer die Beste der Klasse, die Beste von vierzig Kindern. Meine Eltern sparten jede Kopeke, nur aus Ehrgeiz für uns Kinder, für unsere Zukunft. Weil sie selber keine Ausbildung hatten, sollten wir alles bekommen. Eine Zeitlang wollte ich Pianistin werden. Studierte Musik in einer anderen Stadt. Ging dann aber zurück nach Moskau an die Universität.

Ich hatte immer sehr viele gute Freunde, Juden und andere. Meine allerbeste Freundin aus der Kindheit war halb Ukrainerin, halb Russin. Ich hab heute noch Kontakt zu ihr.

Die Liebe? Das erste Mal hab ich mich mit zwölf verliebt. Dann hatte ich eine große Liebe mit zwanzig. Mit siebenundzwanzig hab ich geheiratet. Nach fünf Jahren dann die Scheidung. Meine Ehe war eine große, große Enttäuschung für mich.«

»Was macht er jetzt?«

Sie hebt abwehrend die Hände. »Das will ich gar nicht wissen.« Dann: »Er lebt jetzt in Israel.«

»Das ist ja lange her. Wie hast du danach gelebt? Ein neuer Mann?«

»Nein, nur sehr viel Arbeit. Bei Männern hatte ich immer die Angst, daß sie für Alexander nicht gut sind. Hab dem Kind mein Leben gewidmet.«

Sonst, wenn was nicht *ganz* klar ist, hake ich nach. Traue mich nicht. Möchte nicht mit dem KGB verwechselt werden. Möchte nicht zu denen gehören, die den Frauen Angst machen.

Alexander kommt nach Hause. Bildschön, hochintelligent. In Moskau war er schon im zweiten Semester, studierte Mathematik und Informatik wie die Mutter. Hier muß er sein Abitur noch mal machen. Und das in einer fremden Sprache. Er schafft es, das ist klar.

Ljuba erzählt lachend: »In Rußland sagt man: ›Bist du Jude?‹ – ›Nein, ich hab nur ein intelligentes Gesicht!‹«

»Gibt es in Rußland viele Mischehen?«

»Ja, das ist kein Problem. Die Liebe fragt nicht nach so was.«

»Wie habt ihr die Tschernobylkatastrophe erlebt?«

»Wir haben erst nach fünf Tagen davon erfahren.«

»Was für eine Schweinerei!«

»Ja, stell dir vor, die Kinder spielten solange ungeschützt auf den Straßen. Aber andere Betriebe sind auch gefährlich. Eine Zeitlang bestand dann die Pflicht, Lebensmittel auf ihre Werte hin zu prüfen. Aber ich bin sicher, daß die meisten Händler, die auf dem Markt Obst und Gemüse verkauften, sich nicht dran hielten. Sie wollten einfach verkaufen.«

»Wie war deine Arbeit?«

»Sie hat mir Spaß gemacht. Ich hab dreiundzwanzig Jahre lang mit anderen zusammen Projekte entwickelt. Aber nie ein Resultat. Alles für die Katz. Wir waren ein großes Team, es wurden Millionen da hineingesteckt, aber das, was wir entwickelten, war im Endeffekt viel zu teuer für die armen Krankenhäuser, die es hätten gebrauchen können. Die totale Mißwirtschaft. Das gehört zum System.«

»Warum wolltest du raus aus Rußland?«

»Aus mehreren Gründen. Erstens hatte ich Angst. Und große Enttäuschung. Mein Vater, der Kommunist, war arm bis zum Ende. Seine Illusionen hatte er bis zuletzt. Immer hat er für seine Ideale gekämpft, aber keiner hat es ihm gedankt. Mein Bruder und meine Mutter sind zusammen nach Israel gegangen. Ich wollte auch nicht, daß mein Sohn zum Militär geht. Nicht dort und nicht in Rußland.«

Eigentlich hätte er das als Student auch nicht müssen, aber auf die Bestimmungen ist kein Verlaß, meint die Mutter.

»Das russische Militär ist so brutal, daß du es dir gar nicht vorstellen kannst. Die neuen Rekruten werden aufgehängt, erstochen, erschlagen, wenn sie intelligent oder sonstwie anders sind. Ohne daß die Täter bestraft werden. Tausende junger Leute sind – ohne daß Krieg war – nicht vom Militär zurückgekommen. Werden von ihren Müttern beweint. Da gibt es Selbstmorde en masse. Viele werden verrückt. Oder flüchten vor ihren Peinigern und landen deswegen vor Gericht. Ist einer stark, hat selber Muskeln und wehrt sich, schlagen die anderen in Schichten auf ihn ein, während er schläft. Wer sich wehrt, kommt als Krüppel raus. Mein Junge ist Pazifist. Und Jude. Er hätte keine Chance.

Die Juden hatten es immer schwer, aber jetzt ist es noch viel schlimmer. Allein in Moskau gibt es etwa zwanzigtausend PAMJAT-Mitglieder und zahllose Anhänger aus allen Bevölkerungsschichten. Das sind radikale Faschisten.«

PAMJAT ist eine von mehreren radikalen Gruppierungen in Rußland, die offen faschistische, nationalistische und rassistische Ideologien verbreiten. Von den Nazis abgekupfert. PAMJAT genießt offensichtlich das Wohlwollen der Behörden. Wie wäre es sonst möglich, daß solche Gruppen in den größten und zentralsten Sälen ihre Versammlungen abhalten, um nicht zu sagen: ihr Unwesen treiben können?«

»Sie hängen im Moskauer und Petersburger Zentrum ihre Plakate auf und verteilen ihre Publikationen gegen Juden. Egal, was passiert, sie geben uns Juden an allem die Schuld. Fragen auch, ob nicht Gorbatschow vielleicht doch Jude ist und Zionist. Und Jelzins Oma, ist sie nicht Jüdin? Die Politik ist falsch, die Juden sind schuld. Außerdem war ich das letzte halbe Jahr vor meiner Ausreise arbeitslos. Weil der Betrieb geschlossen wurde. Alexander soll eine bessere Zukunft haben. Deutschland ist zivilisiert.«

»Findest du das immer noch?«

»Ja. Wenn hier jemand ein gutes Haus hat, will der Nachbar ein besseres haben. Wenn in Rußland jemand ein gutes Haus hat, brennt der Nachbar es ab. Ich hab seit meiner Kindheit von den Nazis gehört. Verwandte von mir sind im Krieg gefallen. Aber trotzdem.

Ich hatte erst ein Einreisevisum für die USA beantragt. Keine Antwort. Natürlich wollte ich erst dorthin, denn ich sprach fließend Englisch, aber kein Wort Deutsch.«

»Hast du gleich diese Wohnung bekommen?«

»Oh, nein. Leider nicht. Wir haben erst ein halbes Jahr auf der Reeperbahn in St. Pauli im Hotel Interrast gewohnt. Tausend Betten. Ich glaube, es war vorher ein Bordell. Wir wohnten im sechsten Stock, ohne Fahrstuhl. Hatten ein Achtquadratmeterzimmer und eine eigene Toilette. Dort waren sehr viele Menschen aus sehr vielen

Nationen untergebracht. Auch viele Aussiedler. Im zweiten Stock war eine Küche für alle. Da mußten wir mit unseren Töpfen immer runterklettern und wieder rauf. Viele Polen, die nicht offiziell da untergebracht waren, schliefen auf dem Fußboden und benutzten die Küche als Toilette. Ein halbes Jahr dort, das war für mich und Alexander sehr hart. Ich kann nicht verstehen, daß die jüdische Gemeinde uns so gar nicht geholfen hat. Es ist doch am Anfang in einem neuen Land alles schwer. Arztbesuche, Wohnungssuche, Formulare ausfüllen.«

Der brutale Verkehr auf den Straßen. Das Überangebot: zwanzig Sorten Seife, zwanzig Sorten Wurst, zwanzig Sorten Salat und Waschpulver. Verwirrt auch mehr, als es glücklich macht. Besonders, wenn man kein Geld hat.

Ich wundere mich auch. Ich weiß, daß in der jüdischen Gemeinde eine sehr liebe Sozialarbeiterin ist. Natürlich kann sie nicht alleine so vielen neuen und alten Hilfsbedürftigen zur Seite stehen. Weiß der Himmel, warum sie nicht Leute einstellen, wenn es so dringend nötig ist. Ich weiß auch nicht, warum begüterte Juden überschüssiges Geld immer nur nach Israel schicken, um dort zu helfen. Statt zu fragen, welches Elend es erst mal hier zu beseitigen gilt.

»Ihr als Kontingentflüchtlinge habt noch Glück. Die armen Asylbewerber geraten manchmal an gewissenlose Rechtsanwälte, die zwar das Geld kassieren, aber nichts dafür tun. Anhörungstermine und Dokumente nicht an ihre Mandanten weiterleiten und selbst Termine nicht einhalten. Sie müssen sich keine Sorgen machen, denn die Mandanten wachsen ja nach. Übrigens: ein polnischer Aussiedler, also deutscher Herkunft, wurde hier nicht als Deutscher akzeptiert, weil sein Vater im Krieg gegen die Nazis gekämpft hat.

Weißt du was über die Russen-Mafia in Israel? Die soll brutaler sein als alles, was es jemals dort gegeben hat. Das hab ich in der »Jerusalem Post« gelesen.«

»Die Mafia gibt es auch in den USA. Aber keiner weiß, ob das wirklich Juden sind. Jeder Gangster mit Geld kann sich für fünfzehnhundert Rubel Dokumente kaufen, die sein Judentum bestätigen.«

Wirklich eine Ironie der Geschichte. Aber klar, Israel ist per Gesetz gezwungen, jeden Juden – egal, wo er herkommt – aufzunehmen.

»Sag mal, wie kommst du hier mit dem ganz anderen System zurecht? Andere Währung. Andere Politik.«

»Dort hatte ich in gar nichts mehr Vertrauen und die Politik satt. Und hier hab ich soviel zu tun die ganze Zeit, soviel zu erledigen und nur ein wirkliches Problem: die Sprache zu lernen. Von Politik will ich nichts wissen.«

Ich kann's ihr nicht verdenken. Doch auch hier wird sie die Politik einholen.

All diese Frauen und Männer, die ihr Zuhause verlassen haben, was haben sie aufgegeben! All die, die hier nur als fremder Schrott betrachtet und verachtet werden. Ihre Familien haben sie zurückgelassen. Ihre Freunde. Ihre Kinder, ihre Eltern, ihre Lieben. Ihre Hoffnungen. Ihre Wünsche. Ihre Sprache. Ihr Klima. Ihre Gewohnheiten. Ihre Sitten. Ihr Leben.

Wie bedroht müssen sie gewesen sein, um alles aufzugeben, was ihr Leben ausmachte?

Und da redet man hier von Scheinasylanten.

Jüdin in Deutschland

Es ist sicher kein Zufall, daß ich, die ich mich sonst mit jedem über Gott und die Welt unterhalten kann und die keine Intimitätsbarrieren gelten läßt, ausgerechnet über das, was mein Leben bestimmt hat und bestimmt, nicht sprechen kann. Genaugenommen immer weniger.

Hab schon mal drüber geschrieben, da war es genauso. Ein Grund ist sicher, daß ich jetzt wie damals Angst haben muß, auch guten Freunden auf die Füße zu treten, wenn ich so ehrlich schreibe wie zu jedem anderen Thema auch. Angst, daß sich dann plötzlich Abgründe auftun werden, in die ich reinstürze. Angst, daß sich dann auch das, was ich zum Überleben brauche, die Liebe zu Freunden, als zu schwach erweist, um die Kluft von Erlebtem zu überbrücken. Daß die Brücke, die Freunde und ich zueinander geschlagen haben, nicht trägt.

Als Jüdin geboren zu sein, hat mein ganzes Leben anders verlaufen lassen, als es sonst verlaufen wäre. So wie es ist, kann ich gar nicht ignorieren, daß ich Jüdin bin.

Deshalb kann ich mich auch nicht damit abfinden, daß Juden nicht viel besser sind als andere Menschen. Wahrscheinlich weil mein Vater mir eingeprägt hat, daß ich als jüdisches Mädchen sauberer sein muß, ehrlicher, klüger und besser als alle anderen.

Ich merke, wie glücklich ich bin und wie gut es mir tut zu wissen, daß jemand, den ich besonders achte, der besonders begabt ist, besonders beliebt, auch Jude ist. Gegen alle Vernunft. Mich wärmt, daß Kurt Tucholsky und Egon Erwin Kirsch, Heinrich Heine, Woody Allen, Rosa Luxemburg, Karl Marx und die Marx-Brothers, Albert Einstein, Charly Chaplin, Peter Weiss, Martin

Buber und Lotti Huber, George Gershwin, Marc Chagall, Dustin Hoffmann, Ernst Lubitsch, Karl Liebknecht, Bob Dylan, Else Lasker-Schüler, Arie Goral, Franz Kafka, Simon Wiesenthal, Paul Newman, Rahel Varnhagen, Curt Bois, Daniel Cohn-Bendit, Simon Parnass, Elisabeth Bergner, Max Reinhardt, Georg Stefan Troller, Gady und Shlomith und eine Reihe anderer toller Leute, herrliche Musiker und Schauspieler und Regisseure – daß das auch alles Juden sind. Und Flo und Rudi.

Zwerenz schrieb das Buch »Die Erde ist unbewohnbar wie der Mond«. Schilderte jüdische Spekulanten in Frankfurt. Obwohl in ganz Deutschland die Städte versaut werden von Profitgeiern, die keine Juden sind, sind ihm eben nur die jüdischen eingefallen.

Ich hab den Eindruck, daß besonders junge Leute, die nicht mehr hören *können,* daß die Deutschen immer schuldig sind und Juden immer die Verfolgten, es genießen, daß es auch jüdische Verbrecher gibt. Jüdische Schwindler, jüdische Hurenböcke, Nachtclub-Besitzer, Bordell-Inhaber – was weiß ich. Daß sie sich daran festsaugen.

Es gab eine Zeit, die Glück bedeutete. Als ich neu hier und Gasthörerin an der Uni war. Da waren Leute, die mit erheblicher Verspätung erst studieren konnten. Leute, die Arme, Beine oder verschiedene Eingeweide verloren hatten. Aber die waren weniger verkrüppelt als die blasierten Hirnlosen danach. Ich lebte in einer Wohngemeinschaft mit Peter Rühmkorf, Klaus Rainer Röhl und Dick Busse in Potzis kleiner Holzbaracke. Die Uni-Theatergruppe weigerte sich, mich als Jüdin mitmachen zu lassen. Also gründeten wir eine eigene Studio-Bühne und machten politisches Kabarett. Rühmkorf schrieb die Texte, Dick Busse die Musik, Röhl führte Regie. Geld war uns allen egal.

Alle um uns herum waren aktive Pazifisten. Kunststück – in einer Zeit, in der auch Adenauer und Strauß die Hände derer abfallen lassen wollten, die zur Waffe griffen. Als man gegen den Atomtod aufrief, war der ganze

Hamburger Rathausmarkt schwarz von Menschen. Helmut Schmidt allen voran. Die Deutschen – vorübergehend ein Volk von Außenseitern, bescheiden, nachdenklich, hungrig nach neuen Idealen. Da ließ es sich leben.

Die Eltern meiner vielen Freunde lernte ich fast nie kennen. Es waren auch viele nur aus Protest gegen ihre Eltern mit mir zusammen. Das erinnert mich an meine Jahre in Schweden. Da spielten die Kinder auch nur heimlich mit mir, und ich durfte nie zu denen nach Hause. Weil ich Jüdin bin. Dadurch fühl ich mich auch jetzt noch oft alleine. Hab Angst, nicht dazuzugehören, nicht dabeisein zu dürfen. Ausgeschlossen zu sein. Im übertragenen Sinn vor der Tür zu erfrieren, während drinnen alles kuschelig, warm und geborgen ist.

Dieses Nicht-reden-Können. Die Angst, als Ankläger dazustehend. Wissend, daß gerade bei den anständigen Leuten schon das Wort Jude Entsetzen und Schuldgefühle auslöst. Immer stellvertretend für die tatsächlichen Nazis in ihrer Familie, bei denen von Schuldbewußtsein wirklich nichts zu merken ist.

Darüber kann ich mit Juden auch nicht reden. Wir wollen alle nicht in den Wunden des anderen rumpulen. Lieber Freude bereiten, wenn's geht. Jeder lenkt sich ab auf seine Art.

Ich erst durch Studentenkabarett und politische Arbeit. Dann, indem ich ein Jahr nach Frankreich abgehauen bin, um mal eine andere Sprache zu hören. Eigentlich nur für drei Tage. Ich hatte auch nur Geld und Klamotten für drei Tage dabei. Aber ich blieb dort hängen. Eine andere Sprache hilft immer.

Bei mir in der Wohnung waren jahrelang die deutschen Freunde so sehr in der Minderzahl, daß sie sich wie Ausländer vorkamen. Mein Sohn Kim und ich sprechen schwedisch miteinander, mein Bruder Gady und ich englisch. Mein Freundeskreis bestand überwiegend aus Schwarzen von überall her.

Deutsche Freunde – bei denen weiß ich nie, ob sie sich

nicht antun wollen, mich mit zu ihren Eltern zu nehmen, oder ob sie mir die Öde ihres Zuhauses ersparen wollen. Wie auch immer, ich würde wahnsinnig gerne bei all denen mit am Tisch sitzen. Bin ja immer neidisch auf Familienleben, egal wie trostlos es mir geschildert wird.

Ich war immer auf mich selbst angewiesen.

Mit Sprachen war ich fein raus. Seitdem ich 14 war, gab ich immer Sprachunterricht. Naturmethode, d. h. ohne zu übersetzen. Außerdem dolmetschte ich jahrelang, auch nachts und feiertags, nebenher für Kripo und Gericht. Auf der Liste für Dolmetscher stand neben meinem Namen: »Spezialist für Kanacker«. Weil ich mich auch mit wortarmen Chinesen, Afrikanern, Indern und Orientalen gut unterhalten konnte. Einige Polizisten, nicht viel intelligenter oder geschulter als die festgenommenen Seeleute, dachten deshalb, daß ich chinesische, afrikanische, finnische und andere Dialekte beherrschte. Ich sagte dann bescheiden, »irgendwas muß ich ja auch können«. Richtig wichtig für mich, außer daß ich pro Stunde fast so viel wie ein Handwerker verdiente, war, daß ich Ausländern helfen konnte, nicht aus Angst vor einer Vernehmung total zusammenzubrechen. Auch die Beamten wurden nicht ruppig, wenn ich ihnen Anerkennendes übersetzte. Hab ich immer erfunden, Komplimente hin und her, bis sie sich anstrahlten. Ja, damals, in dem Job, konnte ich die jeweilige Atmosphäre tatsächlich noch beeinflussen. Das kommt mir so lange her vor.

Dann hatten wir 1968. Ein Ostern anders als die Jahre davor. Nicht mehr der drei Tage dauernde, über die Kuhdörfer umgeleitete Ostermarsch, der uns einmal sogar zu Verbündeten in Dänemark führte. Das waren zwar ernstgemeinte, aber so gut wie totgeschwiegene Warnmärsche. Still und friedlich. Die vielen, vielen Polizisten, die uns nicht zu unserem Schutz begleiteten, waren lieb. Fotografierten uns zwar auch damals schon, waren aber umgänglich. Wir waren ja gehorsam. Fanden uns damit ab, nur da zu protestieren, wo außer uns nur ein paar Kühe das mitkriegten.

Der zweifache Nobelpreisträger Linus Pauling sagte damals: »In Amerika wissen wir: Entweder wir gehorchen der Polizei oder wir demonstrieren. Beides geht nicht.« Das geht hier natürlich auch nicht, wenn der, gegen den man protestiert, entscheiden darf, wie und wo.

Nun, Ostern 1968 wurde auch hier der Polizei nicht mehr gehorcht, sondern vorm Springerhaus gegen die Infamie der Springerpresse demonstriert. Ich war mit einem Kamerateam da. Wurde Zeugin einer Art Sado-Maso-Orgie. Es war nicht nur grauenhaft zu sehen, mit welcher Lust und Energie geprügelt wurde. Es war fast so schlimm, die Geilheit auf der anderen Seite zu sehen. Partner. Stellte mir vor, daß man nur die Polizeimützen von den einen Köpfen runter und auf die anderen draufzusetzen brauchte, ohne daß sich das Ganze dadurch sehr ändern würde. Ekstase auf beiden Seiten.

Als ich ausgerechnet Polizisten um Hilfe rief, weil sechs Polizisten einen Jungen zusammenschlugen, lachten die Polizisten von Herzen. Der sich als erster fing, sagte: »Geh lieber nach Hause und wasch dich, du Sau.« Wohl, weil ich lange Haare hatte.

Von da an wußte ich, daß sich hier nichts geändert hat. Daß die Mentalität, die es möglich macht, andere umzubringen, ohne viel zu fragen, noch die gleiche ist. Was nützt es, daß die Jungen damals nicht dabei waren, wenn es nichts anderes heißt, als daß sie dafür zu spät geboren wurden?

Ich hab Angst vor meiner eigenen Ungerechtigkeit. Angst, den Falschen zu schlagen. Immer wissend, daß es in anderen Ländern das gleiche in grün ist. Von wegen abhauen. Vielleicht mit Leuten sonnigen Gemüts in der Sonne sitzen. Seitdem ich weiß, daß die sonnigen Latinos nicht nur hinreißend tanzen, sondern auch einfallsreich foltern, brauch ich einen neuen Globus.

Gespräche über Tagesereignisse mit Kleinhändlern, Taxifahrern, Hausfrauen und Kollegen lassen bei mir keinen Zweifel an der Wiederholbarkeit von Gehorsam.

Egal wie gemein und feige. Ich weiß, daß meine Nachbarin, die Polizistenwitwe und Polizistenmutter, mich jederzeit ihrem Schwiegersohn, dem Hausmeister-Blockwart, ausliefern würde. Keinen Apfel würde der Gemüsemann mir mehr verkaufen, sondern seine Verbotsschilder sichtbar anbringen. Die Höflichkeiten sind nur dünnes Eis. Auf Anordnung jederzeit zum Einbrechen bestimmt.

Auf dem Weg zu meinem Arbeitsplatz im Gericht mußte ich an schwerbewaffneten Polizisten vorbei. Wurde gefilzt. Nicht nur ich. Wir alle. Und wir hielten still. Man war ja dankbar, wenn die Jungs grüßten statt loszuballern. Sobald Linke vor Gericht stehen, ist es auch jetzt nicht anders. Weiß nicht, wer von uns perverser ist. Die mit den Waffen oder wir, die nicht Nein schreien.

Meine Traumata lassen mich nicht los. Da ich meine Verzweiflung so selten rauslaß, bahnt sie sich völlig unkontrolliert und für mich selbst überraschend dann und wann ihren Weg.

Wenn ich im Fernsehen überzeugende Wiedersehens- oder Versöhnungsszenen sehe, kommen laute Schreie aus mir raus und Tränen.

Ich war allein, richtig allein, als ich Holocaust sah. Aufgewühlt. Merkte, wie es sich im Mund zusammenzog. Daß die Lippen wie von außen zusammengequetscht waren. Krampf im Untergesicht. Sah mich zufällig im Spiegel. Erkannte mich kaum wieder. Verzerrt, um hundert Jahre gealtert.

Diesen Krampf im Gesicht fühle ich auch sonst, wenn das Thema Jude angeschnitten wird. Locker mitreden kann ich da nicht. Genaugenommen kann ich überhaupt nicht den Mund aufmachen, aus Angst, schreiend Amok zu laufen. Wünsch mir dann ’ne Axt, um alles kleinzuhacken. Und das als Pazifistin. Lieb sein strengt an.

Eigentlich ist es gehupft wie gesprungen, wo ich lebe. Nur einzelne Leute zählen. Überall. Einzelne Leute, die gut sind, finde ich auch überall. Freunde hab ich auch überall. Am liebsten am Meer.

Lache Bajazzo

Ich hab die Schnauze voll von Juden, die in den Medien lieb, freundlich und charmant sind. Nie zeigen, was ihnen angetan wurde. Gerade noch überlebt, aber sich nicht bei Zuschauern und Interviewern unbeliebt machen wollen. Nie wagen, Wut und Verzweiflung, Angst und Trauer zu zeigen.

Natürlich nicht unbegründet. Würde die kluge, amüsante Lotti Huber öffentlich über ihr Elend klagen, wäre sie nicht so oft im Fernsehen. Wahrscheinlich nur einmal und nie wieder. So geht es auch dem Professor Silbermann und dem Professor Bornemann. So ging es lange Jahre Hänschen Rosenthal, der durch das Ausklammern seines Leides zum Liebling der deutschen Fernsehzuschauer wurde. So geht es im Grunde jedem von uns. Auch mir.

Flippig darf es sein und witzig. Aber wir dürfen da nicht sitzen als leibhaftige Anklage gegen Deutsche und Nazis. Viele der Juden, die so amüsant sind, können nachts nicht schlafen.

Erinnerungen nehmen mit den Jahren nicht ab, sondern zu. Wir sind alle gern im Fernsehen, auch in Talkshows. Wir wollen gerne erzählen, wir wollen gerne diskutieren. Wir wollen informieren. Nur nicht über das, was uns am meisten wehtut. Wir sind liebeshungrig. Froh, wenn man uns will und nicht schlecht behandelt.

Ignatz Bubis ist jetzt der neue Repräsentant der Juden hier. Er erstaunt mich ununterbrochen. Klug, besonnen, integer. Auch einige Deutsche haben ihn für sich entdeckt. Haben ihn zum neuen Bundespräsidenten vorgeschlagen. Zum Glück lehnte er ab.

Inzwischen sind die Nazis hier wieder reichlich sichtbar, hörbar und spürbar. Da fehlt es gerade noch, daß die Deutschen sich hinter Ignatz Bubis als Aushängeschild verstecken können. Um dann so weiterzumachen wie bisher.

Schuld

Ich hatte Besuch aus Kalifornien. Von meinem Cousin Werner, der jetzt Vern heißt. Er ist Psychologe mit eigener Praxis und war auf der Durchreise zu einer Konferenz in Kopenhagen.

Vor einem Jahr traf ich Vern schon einmal für zwei Stunden und weiß daher, was es ihn kostet, herzukommen. Damals ist er zum ersten Mal nach Deutschland und Auschwitz gefahren, um sich seiner Vergangenheit zu stellen. Zusammen mit seiner jungen Frau, die auch Psychologin ist.

Was Vern mir zum Abschied am selben Tag zwischen Tür und Angel sagte, wußte ich bis dahin noch nicht. »Letztes Mal konnte ich euch noch nicht erklären, warum ich die ganzen Jahre nicht wiedergekommen bin. Aber jetzt sag ich's dir: Ich hab gedacht, ich darf nicht wieder herkommen, wenn ich Wölfchen und Marion nicht wieder mit zurückbringe. Ich hab mich die ganzen Jahre schuldig gefühlt, weil ich sie nicht retten konnte. Ich hatte doch die Verantwortung für sie.«

Wölfchen und Marion waren auch Cousin und Cousine von mir. Ihre Mütter wurden in einem Hamburger KZ umgebracht.

Wölfchen und Marion, die damals drei und vier Jahre alt waren, wurden zusammen mit dem damals zwölfjährigen Werner-Vern nach Auschwitz verfrachtet. Auf der Rampe, Werner mit Wölfchen an der einen und Marion an der anderen Hand, wurden sie von Mengele getrennt. Werner wehrte sich und rief dem SS-Mann zu: »Wir gehören doch zusammen!« Mengele ließ sie auseinanderreißen. Die beiden Kleinen wurden noch am selben Tag umgebracht. Vern hat als einziger überlebt.

Ich hab mich auch immer schuldig gefühlt. Von klein auf an. Weil Mutti tot ist.

Wir sagen bye-bye. »You must come and see me in San Francisco.«

Solche Schuldgefühle haben alle, die überlebt haben. Die Opfer – nicht die Täter.

Rache

In Haß ersticken und immer lieb sein, strengt an. Rache will ich. Rache. Wollt ich schon damals, als ich ganz klein war.

Ich stand daneben, als Mutti von der Milchfrau geohrfeigt wurde, weil sie etwas für uns zu essen kaufen wollte. Mich hat sie auch geschlagen, aber das tat nicht so weh. Na warte, dachte ich. Wenn ich groß bin, schlag ich zurück.

Dann in Stockholm. Mein kleiner Bruder Gady. Er war erst vier. Er wurde erst in einigen Familien, dann fünf Jahre in einem katholischen Waisenhaus untergebracht. Ich selbst nach und nach bei zwölf verschiedenen Pflegeeltern. Ich haßte die alle. Sie waren trotzdem nicht wichtig. Wichtig war nur Gady. Und meine Mutter natürlich – aber die war ja nicht da.

Die Leiterin des Waisenhauses quälte uns immer bis aufs Blut. Sie war eine sehr große, kräftige Schwedin. Jedesmal, wenn sie mit ausgebreiteten Armen, beide Türpfosten festhaltend, wie eine Trennwand zwischen Gady und mir stand und uns im unklaren darüber ließ, ob ich zu ihm reindurfte, schwor ich mir: Sobald ich groß genug bin, zahl ich der das heim.

Die Gelegenheiten kamen. Aber sie waren keine. Ich fuhr zurück nach Stockholm. War London-, Hamburg-, Paris-erfahren, selbstsicher, elegant und hart. Hatte zwölf Jahre nicht geweint. Ging wie früher – nein, damals rannte ich ja immer – rauf in den vierten Stock. Sah die Frau. Lisa hieß sie. Ein so weicher Name, für eine so schreckliche Frau. Sah die Alte – schrumplig, verbittert. Erkannte ihre Einsamkeit. Aus guten Gründen nie geliebt. Ich konnte ihr nichts tun, nur angewidert gehn. Mit weichen Knien und unausgelebtem Haß.

Genauso ging es mir mit der Hamburger Milchfrau. Ich gab mir einen Ruck und ging in ihren Laden. Da stand die Frau. Das früher schöne rote Haar jetzt grau. Ich hab mich an die Wand gelehnt, damit ich nicht umfalle. Hab die Frau nur angeguckt. Unentwegt. Sie bediente einen nach dem anderen. Zum Schluß fielen ihr die Sachen aus der Hand. Dann sagte sie, grau im Gesicht: »Ich seh ja Gespenster.« Sie hielt mich für Mutti. Als sie endlich begriff, daß ich die Tochter bin, also kein Spuk, jammerte sie: »Und wie oft, wie oft, hab ich an deine liebe Mutter gedacht. Ach Gott, ach Gott, hab ich gedacht, diese liiiebe Frau . . .«

Ja, auch da bin ich rausgegangen. In beiden Fällen hatte ich kein Wort gesprochen. Mir war durch und durch elend. Ich hätte bei beiden gern gekotzt, aber nicht mal das konnte ich.

Auf meine Unfähigkeit zur Rache bild ich mir nichts ein. Froh macht sie mich schon gar nicht. Es ist nur so, daß ich nicht nach und nach unten treten kann. Sich rächen kann man erst, wenn der andere schwächer ist. Und einem Schwächeren kann ich nichts tun.

Das heißt aber nicht, daß ich irgend etwas verzeih. Im Gegenteil.

Aber egal, was ich mir hätte einfallen lassen können, es hätte nicht gereicht. Hätte meine Rache nicht befriedigt.

Ich find es unerträglich, daß sich auch sonst niemand gerächt hat. Nicht in Argentinien. Nicht in Chile. Nicht in Griechenland, Spanien oder Portugal. Noch hier. Wenn eine Diktatur abgelöst wurde, hat weder die Regierung die Folterer bestraft, noch die Bevölkerung die Henker gelyncht. Die leben alle immer so weiter, als wäre nichts gewesen.

Und hier, bei uns, in NS-Massenmörderprozessen, wenn sie schon mal stattfanden, waren die Zeugen die Elenden und Gebrochenen. Nicht die Angeklagten. Denen ging es gut.

Nie drehte eines der Opfer durch. Nie stürzten sie sich auf die, die ihr Leben zerstörten. Schluchzte mal eine Zeugin, war man im Gericht unangenehm berührt und machte schnell eine kleine Pause. Die angeklagten Täter waren sowieso nur gelangweilt. Und die anderen, die Geschundenen, durften im Gericht die Fassung nicht verlieren. Zusammenbrüche sind für zu Hause da.

Ein einziges Mal nur kam es zu einem Mini-Eklat. Der Sohn eines Opfers, der seine Mutter zu den Prozessen nach Deutschland begleitete, verlor die Beherrschung. Nachdem er tagelang die entsetzlichsten Details gehört hatte, rannte er auf der Straße hinter dem Hauptangeklagten her und schlug ihm mit dem Schirm auf den Kopf. Er wurde sofort festgenommen.

Ich stand der Blutigen Brygida gegenüber und hab sie nicht gewürgt. Ich sprach mit Doktor jur. Hahn, dem obersten Chef von Warschau, statt ihn mit Salzsäure zu überschütten. Aber das ist ja alles egal. Es gibt ja doch nichts Adäquates. Es sei denn, so jemanden lebendig durch den Fleischwolf zu drehen. Hahn dann gleich vierhunderttausend Mal. Einmal für jedes Opfer.

Es geht einfach nicht. Hätte ich von einem Attentat gehört, einem Erschießen, einem Erstechen, das hätte mich nicht erleichtert. Nein, enttäuscht. Nicht einen schnellen Tod wünsche ich denen.

Wie groß mein Haß ist, merke ich, wenn ich Grund zur Freude hab. Der Hahn kriegte Blasenkrebs und ein Bein ab. Köstlich. Auch Barbie, als Gestapo-Chef von Lyon unvergessen, litt an Krebs. Gräßliche Krankheiten, die man eigentlich niemandem wünscht. Beide sind für meinen Geschmack viel zu früh an ihren Leiden gestorben. Ich hätte sie lieber in alle Ewigkeit dahinsiechen sehn.

Doch ich kann nicht aus meiner Haut. Zusammen mit Serge Klarsfeld und seinem Freund Julien hab ich mal in Hamburg einen Nazi aufgespürt. In dessen Wohnung an seinem sechzigsten Geburtstag. Keine Feier, alles sehr ärmlich. Die Frau war frech wie Rotz. Der Mann schlotterte vor Angst. Die blasse Stirn schweißnaß. Auch vor ihm ekelte ich mich. Und wie. Aber ich war nicht in der Lage, darüber zu schreiben. Den Mann den Lesern auszuliefern. So eine furchtbare Angst – jahraus, jahrein –, dachte ich, ist Strafe genug.

Schon sonderbar

Wiedergutmachung? Was ist das? Das ist das, worum uns die Deutschen so sehr beneiden. Manchmal sagen sie auch, und das schon seit 40 Jahren, jetzt haben wir aber lange genug für die Juden geblutet.

Noch mal: Wiedergutmachung? Was ist das? Fünf Mark pro Hafttag in Auschwitz – egal, was an dem Tag passierte. Das ist auch das, was meine Tante Flora und Onkel Rudi bekommen haben. Sinti, Roma und Schwule, die auch im KZ waren, deren Freunde und Angehörige ermordet wurden, kriegten nicht mal das.

Aber am wichtigsten für mich sind die Widerstandskämpfer. Die ihr Leben riskiert haben, obwohl sie es nicht hätten tun müssen. Und das schon vor 1933. Die auch Nazis hätten werden können und es sich gut gehn lassen, statt unter das Handbeil zu kommen. Auch mein Onkel Rudi wurde schon 1934 verhaftet.

Doch gefeiert und betrauert werden hier jedes Jahr nur die Adligen als große Widerstandskämpfer. Obwohl ihnen Widerstand erst einfiel, als der Krieg schon deutlich verloren war.

Das einzige, was sie hätten können müssen als Militärs, konnten sie auch nicht: die Bombe unter den richtigen Arsch schieben. Nichts Besseres fiel ihnen ein, als den einzigen Einarmigen unter sich als ausführendes Organ in den Sitzungssaal Hitlers und seiner Mannen zu schicken. Keiner war bereit, sein Leben zu geben. Wär natürlich auch nur gegangen, wenn sie zu Kamikaze bereit gewesen wären. So wie es ist, ist auch ihr Tod noch unsinnig.

Kein Wunder, daß man sie feiert.

Des einen Henker, des anderen Held

Wüstensturm heißt das Ganze. Irgend jemand ist sicher stolz auf diesen Einfall. Jubelmeldungen nach einem Tag Krieg. »Wir haben alle militärischen Einrichtungen zerstört, es ist nichts mehr da, womit Saddam Israel angreifen könnte! Dem irakischen Volk wollen wir keinen Schaden zufügen.« Na bravo, dachte ich, wenn sie alle Waffen in die Luft jagen, ohne zu töten.

Saddam, Diktator, nicht erst seit vorgestern. Hat bis heute nicht gestört. Wenn der »Irre« sich Feinde aussucht, die uns passen, ist er klug und weise. Acht Jahre Krieg mit dem Iran, über eine Million Tote. Man war ihm dankbar. Pumpte ihn künstlich auf, mit Waffen übelster Art. Auch das Giftgas, mit dem er 1988 – allein in einem Dorf – fünftausend Kurden umbrachte, hatte er ja irgendwoher.

Senfgas, Bakterien – flüssiger und fliegender Tod. Die geistige Elite – feinsinnig, musikalisch, hochgebildet – hat sich dies alles ausgedacht. Das läßt mich noch mehr verzweifeln, daß im gegebenen Moment immer wieder ein Schlächter zur Stelle ist, der bereit ist, davon Gebrauch zu machen.

Missiles on Tel Aviv. Ten to eleven explosions. Chemical bombs. Nervengas wirkt innerhalb von Sekunden. Auch wenn man, wie vorgeschrieben, in einem versiegelten Raum unter der Gasmaske ist.

Das Gift und die Bakterien, worauf die Israelis jetzt in Panik warten, kommen aus der BRD. Auch aus meiner Stadt Hamburg. Die Schweine, die das alles geliefert haben, sind geachtet und gern gesehen. Erst jetzt fängt man an, mühselig darüber zu grübeln, ob man nicht vielleicht erlauben sollte, Telefone und Briefe von diesen Schwerstverbrechern zu überwachen. Skrupel, die bis heute noch keiner hat, wenn es um die Überwachung Linker geht. Die Industrie hat geliefert, die Regierung stand Schmiere.

So wie jeder von uns früher Verwandte in Auschwitz hatte, haben wir jetzt jemanden in Israel. Ich telefoniere jeden Tag mit meinem Bruder Gady und seiner Frau Shlomith, die mit ihren drei Kindern in einem linken Kibbuz zwischen Tel Aviv und Haifa leben. Sie versuchen immer, mich zu beruhigen. Gady macht Witze.

Die Gasmasken sind hart, unbequem und scheußlich, sagt Shlomith. Aber die vielen Palästinenser, die keine abgekriegt haben, wünschen sich sicher trotzdem eine. 170 000 Gasmasken für eine Million Palästinenser. Und auch das erst nach einem Gerichtsbeschluß.

Die Türkei hat es ihrem gräßlichen Özal zu verdanken, daß sie auch schon mit eineinhalb Beinen im Krieg steht. Dort kosten Gasmasken ein Vermögen. So einen Luxus können sich Familien mit Kindern nicht leisten. Die Reichen aller Länder haben es leichter. Sie können außer Landes gehn. Auch Israelis, die in die Hotels nach Jerusalem und Eilat ausweichen, können das nur, wenn sie Geld haben.

Man hätte lange, so lange wie nötig, sprechen müssen. Nicht Ultimaten stellen, das lähmt, läßt keinen Spielraum. Man hätte oppositionelle Iraker im In- und Ausland gegen Saddam stärken müssen. Sofern im Irak überhaupt noch einer am Leben ist.

Daß Menschen getötet werden, wird nie erwähnt. Eine kluge Zensur verbietet Bilder von Verwundeten und Leichen. Keiner soll sich als Mörder fühlen. Computerspiele.

Wir haben die UNO jahrzehntelang hoch bezahlt – für nichts. Sie hätte für ein undurchlässiges Embargo sorgen können. Mit all der Energie, die jetzt in den Krieg gesteckt wird. Der Irak ist ja zu 80 Prozent von Importen abhängig.

Die Friedensbewegung wird diffamiert. Gilt plötzlich als antiamerikanisch und anti-israelisch, sprich antisemitisch. Die demonstrierenden SchülerInnen sind angeblich zu jung und zu dumm für eine so ernste Angelegenheit. Die meisten Soldaten sind auch nicht viel älter. Und sehr viele Opfer noch viel jünger.

Pazifisten wurden schon immer diskriminiert. Sie stören den friedlichen Ablauf eines Krieges. Wer nicht töten will, ist ein Drückeberger, Feigling und Vaterlandsverräter.

Seit Menschengedenken hat es nur gerechte Kriege gegeben. Nur so ließ sich in der ganzen Welt immer wieder aus Durchschnittsbürgern Mörder machen. Geschichte wird von Land zu Land unterschiedlich interpretiert. Des einen Henker, des anderen Held.

Gady lacht nicht mehr so viel. Ein Alarm jagt den anderen. Beide sind todmüde und resigniert. Ihre größte Angst, daß Israel zurückschlägt. Shlomith sagt: »In diesem Krieg gibt es nur Verlierer.« Das stimmt. Wenn man von den Kriegsgewinnlern absieht. Und von denen, die die Kriege anzetteln, selber in Sicherheit sind und sich feiern lassen. Schon jetzt sprechen einige vom wirtschaftlichen Aufschwung. Die Börse hüpft und springt.

Alles das gleiche Schweinepack, nur mit den einen verbrüdert man sich, und mit den anderen führt man Krieg. Danach macht man auch mit denen wieder Geschäfte. Iran ist jetzt das »gute«, wenn auch unzuverlässige Land. Grauenhaft gefoltert und getötet wird auch im Iran. Jetzt bunkert Saddam dort seine Kampf- und Transportflugzeuge.

Assad ist ein Schlächter wie Saddam. Hoffentlich wird der jetzt nicht hochgerüstet. Auch die Kuwaitis hatten ein korruptes System. Auch bei ihnen wurde nach Laune gefoltert. Doch im Moment ist Kuwait das arme, zu beschützende Waisenkind. So schieben sich die Dinge hin und her.

Freundschaften und Feindschaften sind nicht statisch. Eines Tages, wenn alle tot sind, wird man auch wieder mit diesem oder einem anderen Saddam paktieren.

Viele Palästinenser bedauern die Angriffe auf Israel. Einer schrieb das auf sein Plakat, wurde mißverstanden und gejagt. Es müßte Pflicht sein, die Sprache der anderen zu lernen.

Überall Phantasielosigkeit, wenn es nicht um das eigene, sondern um das Leid anderer geht. 41 000 Angriffe in den ersten drei Wochen. Unvorstellbar. Auch wenn nur ein Mensch pro Bombe getroffen würde, wären das 41 000 Tote. Von da aus kann man hochrechnen.

Die Genfer Konventionen sind absurd. Fällt einem nicht nur die Bombe auf den Kopf, sondern auch der Bombenwerfer, muß man ihn pfleglich behandeln. Darf ihn nicht in dem Gefahrengebiet lassen, in dem Frauen, Kinder, Greise, die niemanden umgebracht haben, auch leben und sterben müssen. Deren Angst trifft nicht bis ins Mark wie die der zur Schau gestellten Piloten.

Die USA wurden noch nie bombardiert. Da fällt der Patriotismus leichter. Es geht ein bißchen um Israel. Um Kuwait schon gar nicht. Die USA werfen Bomben auf die, die sie befreien wollen. Und Israel war noch nie so gefährdet.

Meine Sympathien sind immer mit David, nicht mit Goliath. Israel ist beides.

Nachschlag

1992 gab es 52 Kriege in unserer schönen Welt. Die Argumente für jeden einzelnen Krieg klangen immer sehr überzeugend. Notgedrungen. Wie könnte man anders zahllose junge, kraftstrotzende Männer und Frauen dazu animieren, sich und andere umzubringen?

Die Diktatoren stehen weiter in Saft und Kraft. Werden nach wie vor satt beliefert, für den Fall, daß sie mal wieder Krieg führen wollen.

Während des Golfkrieges war mir klar, daß man eher Anti-Kriegs-Demonstranten als Waffenhändler verurteilen würde. Ich hätte mich gerne geirrt.

Doch am 1. 10. 1991 standen auf derselben Seite der Hamburger Morgenpost die Urteile mehrerer Prozesse. Für geplanten Waffenhandel mit dem Iran sowie auch für einen illegalen Kriegswaffendeal: zwischen sieben Monaten und einem Jahr zur Bewährung. Außerdem für die drei leitenden Imhausen-Manager wegen Giftgaslieferungen: zwischen zehn und sechzehn Monaten auf drei Jahre Bewährung.

Ein Jahr später kam auch der Thyssen-Topmanager Ulrich Berntzen mit einem blauen Auge davon. Für die Lieferung von Pumpen, die für irakische Scud-B-Raketen vorgesehen waren, bekam auch er nur ein Jahr auf Bewährung. Und einen Top-Job: die Leitung für 9000 Mitarbeiter bei Thyssen.

Im parallel laufenden Prozeß bekam ein Demonstrant gegen den Golfkrieg, der überflüssigerweise während der Demo die Fensterscheibe einer Bank einwarf, 13 Monate Haft ohne Bewährung. Am nächsten Tag ist die Scheibe wieder drin. Die durch Gas, Bomben und andere Waffen vernichteten Menschen sind leider nicht zu ersetzen. Ich finde Steinwürfe schwachsinnig als politisches Argument. Aber das Urteil erst recht.

Meine intellektuellen Freunde hab ich nur sehr schwer verstanden, als sie sich für den Golfkrieg stark machten. Als nach dem Krieg klar war, daß zwar Hunderttausende Menschen, jung und alt, Kind und Greis, tot sind, Diktatoren aber immer noch in Amt und Würden, dachte ich, daß meine Freunde zur Vernunft kommen würden. Sie wissen so gut wie ich, daß die Länder, die vorher aufgerüstet wurden, auch jetzt weiter reichlich Waffen aus aller Welt bekommen.

Aber die intellektuellen Kriegstreiber haben nichts dazu gelernt. Nehmen nichts zurück. Im Gegenteil. Griesgrämig bejammern sie jetzt, daß die Deutschen nichts als Drückeberger seien, was sie ja schon während des Golfkriegs bewiesen hätten.

Weil sie nicht mal eben hux flux Bomben auf Ex-Jugoslawien werfen, um Kinder und vergewaltigten Frauen das Leben zu retten.

Ich denke immer noch, daß Bomben nicht Leben *erhalten,* sondern vernichten. Dafür schleudern mir sogar linke Freunde das Wort *Pazifistin* als Schimpfwort entgegen. Eine bekannte GAL-Frau: »Dich stört es wohl nicht, daß hunderttausend Kroatinnen vergewaltigt werden und Hunderttausende kleine Kinder ermordet!« Wie in Ausschüssen gegen Kriegsdienstverweigerer die infame Frage: »Würden sie tatenlos zusehen, wenn ihre Freundin vergewaltigt und ihre Mutter erschlagen wird?« Was soll man da noch sagen?

Ich hab immer gehofft, daß der jeweils Stärkere dem Schwächeren hilft. Obwohl ich es besser hätte wissen müssen. Inzwischen bin ich leider sicher, daß, egal wie sich ein System nennt, egal, was es eigentlich sein sollte, es immer das gleiche in grün ist. Wenn sich Systeme bekämpft haben, wenn Millionen und Abermillionen Menschen umgebracht worden sind für sogenannte Ideale, für ihre sogenannten Vaterländer oder irgendeinen anderen Scheiß, sitzen die, die es angezettelt haben, guter Dinge zusammen. Sind sich einig, daß sie im Grunde gar nichts gegeneinander haben. Können sie auch nicht. Sie sind sich zu ähnlich.

Was immer angeführt wird, um einen Krieg zu legitimieren, ist nur ein Vorwand. Die Veranstalter werden durch Kriege so reich, wie die Völker arm.

Da es, wenn überhaupt, nur strafbar ist, Waffen in Krisenherde zu liefern, gelten sie nirgends als Verbrecher. Aber zum Krisenherd wird jeder Ort, wenn erst mal Waffen da sind.

Wenn diese Massenmörder nicht nur reich, sondern unermeßlich reich geworden sind, sind sie nicht nur wohlgelitten. Nein. Die internationale High Society reißt sich darum, dieses Pack bei Tisch und Tafel zu haben.

Adnan Kashoggi zum Beispiel. Fetter kleiner Liebling der Reichen, Schönen und Klatschmedien. Ganz kurz nur wurde er gemieden. Weil es so aussah, als würde er, der Milliardär, finanzielle Einbußen erleiden. Als er sein Vermögen auf altbewährte Art wieder beisammen hatte, buhlte man wieder um seine Anwesenheit und Gunst.

Dieses gesamte Gesindel würde ich gerne gebündelt in einem Kriegsgebiet aussetzen. Dort könnten sie dann ihre Waffen aus der Nähe bewundern.

Ostermarsch 1983

1983. 50 Jahre Machtergreifung. 25 Jahre Ostermärsche. Ich glaube, auch 25 Jahre, seitdem auf dem Hamburger Rathausmarkt dicht an dicht 150 000 Menschen gegen Atomwaffen protestierten.

Damals äußerten sich in Kundgebungen auch Wehner und Schmidt. Formulierten so eindringlich und unmißverständlich, kurz und begreiflich, daß man ihre Warnungen, ohne sie zu verändern, anno 1983 bei Abschlußkundgebungen und anderswo übernehmen kann.

Schmidt wollte damals, was ich auch heute möchte: mit Generalstreik die Atomrüstung verhindern. Die Gewerkschaft machte in diesem Jahr mit, allerdings weit entfernt von einem Generalstreik. Und die SPD war sich mit der CDU rührend einig, als es darum ging, den Antrag der GAL vom Tisch zu wischen. Diesmal durfte der von uns allen teuer bezahlte Rathausmarkt nicht benutzt werden.

Vielleicht hielt man ein öffentliches Interesse nicht für gegeben, weil wir nur um die dreißigtausend Ostermarschierer in Hamburg waren. Als ein Redner übers Mikrofon sagte: »Und wir lassen uns durch nichts einschüchtern«, klang das mit dem leeren Rathausmarkt im Rücken eher wie ein Scherz. Vielleicht war es ja vernünftig, die Bannmeile zu respektieren. In Anbetracht der vielen kleinen Kinder und der auch nicht gerade wenigen Mannschaftswagen und Polizisten im Schatten des Rathauses. Ein perpetuum mobile, die Polizei gehorcht unsinnigen Politikern, und wir zittern vor der Polizei.

Wie fühlen sich wohl Wehner, Schmidt, Brandt u. a., wenn sie sehen, wie sie selber mit ihren Überzeugungen umspringen?

Wir fühlten uns gut, die Sonne schien, thank god, und

wir waren zusammen. Gemotze einiger Funktionäre und deren Groupies . . . und wenn schon. Wer angeblich alles Drahtzieher ist, und wer alles was an sich reißt. Bloß keine Spaltung! Gespräche unterwegs. Ältere erzählen mir vom furchtbaren Hamburger Brand 1943, und wie die Leute brennend in die schönen Kanäle gesprungen sind, an denen wir vorbeispazieren. Diskussionen, Debatten. Und bei manchem Traurigkeit, weil die Familienmitglieder Ostern lieber gemütlicher verbringen.

Auf dem Weg durch Hamburg kommt jeder irgendwann irgendwo vorbei, wo er mal gewohnt hat, »da bin ich geboren«, »da habe ich meine Lehre gemacht«, »hier waren wir ausgebombt«. Lange Reihe – »oh, hier wohne ich«. Dann Wahnsinnshäuser mit Dachterrasse und Palme an der Außenalster. In denen hat bis jetzt keiner von uns gewohnt.

Werner, der Widerstandskämpfer, der immer noch antifaschistische Stadtrundfahrten macht, trägt sieben Stunden seine VVN-Fahne. Ohne abzusetzen. Nicht einmal, wenn er seine gutbelegten Stullen verteilt. »Die wird mit jedem Schritt leichter«, lacht er.

Und mein Onkel Rudi, der als Jude und linker Widerstandskämpfer lange Jahre Knast und alle Torturen im KZ überlebt hat. Wie immer dabei.

Junge Soldaten in Uniform. Stolz, daß sie eine Bestrafung in Kauf nehmen.

Widerstandskämpfer heute.

1993 – 10 Jahre später

Werner, der wunderbare Widerstandskämpfer, inzwischen blind, geht immer noch gutgelaunt und optimistisch mit. Jetzt am weißen Stock mit gelber Binde um den Arm.

Onkel Rudi, jetzt 85, schwer krank, aber ungebrochen, gibt auch nicht auf. Fährt im Rollstuhl mit. Meistens irgendein müdes Kleinkind als Beifahrer auf dem Schoß.

§ 218 in Karlsruhe

28. Mai 1993. Als das Urteil gesprochen wurde, hab ich keine Silbe verstanden. Sicher auch sonst niemand. Macht nix. So gehts im Gericht auch vielen Angeklagten, die zum Schluß nicht wissen, ob sie verurteilt oder freigesprochen sind.

Zurück nach Karlsruhe. Jetzt weiß ich, ein Schweineurteil unter Schweinevoraussetzungen. Sieben Richter, kein Richter aus der DDR, nur eine Richterin. Schon das ist ein Skandal. Hier diktieren Männer die Bedingungen für unser Frauenleben.

Ich setze mich nicht für das werdende, sondern für das vorhandene Leben ein.

Der § 218 soll wieder verschärft werden, so die Verfassungsrichter: Schwangerschaftsabbruch ist grundsätzlich verboten, bleibt aber in den ersten drei Monaten straffrei. Die Kassen dürfen eine Abtreibung aus sozialen Gründen nicht zahlen. Beratungsstellen werden schärfer kontrolliert. Sie *müssen* aufgesucht werden, *müssen* die Frau zum Kinderkriegen animieren. Partner, die einer Frau zum Abbruch raten, können bestraft werden.

Spätestens jetzt wissen die DDR-Frauen, wo sie gelandet sind.

Ich hab die Schnauze voll davon. Bin nicht bereit, mich irgendwelchen Männern zu beugen, nur weil der Staat es so will.

Wenn all dies doch wenigstens neu wäre. Doch schon unsere Mütter und Urgroßmütter fletschten hilflos die Zähne. 1871 trat der bei den Herren so beliebte § 218 in Kraft. 1920 brachte endlich die SPD einen Antrag gegen den Paragraphen ein. Fünfzig Jahre später noch mal, weil sich nichts geändert hatte.

In der Zwischenzeit hatten Millionen und Abermillionen Frauen verzweifelt, gedemütigt, unter Schmerzen, Leben und Gesundheit gefährdend abgetrieben. Bei Kurpfuschern, mit Stricknadeln oder in ätzender Lauge sitzend.

Den Französinnen fiel was Vernünftiges ein. Zweihundert der prominentesten Frauen des Landes griffen 1970 zur Waffe der Selbstanzeige. Konnten nicht bestraft werden, denn wie hätte das ausgesehen.

Wir in Deutschland zogen 1971 nach. Und mehr als hunderttausend Frauen schlossen sich unseren öffentlichen Selbstanzeigen an. Auch wir wurden nicht bestraft.

Dann endlich 1976 ein Teilerfolg. Oj woj, was haben wir uns gefreut. Der § 218 wurde zwar nicht gestrichen, wie wir es wollten, aber einer Indikationslösung wurde zugestimmt. Wir konnten in Krankenhäuser gehen oder ambulant zum Gynäkologen. Die Krankenkassen mußten zahlen.

Nach dem heutigen Karlsruher Urteil können unsere Ärzte jubeln. Nicht mehr die 170 Mark der Krankenkassen, sondern wieder Schwarzmarktpreise. Wie gesagt, alles nicht neu, alles zum Erbrechen.

Doch wie auch immer – preiswert oder unerschwinglich, keine Frau treibt aus Jux ab.

Bukowski

Bukowski in Deutschland.

Bukowski in Hamburg.

Bukowski in der Markthalle. Nur einen einzigen Abend, nur eine einzige Lesung, zum ersten Mal in Europa. Wie Bukowski sagt: »Zu Ehren meines Freundes und genialen Übersetzers Carl Weissner, dem ich auch mein neuestes Buch *Love is a dog from Hell* gewidmet habe.«

Ich kannte einige Fotos und nur wenig Text von ihm. Wußte, er ist ein Säufer und schwer krank. Ging nur hin, weil ich dachte, daß ich ihn sonst vielleicht für immer verpaß. Wollte sehen, wie der Mann mit seinem späten Ruhm fertig wird. Wußte nicht, daß schon lange ein rebounce da ist. Daß der Jubel, den er bei Deutschen auslöst, schon längst tausendfach in Amerika echot. Dachte nicht dran, daß so viele nur von einem Geheimtip reden können, wenn er nicht mehr geheim ist. War auch neugierig auf ihn, weil ich ihn für eine Art Bruno S., Werner Herzogs Kaspar Hauser, hielt.

Die Markthalle ist brechend voll. 900 gehen rein, 1200 sind da. Affenhitze. Bänke, Tische, Fußböden und Schöße von Fans besetzt. Presse und Fernsehen in für Literaten unüblicher Menge.

Zögere, Gewühl und Hitze auf mich zu nehmen. Bis ich plötzlich Bukowski durch die Vorhalle kommen sehe. Klein, total verängstigt, an der Hand einer zarten jungen Frau. Die gleiche Panik steht in ihrem Gesicht, aber sie zieht ihn hinter sich her. Beide sehen aus, als würde ihnen jeden Moment schlecht.

Gehe natürlich rein. Habe Glück. Darf dank Kollege Derschau auf reserviertem Platz bei Freunden von

Bukowski in der ersten Reihe sitzen. Neben einem bieder aussehenden, bebrillten jungen Mann mit crew-cut, der sich als Carl Weissner entpuppt. Hätte mir den Intimfreund von Bukowski, der ihn schon vor zehn Jahren für Deutschland entdeckte und hier großgemacht hat, wirklich anders vorgestellt. So bieder kann der Mann nicht sein, der Bukowskis Sprache spricht wie kein zweiter.

Auf Bukowskis Lesetisch stehen vier Gläser. Daneben ein Kühlschrank mit Nachschub. Er scheint sich bei Wein zu erholen. Sagt: »Ich mag die Deutschen, sie reden nicht vom Trinken, sie trinken.«

Er liest aus seinen Büchern, und ich verstehe sofort, daß Bukowski-Leser Bukowski-Fans sein müssen. Laszive, dunkle Stimme. Dieser häßliche Kerl, mit dem Gesicht wie ein Rübenacker, wird mit Clark Gable und Humphrey Bogart verglichen. Klar.

Die vielen Möchte-gern-Bukowskis sind eine Qual. Plump, dummdreist, infantil. Glauben, daß sie auch Lebenskünstler und genial sind, wenn sie 'ne Bierflasche an den Hals setzen und mit Pubertätsstimme »you damned asshole, you fucking bastard« durch die Markthalle quietschen. Sie geben sich verkrampft lässig. Nicht einfach bei der Enge. – Früher sah man Jünglinge im Cowboy-Schritt aus Gary-Cooper-Filmen kommen.

Bukowski, von Freunden Hank genannt, ist witzig, schlagfertig, hat Selbstironie. Wird mit den Rufern in der Wüste fertig: »Go home to your mother, baby – go and have your milk, honey! You shouldn't be up this late, baby!«

Die Afrikaner im Publikum sind ruhig und intensiv konzentriert.

Hank wird natürlich auch nach seinem Liebesleben gefragt. Blüht auf, ruft: »She is here. Get up, woman! Show yourself! Where are you?«

Das hübsche Mädchen mit den roten Locken springt strahlend mit einem kleinen Jubelschrei von der Bank hoch. Wirft die Arme in die Luft, lacht in die Runde.

Hank unterstützt die Fantasie seiner Leser, indem er sagt: »She is fantastic, she is the best I ever had, you believe me! Not only in bed! She gives me real love, she's got all I need. She's the first woman in my life, who really wants me to feel GOOD!«

Ich würde ihn gern noch viele Stunden hören, doch die 70-Minuten-Lesung ist leider vorbei, zwei der großen Weinflaschen leer.

Ein 35-Minuten-Film wird noch gezeigt. Ein Film von ungeheurer Zärtlichkeit nach Bukowskis Geschichte »Mermaid Blues« – »Die kopulierende Nixe von Venice«. Gedreht von Peter Lawrence, einem Jungen der Filmhochschule Hollywood. Der wird auch noch berühmt, davon bin ich überzeugt. Der Film handelt von zwei Säufern, die aus Jux eine eingewickelte Leiche klauen. Sie entpuppt sich als so jung und schön, daß beide mit ihr schlafen und sich brennend in sie verlieben. Die erste Frau, die ideal ist. Ende.

Das Publikum stürmt die kleine Bühne, drückt Hank fast tot. Wir flüchten ins Büro auf einen Drink, und eine dreiviertel Stunde drücken sich die Leute die Nasen an der Scheibe platt.

Hank und Linda Lee sind unendlich erleichtert, daß es geschafft ist. Erst jetzt sehe ich, daß er nicht klein, sondern ein großer wuchtiger Kerl ist. Sieht wirklich verheerend aus. Oder? Hat verschmitzte, gütige Augen. Wird schöner und schöner, je länger man ihn ansieht. Ja, er ist attraktiv.

Das Autogrammgeben ist ihm auf Dauer peinlich und ermüdend. Trotzdem signiert er nicht nur Bücher und Plakate, sondern zeichnet auch noch Männchen dazu.

Wir fahren zum Fischmarkt in die »Zwiebel«. Ein Junge steht auf, kommt an unsern Tisch, stammelt, als hätte er einen auf den Kopf gekriegt, immer wieder: »Ist das wahr? Mann, ist das wahr? Sag mir die Wahrheit, bist Du's? Ist er's? Bist du's? Ich hab alle deine Bücher, ich hab sie alle so oft gelesen. Oh, mein Gott, du bist in Hamburg!«

Derschau kann den Jungen gut verstehen. Er, schon lange der Faszination von Hanks Büchern erlegen, tat, was inzwischen sehr viele junge Deutsche tun, tauchte einfach auf gut Glück bei Bukowski in Los Angeles auf, um ihn kennenzulernen. Seitdem sind sie Freunde. Hanks kleinbürgerliche Bruchbude wird immer mehr zu einem Psycho-Lourdes für Ratlose.

Hank sitzt zwischen Linda Lee und einer hübschen Blonden. Die Blonde rückt immer näher ran, enger, noch enger. Rutscht fast auf ihn rauf. Bis Hank die Brücke hochzieht. »You know baby, I'm totally in this woman here, body and soul«, während er sich wie Schutz suchend an Linda Lee klammert und sie für den Rest des Abends nicht mehr losläßt. Das sieht schon mehr nach Liebe als nach wahllosem Rumgeficke aus.

Deutschland scheint für Hank eine mystische, sentimentale Bedeutung zu haben. Er spricht von coming home, obwohl seine deutsch-polnischen Vorfahren nach Amerika emigrierten, als er erst zwei war. Ich muß daran denken, daß er seine Eltern haßte wie sie ihn. Er schrieb: »Dann sah ich den miesen Ausdruck auf ihren Gesichtern, auf diesen sterilen, toten, grauen, heimtückischen Hackfleischvisagen, und es drehte mir den Magen um. Ich kotzte auf ihren schönen Wohnzimmerteppich, in dem das ›Baum des Lebens‹ Muster eingestickt war. Ich stolperte darauf herum und reiherte ihnen den ganzen Teppich voll.« Trotzdem findet er die Deutschen gut.

Die Nacht wurde mir zu lang. Wenn man nicht mitsäuft, ist Gehen im richtigen Moment besser als bleiben.

Nächster Tag. Derschau, der auch bei mir im Innenhof wohnt, sagt: »Komm doch rüber aufn Wein und dann was essen gehen.«

Kann nicht, will ins Theater. Und Wein trink ich sowieso nicht. Als ich dann Hank in Derschaus Sperrmüllsessel sitzen seh, natürlich trinkend, aber voll da, bestell ich die Karten ab. Mir gehts wie gestern dem Jungen. Hätt ich doch meinen Fotoapparat dabei, denk ich ganz backfischhaft. Ein Tonband läuft. Ein anderer Backfisch will jedes Wort von Hank festhalten. Ich törne alle an, als ich sag, daß das Interview mit Hank nachher im TV-Freitagsmagazin läuft. Keiner hat davon gewußt.

Alle freuen sich so sehr, sind so gespannt und aufgeregt, daß ich denke, klar – es ist sein erster Fernsehauftritt. Eine Stunde noch. Wir stellen eine Uhr hin und lassen den Fernseher ohne Ton laufen. Bloß nicht verpassen.

Es klingelt. Conny, Nachbar von oben, kommt rein. Ich weiß nur, daß er debil und sprachgestört ist, schiefgesichtig und schielt und daß seine ausgemergelte Mutter schon lange an Krebs stirbt. Nach was anderem hab ich Conny in den zwei Jahren Nachbarschaft auch noch nie gefragt.

Hank unterhält sich mit Conny. Und Conny unterhält sich sehr angeregt mit Hank, obwohl er kein Wort englisch kann und Hank kein Deutsch. Conny fragt 'ne Menge. Ist ganz wach. Wird zur Person. Paßt plötzlich rein. Sieht nicht mehr so schief aus. Ich fang an, etwas von Hanks Magie und meiner eigenen Poplichkeit zu begreifen. Er hätte auch Honkas Frauen Würde verliehen.

Derschau drängt Hank einen gräßlichen Hut, einen teuren Borsalini, auf. Viel zu klein für Hanks wuchtigen Schädel, während Derschau in seinem Borsalino sehr elegant wirkt. Bogey stand er auch gut. Hank sträubt sich. Findet den Hut wohl so scheußlich, wie er ist. Doch als Derschau ihm klarmacht, welch elementare Bewandtnis es mit der Kopfbedeckung hat, setzt er das schaurige, seine schöne Stirn verschandelnde Ding auf und freut sich sogar. Setzt ihn den ganzen Abend und den ganzen nächsten Tag nicht ab.

Hanks Ängste brechen durch: »I like woman, I don't hate them. But I'm afraid always that a red-women's-brigade will come and get me. They are not used to read between the lines.«

Gleich ist es soweit. Conny verschwindet nach oben zu seiner Mutter, weil er Hank lieber in Farbe sehen will, während wir uns vor Derschaus kleinem schwarz-weiß-Ding drängeln.

Eine kurze, konzentrierte, gut gemachte Sendung. Hanks Ankunft mit Linda Lee. Ein kleines Gespräch. Ausschnitte aus der Markthalle. Das Warten hat sich gelohnt.

Hank zu Linda Lee: »Did you see, how beautiful you are, baby, did you see how lovely you look?« Linda Lee glüht zurück: »I only had eyes for you, Hank, I saw nothing but you honey!«

Rüber zum Portugiesen durch den Hof. Düfte, Farben, Sinnlichkeit in der Dämmerung. Die Rotbuche füllt im Sommer den ganzen Hof aus.

Linda Lee sucht das Essen für ihn aus. Sie paßt auf. Es geht um seinen kaputten Magen. Sie ist stolz, daß sie ihn von Bier und Whisky runtergebracht hat. Ich als Laie hätte gedacht, daß es egal ist, an welcher Sorte Alkohol man sich totsäuft.

Wir sitzen nebeneinander. Ich frag ihr Löcher in den Bauch, weil ich unbedingt wissen möchte, wie diese muntere Frau, die ein Health-food-Restaurant am Meer besitzt, und der Selbstvernichtungsfanatiker zusammengefunden haben.

Sie erzählt von seiner Unbeholfenheit, von ihrer Geduld mit seinem Nachholbedarf: »Als er noch nicht berühmt war und kein Geld hatte, konnte er nie Frauen kriegen. Er war sein ganzes Leben arm, häßlich und alleine. Dann plötzlich standen die schönsten Mädchen Schlange. Und das brauchte er auch noch in unserem ersten halben Jahr. Jetzt ist es anders. Wir wohnen nicht zusammen, wir sehen uns nur am Wochenende. Ich fahr dann zu ihm, weil er nicht aus seiner Bude rausmag. Aber wir telefonieren jeden Tag stundenlang miteinander. Es ist schwer, denn er traut niemandem und hat dauernd Angst, mich zu verlieren. Meistens stellt er sich vor, daß abartige Lustmolche mich vergewaltigen und umbringen, besonders, wenn er mich nicht sofort am Telefon hat.

Dann ist er verrückt vor Angst. Andererseits würde es ihn reizen, hinterher darüber zu schreiben.« Jemand fragt Hank nach Heiratsplänen. Er wehrt lachend, energisch ab: »We'll never get married, baby.«

Dreht sich ganz schnell, erschrocken Linda Lee zu: »Oh, I suppose, I shouldn't have said THAT!« Und streichelt zart und entschuldigend die Frau, die seit zwei Jahren SEINE Frau ist.

Inzwischen hab ich mir Archivmaterial besorgt und gesehen, was für wahnsinnige Artikel schon über ihn erschienen sind. In »Zeit«, »Stern«, »Spiegel«, »Literatur Konkret«, »Playboy« usw. Hank und ich sind wohl die einzigen, die davon nichts wußten. Ihm zeigt man die Ergüsse zu seiner Person nach Möglichkeit nicht, um seine Spontaneität nicht einzudämmen.

Heute fand ich ein dickes Buch von ihm auf dem Briefkasten, »Stories und Romane«. Mit Widmung: »For Peggy – You've got a good soul. Good to see you. YA!! Charles Bukowski.«

Nix von good cunt. Die kennt er ja auch nicht. Und ich bin den ganzen Tag glücklich, als hätte ich einen Liebesbrief bekommen.

Ein Jahr nach meiner Veröffentlichung beschreibt auch Bukowski seine Deutschlandreise. In »Shakespeare never did this«*. Noch ein Jahr später kommt die deutsche Fassung »Die Ochsentour«** raus. Wieder wunderschön von dem Fotografen Michael Montfort bebildert. Für mich ist es sehr aufregend, wie Bukowski selbst seinen Hamburgaufenthalt schildert. Und Freude über Freude, auf Seite 47 kommt auch unsere Begegnung vor.

* Charles Bukowski, »Shakespeare never did this«, City Light Book, San Francisco 1979.

** Charles Bukowski, Die Ochsentour, Maro Verlag, August 1980 (Fischer tb, Ffm. 1992).

Florian

Horror wie vor jeder Reise. Die fünf Lederschlabbertaschen endlich gepackt. Neuerdings mit Hilfe einer langen Liste. Bloß nicht zu spät kommen. Hab schon dreimal Flugzeuge verpaßt, von Zügen, die ich so hasse, ganz zu schweigen.

Flughafen. Das Licht ist scheußlich, ich mag keine großen Gebäude. An mir vorbei wird ein Junge von einer Stewardeß teils gestoßen, teils gezerrt. Hoch aufgeschossen, schmal, hellbraune Locken. Im Warteraum seh ich ihn plötzlich wieder. Er bewegt sich, als würde er seine Balance suchen. Erinnert mich an einen Seiltänzer. Weiß plötzlich, daß der Junge blind ist. Sehe sein zartes Gesicht. Sehr sensibel und ausgeliefert.

Das muß Daniel sein. Der Sohn von B., meinem ehemaligen Geliebten. Der Sohn, mit dem wir vor ein paar Jahren beinah ins Elsaß gefahren wären. Den ich nur von Erzählungen und am Telefon kannte. Der Sohn, dessen Hilflosigkeit ein Anlaß war für das gewaltsame Ende unseres leidenschaftlichen Liebesverhältnisses.

Die Vorstellung, dem Menschen, den B. am meisten auf der Welt liebt, so nah zu sein, ist wahnsinnig aufregend.

Jemand in Flughafenuniform zerrt ihn durch die Sperre zum Flugfeld. Ich will hinter ihm her, aber wir anderen müssen noch warten. Trete ungeduldig von einem Bein aufs andere. Endlich darf ich durch. Atemlos ins Flugzeug, um ihn zu suchen. Gleich in der ersten Reihe sitzt er. Am Fenster. Aber davon hat er ja nichts.

Ich sage zur Stewardeß: »Ich möchte neben dem Jungen sitzen. Geht das?« Sie: »Das ist aber nett von Ihnen. Würden Sie das wirklich machen? Da wird sich der Florian aber freuen.« – »Ich mich auch.«

Florian? Hieß er nicht Daniel? Setze mich. Hoffentlich gefall ich ihm. Hoffentlich mag er meinen Duft. Sein Gesicht ist abweisend. »Ich bin Peggy. Willst du nen Schokoladenpudding? Da ist Sahne drauf.« – »Nein.« Pause.

Gott, bin ich blöde. Für Blinde ist gerade weiches, wabbeliges wie Pudding und Sahne ganz schwer zu bewältigen. »Bist du schon mal geflogen?« – »Ja, jedes Wochenende. Hamburg–Berlin und zurück. Mein Internat ist in Hamburg, aber wir wohnen in Berlin.«

»Wirst du jedes Mal so rumgeschubst und angetrieben?«

»Ja, fast immer.«

»Das ist ja zum Kotzen. Du mußt versuchen, dich dagegen zu wehren. Du darfst dich nicht behandeln lassen, als ob du ein Paket wärst.«

Nun ist das Eis gebrochen. Florian erzählt. Von sich, von seiner Familie, von seinen Interessen, von seinen Freunden. Ich hab mich also vertan. Er ist nicht Daniel.

Ich frage, ich hake nach. Oh, bin ich froh, daß ich eine dunkle Stimme hab, die ihn nicht erschreckt. Gelegentlich berühren sich unsere Hände. Dafür sorge ich. Ich weiß ja, daß meine Hände sich gut anfühlen. Wie er sich mich wohl vorstellt? Wir sitzen zusammen wie in einer Höhle. Ich teile seine Blindheit und er mein Sehen.

So was hab ich schon mal erlebt. Mit einem Schauspielschüler, mit dem ich ein Jahr zusammenlebte. Der konnte sich so lange bei mir halten, weil er Phantasie hatte und mich in seine Phantasien mit hineinzog. In unserer ersten Liebesnacht zog er die breite Decke über unsere Köpfe und sagte: »Jetzt sind wir in Spanien, Peggy.« So wurde Spanien unser gemeinsames Land, obwohl wir nie hinfuhren.

Plötzlich fällt der Name Daniel. »Mein bester Freund. Wir schreiben Hörspiele zusammen und sprechen die auf Band.«

Welch ein Zufall. Er ist nicht Daniel, aber er führt zu ihm hin. Ob er ihm von mir erzählt?

»Hörspiele? Wir haben einiges gemeinsam.«

Mein Haar ist frisch gewaschen, also weich und duftend. Ob ich mich mal zu ihm rüberlehne? So verschlossen er anfangs war, so sehr öffnet er sich jetzt.

Strahlt. Besonders, als er von seiner Freundin erzählt. Sie ist erst zwölf. Ich schieb den Gedanken daran weg, daß auch Florian mit seinen vierzehn Jahren noch ein Kind ist. Erzähle ihm von meiner Arbeit, freue mich, daß mein Buch auch in der Blindenbibliothek zu haben ist.

Schön, daß ich ihn so hemmungslos anstarren kann. Alles ist viel enger und intensiver als sonst möglich. Ich fühle mich hübsch, weil er mich nicht sehen kann. Ich fühle mich blutjung, weil er meine Falten nicht sieht. Das heißt, ich fühle mich anders gesehen und besser erkannt. Die Optik lenkt nicht von mir ab.

»Wenn wir landen, gehn wir zusammen raus. Du mußt mir nur sagen, wie ich dich führen soll.« Mir wird ganz heiß vor Liebe. Ich möchte ihn beschützen. Er soll nie mehr so ausgeliefert sein wie vor dem Start.

Ich sage: »Wenn du wissen möchtest, wie ich aussehe, kannst du gerne mein Gesicht anfassen.« Während er vorsichtig abtastet, Stirn, Augenbrauen, Wangen, Kinn, Lippen, denke ich panisch: Er faßt auch meine Nase an, die zweimal gebrochen ist, fühlt, wie groß sie ist. Daran hatte ich nicht gedacht, als ich ihm das Angebot machte, hinzufühlen. Ich nehme seine Hand und führe seine Finger durch mein Haar. Am liebsten würde ich ihn küssen.

Landung. Unsere Höhle wird gesprengt. Unsere Reise ist zu Ende.

»Herzlichen Dank noch mal für Ihre Mühe. Da hat sich der Florian sicher sehr gefreut. Da war er mal nicht so alleine wie sonst.« Mir wird ganz schlecht. Während ich sag: »Ich hab mir ja nur selbst eine Freude bereitet«, denke ich: Um Gottes willen, wie muß der Florian sich vorkommen. Als wäre es ein Opfer, neben ihm zu sitzen und mit ihm zu sprechen.

Wir gehen Arm in Arm die Gangway runter. Noch einige

Schritte, dann wird er mir entrissen und im Laufschritt mitgezerrt. Ich renn hinter ihm her, wieder so atemlos wie vor dem Abflug. Ich denke nicht an mein Gepäck. Nur daran, daß er nicht plötzlich verschwinden darf. Rufe: »Florian, warte, warte.« Hole ihn in der Ankunftshalle ein. Sein Vater neben ihm. Murmle was von »zusammen geflogen«. Wir tauschen Telefonnummern aus. Vater hat's eilig. Ich nehme Florian in die Arme, wünsche ihm Mut und Kraft und daß er sich durchsetzen kann. Bedanke mich bei ihm für den schönen Flug. Küsse ihn auf die Wange. Wir sind wieder in unserer Höhle.

Da küßt Florian mich plötzlich mitten auf den Mund. Absicht? Zufall? Seine Lippen sind ganz weich und schmecken wunderbar.

Ich steh noch da wie festgezaubert, als er mit seinem Vater längst weg ist.

Wir sind Freunde geworden. Als Florian noch im Hamburger Internat war, gingen wir zu MacDonald's. Für mich ein Horror, aber Florians Liebstes. Drei riesige Big Macs aß er, während ich würgend zuguckte.

Als ich zur Berlinale mußte, war ich Florians offizielle Flugbegleiterin. Sehr schön und kostete nichts.

Ich fragte ihn mal: »Was stellst du dir unter Sehen vor?« – »Mit den Augen fühlen«.

Ich freu mich immer, wenn ich Florians lange, sauber getippte Briefe bekomme. Häufig mit Zeitungsartikeln, wenn über ihn geschrieben worden ist. Mal, weil er mit seinem tollen Lehrer rudert. Mal, weil er in der Schülerband auffällt als Pianist und Sänger.

Florian singt mit seinem Vater im Männerchor und komponiert. Zur Zeit love songs für seine Freundin Jenny. Mit Daniel schreibt er Hörspiele, die sie dann auf Kassetten sprechen und gekonnt mit allen möglichen Background-Geräuschen unterlegen. Er würde sehr gern aus seinen Begabungen einen Beruf machen.

Nächste Woche treffe ich seine Mutter und ihn in Berlin. Dort hab ich die Wahl: Wir gehen zum Chinesen.

Mord? – Allerdings!

Ein Soldat, der anfängt zu denken, ist schon fast keiner mehr. Heinrich Böll 1985

Den Wehrdienst darf man verweigern. Nur gute Gründe muß man zur Hand haben. Ganz einfach sagen: »Ich hab keinen Spaß dran«, oder »Ich kann mit meiner Zeit besseres anfangen, als in einer Kaserne gehorsam zu sein« langt nicht.

Da ist es schon besser zu sagen: »Der Krieg ist ein Verbrechen an der Menschheit. Ich bin daher entschlossen, keine Art von Krieg zu unterstützen und an der Beseitigung aller Kriegsursachen mitzuarbeiten. All dies habe ich als richtig erkannt, danach zu handeln verpflichtet mich mein Gewissen.« Fragt dann jemand im Prüfungsausschuß, was denn nun genau das Verbrechen sei, das man nicht unterstützen könne, muß man antworten: »Mord. Ich kann nicht Soldat werden, weil Soldaten zum Morden ausgebildet werden. Das verbietet mir mein Gewissen.«

Der junge Mann, der sich 1973 genauso verhielt und daraufhin vom Dienst an der Waffe befreit wurde, heißt Rüdiger Kreissl. Acht Jahre später, 1981, stand er, als Herausgeber des »Lahn Dill Boten«, wegen des gleichen Satzes in seiner Zeitung, als Angeklagter vor Gericht. Was er also einerseits zur Erlangung seines Grundrechts als Verweigerer sagen *muß*, darf er als Publizist nicht veröffentlichen. Die Einsicht nämlich, daß »jeder Soldat ein berufsmäßig ausgebildeter Mörder« ist.

Dabei ist jetzt schon in Schwammborns »Handbuch für Kriegsdienstverweigerer« in sechster Auflage zu lesen: »Der Soldat wird ein immer perfekterer Mörder« und an anderer Stelle: »Die staatliche Gewalt bereitet die ihr ausgelieferten Wehrpflichtigen mit der Ausbildung in der Bundeswehr auf das organisierte Töten, den Mord an Unschuldigen vor.«

Auch in dem weit verbreiteten Fischer-Taschenbuch von Haug und Maessen, »Kriegsdienstverweigerung – Gegen die Militarisierung der Gesellschaft«, wird von der Ausbildung zum organisierten Morden gesprochen.

Weder der Fischer-Verlag noch der Autor wurden jemals wegen Beleidigung belangt. Warum auch? Sie haben ja nur gedruckt, was angeblich jeder weiß. Zumindest wußte es auch Tucholsky: »Soldaten sind alle Mörder«, schrieb er in der »Weltbühne« des Herausgebers Carl von Ossietzky, der später den Friedensnobelpreis erhielt. Tucholsky hatte zwar ne Klage wegen Beleidigung am Hals, aber er wurde freigesprochen. Das war 1932, am Vorabend des Faschismus.

Ach so! 1932. Dann kann er ja nicht die Bundeswehr gemeint haben!

Doch die potentielle Bundeswehr war mitgemeint, als der Vorsitzende der Deutschen Friedensgesellschaft Schumacher dreißig Jahre später sagte: »Soldaten sind Berufslustmörder«.

Und Albert Einstein: »Heldentum auf Kommando, sinnlose Gewalttat und die leidige Vaterländerei, wie glühend hasse ich sie, wie gemein und verächtlich erscheint der Krieg: Ich möchte mich lieber in Stücke schlagen lassen, als mich an einem so elenden Tun beteiligen. Töten im Krieg ist nach meiner Auffassung um nichts besser als gewöhnlicher Mord.«

Auch Martin Niemöller war deutlich. »Die Bundeswehr ist eine hohe Schule für Verbrecher«, sagt er. Strauß stellte Strafantrag wegen Beleidigung. Das Verfahren wurde eingestellt. Als Niemöller starb, hielt Strauß eine zu Herzen gehende Laudatio.

Noch eine Äußerung von vielen, vielen: »Soldaten, einmal auf das Feld der Ehre losgelassen, sind nichts anderes als professionelle Killer.« Das sagte Ernst Unterhorst, Ex-U-Boot-Kommandant im Rang eines Kapitänleutnants über sich und seinen Beruf in »Konkret«.

Das hat also alles überall schon mal gestanden. Warum also noch mal? Weil im November 1984 der Schriftsetzer und Journalist Horst Stowasser in Hessen zum fünften Mal vor Gericht steht. Erst zusammen mit Kreissl, jetzt allein. Immer wieder und weiter, weil er 1981 das schrieb, was ihn und den »Lahn Dill Boten« sofort vor Gericht brachte: ». . . Jeder Soldat ist ein berufsmäßiger, trainierter Mörder; jeder Ausbilder ein Anstifter zu Mordtaten, jeder Luftwaffenpilot ein bezahlter Bombenwerfer, jeder Waffenwart ein Bombenbastler, jeder Musiker einer Militär-Big-Band ein Public-Relations-Mann des Todes und so weiter!«

Als erster klagte Apel und verlor. Als Horst zwei Jahre später so frech war, sich in einem Kommentar selbst zu zitieren, kam die nächste Anzeige. Diesmal von Manfred Wörner. Kurz nach der Wende und gerade vor Kiesling. Der Fall Kiesling hat ihn nicht demontiert. Wörner ist nach oben gefallen. Als Fachmann für all die Dinge, die gegen Stowasser verhandelt wurden. Er ist seit Jahren Nato-Generalsekretär. Also der oberste Militarist Europas. Zwei neue Sätze kränkten ihn außerdem: »Ein Soldat ist ein Vertreter organisierter Gewalt« und »Das Handwerk des Soldaten besteht im Töten anderer Menschen«.

Prozeß. Die erste Runde ging an Wörner. Das Wetzlarer Amtsgericht sah in allen drei Sätzen eine Formalbeleidigung. Ist Ehre käuflich? Die der Bundeswehr jedenfalls soll 875,– DM kosten. Jetzt ist Horsts Berufung dran.

Vor dem Landgericht Hamburg verteidigt sich jemand, der weiß, wovon er redet. Dort hat er einen Teil seiner Jugend verbracht, dort ging er zur Schule und auch ins Gefängnis. Den gelangweilten Richtern erzählt er von seinen Erfahrungen in Afrika und Asien. Davon, daß Armeen auch schon im sogenannten Frieden Menschen in den Hungertod treiben. Von den Krüppeln und Skeletten, die er am Straßenrand in Biafra sah. Der Angeklagte ist erschüttert, die Richter sind es nicht. Er möge doch bitte zur Sache kommen.

Horst ist Anarchist. Ein Anarchist im Sinne Gandhis, Bubers, Tolstois und Bölls. Er zitiert Kant: »Anarchie ist Freiheit ohne Gewalt«. Horst hat viele Freunde in vielen Ländern. Und einen sechsjährigen Sohn, den er in diesem Sinne aufwachsen läßt. Seine Wahlheimat ist Wetzlar, eine Provinzstadt zwischen Schwerindustrie und Garnison. Mit seinen Sprachkenntnissen konnte er sich als Lehrer und Dolmetscher viele Jahre lang gut ernähren. Damit war Schluß, als die Prozesse begannen. Nach zehn Jahren, als allseits beliebter und anerkannter Lehrer bei der Volkshochschule, war er für eine öffentliche Einrichtung »nicht mehr tragbar«. Obwohl er den Prozeß damals gewann. Die Goldmedaille vom Oberbürgermeister für perfektes Simultandolmetschen in sechs Sprachen oder sein hervorragendes Zeugnis trösteten ihn wenig, denn nun hatte er keine Arbeit mehr.

Seitdem hält er sich mehr schlecht als recht über Wasser und macht für alternative Verlage Satzarbeiten. Seine Artikel bringen ihm kaum mal ein paar Mark ein, obwohl sie sehr gut sind. Wenn er sich nicht gerade mit der Bundeswehr herumschlagen muß, widmet er sich dem »Anarchistischen Dokumentationszentrum«. Das ist eine internationale Bibliothek mit Archiv, von ihm gegründet und im deutschsprachigen Raum einmalig. Auch in Wetzlar schafft Horst es, international zu leben. Seine Frau ist Spanierin, die engeren Freunde kommen aus Argentinien, Italien, Griechenland und der Türkei. Seine Zigarren – quelle luxe! – aus Havanna.

In den Gerichten ist Horst weniger beliebt. Er hat zu viele Argumente auf seiner Seite. Er fragt: »Wieso kann jemand beleidigt sein, der sich und seinen Berufsstand selber ständig als ›Mörder‹ bezeichnet?« Und dann zitiert er seitenweise aus der Soldatenliteratur, in der er sich mittlerweile gut auskennt. Auch hier immer wieder die

Worte »Mord«, »Mörder«, »mörderisch«. Das geht bis hin zum trivialsten Kitsch. Von einem Reservisten-Bierseidel verliest er das Zitat: »Donner, Hagel, Mord und Blitz / Sendet zum Feinde unser Geschütz«.

Er bringt die Richter in Verlegenheit. Er weist ihnen nach, daß selbst nach *juristischen* Kriterien soldatisches Töten als »Mord« bezeichnet werden muß, und zwar in 92 Prozent der Fälle: In den Völkerrechtlichen Grundsätzen der Völkerrechtskonvention von 1950 heißt es im Absatz 1b unter Kriegsverbrechen: »Als Mord oder Grausamkeiten (...) die mutwillige Zerstörung von Großstädten, Städten und Dörfern oder deren Verwüstung...« und unter c: »... unmenschliche Taten, die sich gegen die Zivilbevölkerung richten«. Horst fährt fort: »Da sich das Verhältnis zwischen getöteten Zivilisten und getöteten Soldaten zwischen dem Ersten Weltkrieg und dem Vietnamkrieg von 5:95 auf 92:8 verschoben hat, kann ich daher hier reinen Gewissens meine Äußerung, wegen der ich angeklagt bin, noch verschärfen, indem ich sage: Krieg besteht heute zu 92 Prozent aus Mord im juristischen und zu 8 Prozent aus Mord im moralischen Sinne.«

Aber was schert deutsche Richter ihre Verlegenheit? Dies alles habe mit der Sache nichts zu tun. Die insgesamt acht Beweisanträge werden mit diesem Argument abgelehnt. Alle. En bloc.

Warum sollte es die Justiz auch mehr bewegen als die Moraltheologen, die Wallraff um ihr Gewissen anging? Wallraff gab sich als Großhändler aus, dem unendlich günstig eine Riesenmenge Napalm angeboten worden sei. Nun sei er im Konflikt. Alle Moraltheologen redeten ihm gut zu, das Geschäft zu machen, bevor ihm ein anderer zuvorkäme. Nur ein einziger hatte ganz leise Bedenken.

Doch selbst wenn man die unkonventionellen Waffen in die Ecke stellen würde, um wieder zu den konventionellen zurückzukehren, dem Toten ist es sicher ziemlich egal, wer oder was ihn ermordete. Aber sogar wenn er anklagen könnte, nach Kriegen ist niemand da, den man zur

Rechenschaft ziehen kann. Denn im Gegensatz zur Beleidigung im Frieden ist das Töten im Krieg kein Verbrechen.

Die Justiz ist starr, andererseits flexibel. Immer von derselben Firma entlohnt wie das Militär, hier und überall, paßt sie sich modisch der jeweiligen Regierung an. Was Verbrechen ist und was eine Heldentat, entscheidet der zufällige Geburtsort und das Datum. Irrtümer werden manchmal, wenn auch für die Opfer zu spät, eingestanden. Sacco und Vanzetti sind inzwischen rehabilitiert. Einige Widerstandskämpfer auch. Nur – was nützt das in akuten Fällen?

Horst erging es nicht viel anders als Wallraff. Kurz vor der erneuten Strafanzeige interviewte er zum Hiroshimatag fünf hohe Bundeswehroffiziere. Er fragte sie, ob sie auch eine Atombombe abschießen würden, wenn sie den Befehl dazu erhielten. Keiner sagte nein. Unter den Befragten war auch ein Wetzlarer Oberstleutnant. Er sitzt in Limburg als beleidigter Nebenkläger im Prozeß gegen Horst Stowasser. Mit ihm steht und fällt die Anklage, denn er geht davon aus, daß er und nur er mit den Zitaten gemeint war. Denn sein Name stand in dem Kommentar, in dem Horst 1983 seinen Artikel von 1980 zitierte. So hat die Bundeswehr einen willkommenen Vorwand, endlich einmal in einem rechtskräftig festgeklopften Urteil Sprach- und Denkregelung vorzuschreiben. Um den Oberstleutnant, der nebenher noch fünffache Funktionen bei CDU und Bundeswehr ausfüllt, geht es dabei nur am Rande – um seine gekränkte Ehre schon gar nicht. Er ist nur die goldene Brücke zur Verurteilung. Und die Beleidigung die notwendige juristische Voraussetzung dafür.

So kam es, wie es kommen mußte. Ein laut schreiender und wild gestikulierender Staatsanwalt erklärte den staunenden Schulklassen, Journalisten und Friedensfreunden im Schwurgerichtssaal des Limburger Landgerichtes, daß dies kein politisches Verfahren sei. Und fuhr fort: »Ich kenne den Russen. Mir brauchen Sie vom Krieg nichts zu erzählen. Ich war selber Obergefreiter und in Kiew und Dresden dabei. Und ich sage Ihnen: Ich bin stolz auf die Bundeswehr! Wenn wir die nicht hätten, hätte uns der Russe längst kassiert!« Das alles in hessischer Mundart.

Der Vorsitzende, Richter Ringel, sprach schuldig. Jener Oberstleutnant sei zu Recht beleidigt, denn er sei eindeutig genannt und könne alle diese schlimmen Worte auf sich beziehen. (*Das* war auch nie bestritten worden ...) Im übrigen käme es gar nicht auf die eine oder andere Formulierung an. Zur Beleidigung genüge, daß man einen Gegner »in der Absicht der Mißachtung als inadäquaten Gesprächspartner darstellt«. Man beachte! *Diese* Definition von Beleidigung könnte, wenn sie sich durchsetzt, Geschichte machen. Denn nach ihr ist jeder dritte Kommentator straffällig.

Horst indessen spielte nicht bis zu Ende mit. Nachdem der vierzehnte Beweisantrag abgelehnt worden war, hatte er das Gefühl, durch seine Anwesenheit den Gang der Gerechtigkeit zu stören. »Ich mach's jetzt wie Barzel – nur mit reinem Gewissen. Ich lasse Sie jetzt mal allein, mit all Ihren Vor-Urteilen!« Sprachs und verließ die Anklagebank.

Den Rest schafften die Männer des Rechts auch allein. 35 Tagessätze à 25 Mark. Wie gehabt.

Horst trat 1985 in der Limburger Justizvollzugsanstalt eine 35tägige Haftstrafe an. Er hatte sich geweigert, die 875 Mark wegen Offiziersbeleidigung zu zahlen.

Es gab auch Schönes: Eine ganze Kompanie schloß sich zusammen. Nicht um zu schießen und zu bomben, nicht um andere zu vernichten und damit angeblich das eigene Land zu schützen. Sondern für den Frieden, gegen jeden Kriegseinsatz. Zusammen mit dem ehemaligen Stabsarzt und jetzigen Kinderarzt Dr. Ebel erklärten sie sich öffentlich zu Pazifisten, klagten sie die Politiker an. Dr. Ebel wurde dafür der Prozeß gemacht. Als Angeklagter sagt er vor Gericht: »Es ist mir eine Ehre, wegen Wehrkraftzersetzung angeklagt zu sein. Mein Verbrechen besteht darin, daß ich als Soldat in aller Öffentlichkeit erklärt habe, daß ich *nicht* in den nächsten Krieg marschieren werde.« Und Ebel weiter: »Der Bürger in Uniform hat nie existiert; heute wird wieder der alte Kadavergehorsam gefordert! Ich erkläre nochmals, daß ich alle Gesetze brechen werde, die einen Krieg für rechtens erklären oder vorbereiten helfen.« 56 aktive Soldaten und Reservisten, darunter Offiziere, solidarisierten sich mit ihm.

Auch mit Totalverweigerern geht man hart ins Gericht. Für sechs Monate soll Gregor M. (23) ins Gefängnis, weil er nicht nur den Dienst an der Waffe, sondern auch den Zivildienst verweigerte. So entschied im Dezember 1992 das Hamburger Landgericht. Die vorsitzende Richterin, Hannelies Kögel, war mit dieser Strafe weit über den Antrag der Staatsanwaltschaft (3200 Mark Geldstrafe) hinausgegangen.

Da ich nicht nur links bin, sondern auch Frau, zogen mich auch Frauen für unsere Belange heran. In der Hoffnung, daß ich ihnen helfen würde, in die Bundeswehr reinzukommen. Nicht um sie von innen zu sprengen, sondern um an den Segnungen von Geld, Waffen und Macht teilzuhaben. Mit der verwaschenen Vorstellung von Einfluß und Humanisierung.

Als ob Frauen von Haus aus humaner wären als Männer. In dem Film »Holocaust« hat mich die Szene am meisten beeindruckt, in der der jüdische Arzt Dr. Weiss denkt, daß die junge Frau des Nazis ihn eher verstehen und ihm helfen würde. Eine Frau, die wie viele Frauen ihrem Schwächling von Mann so lange im Nacken saß, bis er reif war für seine Mords-Karriere. So wie auch sonst fast jeder Soldat, Polizist, Staatsanwalt, Politiker, Waffenhändler eine Mitarbeiterin zu Hause hat, die ihn fit hält für die üblen Aufgaben. Trotzdem sind Frauen meine Hoffnung, wenn ich an Veränderung denke, weil sie sich selber Veränderung wünschen.

Über eine Billion Dollar im Jahr gibt die Welt heute für Rüstung aus. Gleichzeitig wird in Bettelaufrufen über die

Medien auf die Tränendrüsen gedrückt. Die Verursacher der großen Not, des Massensterbens, des Hungers durch eben diese so üppig finanzierten Waffen wollen, daß wir spenden: Für Brot für die Welt, für Unicef und andere rührende Dinge. Aufrufe zur Menschlichkeit non stop. Gleichzeitig müssen Behinderte Waffen basteln in einer Werkstatt des Diakonischen Werks.

Vielleicht denkt man, daß ich als Pazifistin nicht zuständig bin für dieses weltweite Thema. Ich finde gerade. Doch wenn es jemanden tröstet – auch mein Pazifismus kennt Grenzen. Ich wäre dafür, alle Wunderwaffen auf ihre Wirksamkeit an ihren Erfindern, Auftraggebern, Herstellern und Händlern auszuprobieren.

Ach wären sie doch Nazis

So, uns ist mal wieder gezeigt worden, wo's lang geht, gezeigt worden, was Sache ist. Wie unbändig muß die Rachlust sein, wie geschwächt das Selbstbewußtsein einer Justiz, die so zuschlägt.

Peter Jürgen Book, ehemaliges RAF-Mitglied in der Zeit der Erschießung des Dresdner Bank-Chefs Jürgen Ponto, des Unternehmerpräsidenten und ehemaligen Waffen-SS-Angehörigen Hanns Martin Schleyer und dessen Fahrer und drei Bewacher, wurde zu dreimal lebenslänglich plus 15 Jahren verurteilt.

Was soll man sagen, wenn nicht mal vier der besten Strafverteidiger der BRD, Heinrich Hannover, Christine Reimer, Wolf Römig, Wolfgang Sternsdorf, dieses Urteil verhindern konnten. Wie geht es da erst anderen, die sich hilflos mit Pflichtverteidigern begnügen müssen?

Was meinte der Vorsitzende noch? Man kann aus sechs Morden nicht aussteigen wie aus der Straßenbahn? Da könnte ja jeder KZ-Mörder kommen? Kann er, Herr Vorsitzender, tut er. Wenn es überhaupt zu einer Anklage kommt. Es genügt schon, wie bei Ihren juristischen Vorgängen, Herr Vorsitzender, ganz einfach zu sagen. »Ich hielt meine Morde für rechtens«, damit eine Verfolgung gar nicht erst stattfindet.

Die hemmungslose Brutalität mancher Staatsanwälte und Richter hat Tradition. Die Kontinuität zwischen den Kollegen Vorgängern und vielen der jetzigen Staatsanwälte und Richter macht Sinn, wenn auch keinen Verstand. Seit man sicher sein kann, daß die Richter von damals entweder Mummelgreise oder tot sind, kommt man auf die glorreiche Idee, sie für ihre Verbrechen im Amt zur Verantwortung zu ziehen. Wie vernünftig, so lange gewartet zu haben. Bei denen wären wirklich dreimal lebenslänglich plus 15 Jahre angebracht, wenn nicht zu milde gewesen.

Tod ist jedoch nicht gleich Tod. Schleyer zählte. Wißt Ihr noch – die drei befohlenen Schweigeminuten und Maschinenstillstand im ganzen Land? Die ganze Bevölkerung zur Trauer aufgerufen. Auch alle Arbeiter, die Herrn Schleyer nun wirklich nichts zu verdanken hatten. Den vier Männern, die mit ihm starben, gönnt man nicht mal ihre eigenen Namen. Sie heißen nur: Seine Begleiter, wenn sie überhaupt erwähnt werden. Das schlägt sich auch im Urteil nieder. Einmal lebenslänglich für Schleyer, einmal lebenslänglich für die vier namenlosen Begleiter. Ponto war ein weiteres Lebenslänglich wert.

Was greinen wir da noch, Book hat ja Glück. Er wurde weder, wie manch anderer, bei der Festnahme erschossen noch hat man ihn bis jetzt in der Zelle tot aufgefunden. Daß sein Urteil auch so einem Todesurteil gleichkommt, ist klar.

Zu einem Todesurteil wurden auch die zweieinhalb Jahre für meinem Freund Peter Schult.

Er wurde 1928 in Berlin geboren. Volksschule, Oberschule, Hitlerjugend, Luftwaffenhelfer, 1945 kurz im Einsatz, aus der Kriegsgefangenschaft geflüchtet. 1950 Jugendarbeit, Mitglied der deutschen Jungdemokraten, Vizepräsident der Liberalen Jugend Europas. 1955 wegen einer homosexuellen Affäre Rücktritt von allen Ämtern. Sechs Jahre Fremdenlegion. Ab 1961 lebt er in München. Gefängnisstrafen. Organisierung von Widerstand im Knast.

Mitarbeit im Kollektiv Rote Hilfe München. Anarchist und Wortführer der undogmatischen Linken. Mitherausgeber vom Münchner »Blatt«. Lebte als »freier« Schriftsteller und Journalist.

Peter Schult kannten viele. Weil er ein politischer Kopf war. Weil er ein guter Journalist war. Weil er politisch aktiv war. Daß die vielen, die ihn kannten, auch wußten, daß er ein homosexueller Päderast war, liegt daran, daß er kein Geheimnis daraus machte. Im Gegenteil, er bekannte sich offen zu seinen Lieben.

Der Staat nennt Peter Schults Art zu lieben »Unzucht« und verfolgt sie. Dafür hat man die Paragraphen 175 und 176 des Strafgesetzbuches, die die Liebe von volljährigen Männern zu minderjährigen unter Strafe stellen.

Peter Schult liebte gefährlich. Seiner Liebe wegen hat er viele Jahre in deutschen Gefängnissen gesessen. Doch lebenslänglich hieß in seinem Fall: zwei Jahre und zehn Monate.

Peter Schult, dem man sicher weniger übelnahm, daß er Knaben liebte, als daß er als linker Anarchist Aufklärung und Knastarbeit über die Jahre betrieb. Strafverschärfend: »Schult ist ja nicht nur ein Verführer im sexuellen, sondern erst recht im geistigen Bereich.«

Peter Schult, den der Vorsitzende Zippel fragte, als er um Haftverschonung bat: »Warum wollen Sie raus?« – »Weil ich nur noch ein Jahr zu leben hab.« – »Wer hat denn das gesagt? Hier steht doch noch 18 Monate!«

Peter Schult hatte Lungenkrebs. Von der Justiz dezent »eine schwere Lungenkrankheit« genannt. Endgültig nicht operabel. Das wußte der Richter Zippel.

Schon 14 Tage nach Peters Verhaftung machte sich der Lungentumor bemerkbar – und wurde als mögliche TBC diagnostiziert. Röntgenbilder wurden nicht korrekt gedeutet: Man konnte keine TBC feststellen – und freute sich darüber. Denn eine ansteckende Krankheit hätte den Vollzug gestört. Krebs aber vernichtet nur den Gefangenen.

Nach der genannten ärztlichen Stellungnahme »bestehen keine Anhaltspunkte für eine haftbedingte nahe Lebensgefahr oder die Gefahr irreversibler Schäden. Der Verurteilte ist somit vollzugstauglich«. Als Peter Schult diese Nachricht erreicht, liegt er auf der Intensivstation des Lungenkrankenhauses Heckeshorn in Berlin, nachdem ganz plötzlich seine vor über einem Jahr beantragte

Verlegung dorthin genehmigt worden war. Er weiß, daß er sterben muß.

Als man in Berlin den Tumor erkannte und zur genaueren Bestimmung alle vorherigen Krankenberichte anforderte, erhielt man trotz mehrmaliger Anfragen keine Antwort ... Auch Dr. Netz, der zuständige Knastarzt, rückte keine Unterlagen heraus, obwohl auch er von den Berliner Ärzten mehrmals angeschrieben und um Übersendung gebeten wurde ... Hatte die bayerische Justiz ein Interesse daran, die Röntgenbilder und Krankenberichte verschwinden zu lassen?

Es sind gerade die Tage der gesteigerten Türkenhatz und der Aufregung um das Fußballänderspiel BRD–Türkei. Peter: »Dazu sagen die hier im Knast: ›Die Öfen werden schon angeheizt.‹ Da meint man, die hätten was gelernt. Ein Ausländerhaß ist das auch hier drin. Ich liege mit Toko aus Zaire zusammen. Der hat Frau und vier Kinder in Berlin. Er sitzt wegen Marihuana und er versteht die Welt nicht mehr. Er sagt: ›Bei uns ist Marihuana wie bei euch das Bier.‹ Der kriegt auch keinen Ausgang. Alter Frau auf den Schädel hauen, Handtasche weg, wiegt nicht so schwer. Verstehe mich wahnsinnig gut mit Toko. Können uns über alles unterhalten. Und ein Justizbeamter in der JVA Bayreuth sagte: ›Deutsche zum Baden. Ausländer zum Vergasen‹ zu den Gefangenen. Der wurde zwar angezeigt, aber nur Geldstrafe in erster und Freispruch in zweiter Instanz.«

Peter Schult schreibt mir: »Mein Fall ist im Grunde kein Fall, kein Skandal, keine Ausnahme, sondern lediglich die Spitze eines Eisberges, die sichtbar wurde. Ich kenne viele andere, ähnliche Fälle ... Meine Krankheit, ja mein möglicher baldiger Tod wären sinnlos, wenn nicht wenigstens etwas geschehen würde. Nicht allein, daß einige Verantwortliche, oder besser gesagt, Verantwortungslose, zur Rechenschaft gezogen und damit andere vor Schaden bewahrt würden. Vor allem, daß sich jetzt erneut Politiker und Parteien noch einmal mit dem Strafvollzug befassen und zum Beispiel endlich das Recht des Gefangenen auf Wahl eines Arztes seines Vertrauens im Gesetz verankert wird, so wie die Wahl eines Anwalts seines Vertrauens. Mir hätte das zumindest zehn oder 20 Jahre Leben eingebracht.«

Nur sechs Wochen war er noch am Leben. Welch ein Segen, daß er noch die Kraft hatte, aus dem Krankenhaus abzuhauen. Noch einmal, wenige Wochen, in Südfrankreich die Sonne genießen. Noch einmal lange, ungebremste Gespräche mit Freund und Verteidiger Jürgen Arnold. Welch eine Beruhigung muß es für einen Richter sein, daß Peter nicht mehr dazu kam, noch einmal eine Liebe auszuleben.

Ach wäre Peter Schult doch Nazi und Massenmörder. Dann hätten leichte Kreislaufbeschwerden und etwas Unwohlsein genügt, um nicht sitzen zu müssen.

Ich kannte Peter Schult und hatte ihn lieb. Ich stelle mir vor, daß er den Halbwüchsigen, mit denen er zusammen war, sicher auf sexuellem Gebiet nichts Neues erzählen konnte. Aber daß er für die meisten vielleicht der erste war, der ihnen menschliche Wärme, Zärtlichkeit, Lesen, Denken und Gespräche brachte.

Ich habe einen Sohn. Und wäre er schwul oder als Kind neugieriger gewesen, hätte ich ihm liebevolle, intelligente, politisch denkende Männer gewünscht. Von einem Dummkopf, einem Brutalo oder einem Schleimi hätte ich versucht, ihn zu bewahren. Vor einem Peter Schult hätte ich keine Angst gehabt, den würde ich jedem empfehlen.

Jetzt gibt es den Peter nicht mehr. Die sexuelle und sonst welche Ordnung in den sonderbaren Köpfen seiner Verurteiler ist erst mal wieder hergestellt.

Freunde

Für die vielen schwulen Freunde, die ich als Halbwüchsige hatte, war ich ganz einfach Peggy, die zu ihnen gehörte. Die sie benutzen konnten als angebliche Verlobte oder Verliebte. Die sie bei ihren Eltern mit meiner Genehmigung immer vorschieben konnten, um deutlich zu machen, warum sie noch nicht verheiratet waren. Das lag angeblich immer an mir, die nicht wollte oder die es noch zu früh fand.

Dann gab's eine Zeit, da ließen sie mich immer sterben. Dafür hatten wir Fotos gemacht in Südfrankreich am Wasser. Sie haben zu Hause unter Tränen die Fotos rausgeholt. Sagten, daß ihre einzige wahre, große Liebe ertrunken sei, mitten aus dem größten Glück heraus. Daß es jetzt geschmacklos wäre, ihnen zuzumuten, irgendeine andere zu nehmen. – Dafür hatte jeder Verständnis.

Diese Geschichten waren gegenseitig. Es war nicht nur so, daß ich als wandelnde Schwulencaritas rumgereicht wurde, sondern ich selbst war bei meinen Freunden sehr gut aufgehoben. Mich schützten Männer vor Männern. Daß mir nicht noch mehr Übles zugestoßen ist, hab ich ihnen zu verdanken. Sie warfen sich immer dazwischen, wenn sich mir jemand lüstern näherte, den sie für mich nicht mochten. Es hat damals in Schweden, schon als ich dreizehn, vierzehn, fünfzehn war, Männer gegeben, die versucht haben, mich zu vergewaltigen.

Vor allem haben mich meine Freunde bekocht, haben mich benäht und bemuttert und verwöhnt. Am besten war ich dran, wenn es schwule Paare waren. Von denen wurde ich geliebt wie ein Kind, und ich liebte sie. In ihnen hatte ich nämlich immer einen vorübergehenden Elternersatz, bis sie dann nach Jahren auseinandergingen.

Durch meine Freundschaft mit Schwulen fielen natürlich auch Dinge weg, die ich gerne gehabt hätte. Daß ich nicht schon viel früher in meine maßlosen Leidenschaften hineingeschlittert bin, hab ich auch schwulen Freunden zu verdanken. Doch ich war gar nicht dankbar dafür. Wenn ich nämlich einen glutäugigen, schwarzlockigen Wahnsinnigen sah, auf den ich mich gerne gestürzt hätte, dann haben sie sich ja auch dazwischengeworfen, um mich von ihm fernzuhalten.

Später hat es auch regelrechte Konkurrenzsituationen gegeben. Da ging es natürlich nie um rein Schwule. Ich hab noch nie jemanden umvögeln wollen. Sondern das war dann ein Bisexueller, der unvermutet auftauchte in einem schon eingelebten und eingeliebten Kreis. So'n hübsches Mitbringsel, das sich plötzlich auf mich konzentrierte. Meistens war ich ja die einzige Frau in einer Männerrunde – beim Essen, beim Tanzen, bei Gesprächen oder bei Weihnachts- und Neujahrsfesten. Paarmal ist es schon passiert, daß da Verhältnisse entstanden sind und daß so ein Halbschwuler vollkommen durchgedreht ist wegen mir. Vielleicht schämten sie sich, weil ich als Mädchen dabei war. Dachten wohl, wenn sie sich mit rollenden Augen als Kerl gebärdeten, wären sie aus dem Schneider.

Es gab auch schwule Männer, die mich später nicht als gleichwertigen, als erwachsenen Menschen akzeptierten. Vor allem, als ich politischer wurde. Da bestand die Gefahr, daß erst mal jemand – meinetwegen ein schwuler Politiker – den Mann rauskehrte, um mich als Gegnerin vom Tisch zu fegen. So als entzückende kleine Frau, die man nicht so ernst nehmen muß. Dann hab ich solche Wutanfälle gekriegt, daß sich die Bekanntschaften damit erledigten. Ich hab zwar nicht lockergelassen, aber da wurde trotzdem plötzlich aus dem schwulen Elternersatz und ich Kind – schwuler Kerl und ich naives Dummchen.

Lange Jahre stand überhaupt nicht zur Debatte, ob schwule Freunde mich als intellektuelle Frau akzeptieren oder nicht, weil sie selbst ihren Kopf kaum benutzten. Da wurde wirklich die ganze Begabung zum herrlichen Kochen, zur Verschönerung des Heimes – genüßliches dies und das –, zum liebevollen Miteinanderumgehen verwandt. Solche Dinge wurden kultiviert, und gerade das fehlte mir armen Waisenkind ja auch reichlich.

Aber ich glaub schon, daß ich damals viel dazu beigetragen hab, daß schwule Männer erwachsener und politischer wurden. Daß sie nicht nur ihr eigenes leibliches Wohl im Auge hatten, sondern ganz einfach in größeren Zusammenhängen sehen und denken lernten. Sich zu ihrem Schwulsein bekannten, auch Nichtschwulen gegenüber.

Ich hab im Laufe der Jahre schwulen Freunden immer aus erheblichen Klemmen helfen können. Auch der Polizei gegenüber. Sie waren ja ständig von Strafen bedroht. Da hab ich mich oft ganz intensiv eingeschaltet. Zum Beispiel als ein Freund überfallen wurde von einem angeblich französischen Studenten, den er mit nach Hause genommen und für den er ein Festessen gekocht hatte. Der ihm größte Verliebtheit vorspielte. Als mein Freund dann nackt war, lief der andere zur Haustür und rief seinen Komplizen herein, der draußen wartete. Dann haben ihn beide nackt auf dem Bauch liegend gefesselt, erst mal das herrliche Essen in sich hineingeschlemmt und seinen köstlichen Wein getrunken. Zum Schluß haben sie alle seine Adreßbücher mitgenommen. Und ihm gedroht, einen Schrieb zu kopieren, auf dem sie ihn unterschreiben ließen, daß er ihnen noch soundsoviel Geld für Beischlaf schulde und den Brief an alle, Familie, Kollegen, Vorgesetzte und Bekannte zu verschicken. Das alles bei einem Mann, der weit davon entfernt war, sich offen zu seinem Schwulsein zu bekennen.

Als ich nachts nach Hause kam, stand er, grün im Gesicht, zitternd vor meiner Tür, erzählte mir alles und kündigte seinen Selbstmord an. Polizei käme unter gar keinen Umständen in Frage. Ich schlug vor, mich wieder einmal als Verlobte auszugeben. Rief die Kripo und sagte, daß ich eigentlich auch an dem Essen hätte teilnehmen sollen, nur leider im letzten Moment verhindert gewesen wäre. Am nächsten Tag tauchen die Halunken tatsächlich an seinem Arbeitsplatz auf, forderten laut das Geld und wurden samt ihrem Bündel feinleserlicher Kopien festgenommen. Im Prozeß stellte sich heraus, daß die beiden, mit dem Hübscheren als Lockvogel, auf diese Tour schon seit Jahren ihre Weltreisen finanzierten.

Irgendwann, als ich selber erwachsener wurde, war es mir zu läppisch, nur als Pseudo-Verlobte meine schwulen Freunde zu schützen. Wollte eine andere, eine Flucht-nach-vorne, eine politische Lösung. Versuchte jahrelang, sie davon zu überzeugen, daß sie es sich leisten konnten, sich ihren Eltern und Freunden zu öffnen. Daß kein Mensch sie fallenlassen würde. Daß sie sich nur vormachten, daß ihre Mutter deswegen aus dem Fenster springen und ihr Vater sie aus dem Haus prügeln würde. Ich wußte, daß diese Ängste grundlos waren. Ich kannte ja meistens ihre Eltern. Wußte einfach, daß es ganz anders ablaufen würde und daß selbst da, wo wirklich Probleme zu erwarten wären, die Eltern immer noch lieber mit einem Schreck leben würden, als mit einem toten oder verstoßenen Sohn.

Ich hab redend versucht, immer mehr Schwule davon zu überzeugen, daß sie auch von ihrer Umwelt akzeptiert werden, wenn sie sich selber akzeptieren. Unter anderem mit siebzehn am Speakers Corner im Londoner Hyde Park, auf Seifenkisten stehend. Später als Kolumnistin konnte ich sicher sein, daß meine Aufforderung zum Coming out auch von vielen Schwulen gelesen wurde. Hoffend, daß es allmählich sackt. Daß Mut machen Mut macht. Im Gegensatz zu früher gab es dann im Laufe der Jahre auch immer mehr aktive Mitstreiter. Endlich auch Schwule, die sich offen bekannten. Zu denen, die politischer wurden im Kopf und in Aktionsgruppen, hab ich ein ganz anderes Verhältnis gehabt. Zwischen uns fanden dann ganz andere Dinge statt. Gespräche. Politische Veranstaltungen. Kabarett. Offener Protest gegen schwachsinnige, bedrohliche, durch nichts zu rechtfertigende Gesetze. Die neuen schwulen Männer haben mich dann leider Gottes nicht mehr so eifrig bekocht, weil sie inzwischen Besseres zu tun hatten.

Diese Schwulen sind inzwischen sicherlich genauso glücklich oder unglücklich mit Männern wie wir Frauen auch.

Wir hatten Aufbruch. Wir hatten Fortschritt. Wir haben Rückschläge. Wir haben Rückschritt. Aids hat alles verändert.

Viele Freunde sind gestorben. Noch mehr Freunde werden sterben. Feinde auch. Eine Seuche wie Cholera und Pest.

Todesangst hat die Liebe verändert. Auch für uns Frauen. Sexuelle Spontaneität ade. Doch zur Zeit ist Schwulsein schlimmer als Frausein. Wird von vornherein gleichgesetzt mit Gefahr, Untergang und Tod.

Doch, o Wunder, Aids hat auch die Liebe gesteigert. Aids hat zu Menschlichkeit, tiefer Freundschaft und Geduld geführt, wo vorher Egozentrik herrschte. Ohne Hoffnung auf Gegenleistung. Denn der Kranke wird sich nie revanchieren können.

Treue ist auch, keinen Ekel aufkommen zu lassen, wenn der Freund entstellt, nicht mehr duftend, karzinomübersät ist. Statt Sex nur Leid. Das ist im wahrsten Sinne des Wortes Treue bis in den Tod.

Diese Selbstaufgabe nicht nur für den eigenen Geliebten, der dahinsiecht. Sondern Zusammenschlüsse, Telefonketten, Act-up-Gruppen. Den Amerikanern, die uns vorgestorben sind, nachempfunden.

Wenn jeder lernen würde, daß Aids keine Schande, sondern eine Katastrophe ist, fiele wenigstens die Scham weg.

Weihnachten

In den ersten Jahren meines Lebens brauchte ich Weihnachten nicht.

Wir haben um die Weihnachtszeit herum ein Lichterfest, das Chanukka heißt und acht Tage dauert. Jeden Tag wird eine Kerze mehr angezündet. Wenn ich trotzdem zwischendurch mal bei anderen einen geschmückten Tannenbaum sah, fand ich's hübsch. Neidisch war ich damals nie.

Das änderte sich gründlich, als ich ohne meine Eltern in Schweden aufwuchs. Da hatte ich nämlich weder Chanukka noch Weihnachten. Jeder Herbst war hart, wenn alle mit ihren Vorbereitungen anfingen, mit dem Basteln, dem Backen, dem Geschenkekaufen. Leuchtende Sterne in allen Fenstern. Ein Fest, so familiär und intim, daß ich nie dabei sein durfte. Ich lebte allein, hatte kaum was zu essen und auch die liebsten Freunde verschwanden wie vom Erdboden verschluckt, wenn Weihnachten war. Wenn sie wieder auftauchten, stöhnten sie über viel zuviel gutes Essen.

In Deutschland war ich weniger traurig als wütend. Da jammerten die Freunde jahraus, jahrein darüber, daß sie zu ihren Eltern mußten, seufzten beim Gedanken an Geschenke-machen-Müssen. Ich hätte sie verprügeln mögen, weil sie so unfähig zur Dankbarkeit waren. Und weil sie über ihre Eltern immer nur stöhnten. Auch hier durfte ich natürlich in den engen Familienkreis nicht mit rein.

Inzwischen hat sich einiges geändert. Es gibt liebe Freunde, die Weihnachten mit mir vorfeiern, mit Bescherung und allem. Ich freu mich dann dumm und krumm. Und es gibt immer mehr Freunde, die aus ihrer Abneigung der Konvention gegenüber endlich die Konsequenzen ziehen und Heilig Abend ganz einfach gemütlich zusammenhocken, kochen und es sich gut gehen lassen. Sie sagen zwar, daß sie nicht mehr Weihnachten feiern, aber sie tun's natürlich doch. Mit mir.

Mr. Warrens Gewerbe

Sehr viele Frauen sind einsam. Auch Frauen, die beruflich mit vielen Leuten zu tun haben. Wie einsam, ist schwer sich vorzustellen. Wer es sich doch vorstellen kann, hat erstaunlich leichtes Spiel. Es gibt Männer, die mit ständig ausgefahrenen Antennen die Beute witternd zuschlagen. Oder sollte ich lieber zustreicheln sagen?

Heiratsschwindler haben mich immer interessiert. Ihre Unverfrorenheit. Ihre Rücksichtslosigkeit. Ihre Selbstsucht. Vor allem aber ihr Einfallsreichtum. Die erfolgreichsten von ihnen waren nicht mal schön. Häufig auch nicht besonders männlich. Groß und stattlich nur in Ausnahmefällen. Schönheit und Jugend sind also nicht Voraussetzung in dem Gewerbe. Aber schaden tut's nicht. Die Männer müssen nur im richtigen Moment kommen, die richtigen Worte benutzen, die Einsamkeit durchbrechen.

Es hat Filme zum Thema gegeben. Zum Beispiel »Monsieur Verdoux«, zum Krummlachen gespielt von Charlie Chaplin. Hinreißend, wie penibel er als Bankangestellter a. D. die Geldscheine der von ihm umgebrachten Frauen fingerfertig mischt und in exakte, ansehnliche Haufen aufteilt.

Es gibt Bücher wie »Sigismund und seine tausend Bräute«. Liest sich auch sehr lustig. Darum hoffte ich, daß mal so ein fabelhaft witziger Betrugsprozeß ins Strafjustizgebäude käme.

Ab und zu war auch so was. Eine Geschichte fing ganz putzig an. Als der sympathisch aussehende Hochstapler Ehrenfried K. in Bernau im Knast saß. Er, der ehemalige Pferdepfleger, erzählte den Vollzugsbeamten, er habe das Gut Bredenbek in Holstein geerbt. Da flippten seine

Bewacher so aus, daß sie ihm ein Konto bei der Sparkasse einrichteten. Als Ehrenfried sah, wie gut es einem gehen kann, wenn man durch Erfinden beeindruckt, machte er nach seiner Entlassung so weiter. Verlobte sich mit einer Millionärstochter, besichtigte ein Rittergut mit ihr und sagte stolz: »Das ist mein Erbe«.

Dann schaffte er sich an eine Arzthelferin ran. Hier stellte er sich als Olympiareiter vor. Doch total gewonnenes Spiel hatte er erst, als er ihr schluchzend von seiner durch einen Verkehrsunfall getöteten Frau erzählte, um ihr dann den leeren Platz an seiner Seite anzubieten. Kurz darauf lieh sie ihm 23 000 Mark (ihr Erbteil) für seinen angeblichen Rennstall. Und sah Geld und Geliebten nicht wieder.

Bei einer anderen war er US-Geheimdienstoffizier und machte große Geschenke. Auch einen Porsche. Die Rechnung ging allerdings an den Vater der Verlobten.

Es gab noch andere Prozesse. Mir wurde klar, wofür Frauen ihr Errafftes, Erschuftetes, Erspartes oder Ererbtes hergeben. Wenn man sieht, wofür sich die meisten Heiratsschwindler ausgeben, wird klar, daß die Frauen nur mit der Wurst nach dem vermuteten Speck schmeißen. Der Mann täuscht Geld oder Einfluß vor, die Frau hat es. Beide rechnen damit, daß ihre Investitionen sich x- und x-fach verzinsen.

Doch da hat sich einiges geändert. Wir Frauen haben gelernt, uns auf uns selbst zu verlassen. Eine Ehe ist nicht mehr Ziel unserer Träume. Damit kann man uns nicht mehr ködern. Aber mit Liebe.

Ich fand früher oft, wenn Frauen auf erfundene oder echte Adelstitel, auf Traumberufe und angebliche Reichtümer anspringen, sollten sie sich nicht beschweren, wenn der andere auch bei ihnen nichts anderes als seinen Vorteil sucht. Inzwischen sehe ich immer wieder, daß gerade Frauen, die schon lange selbst Erhebliches leisten, am leichtesten Opfer von Gefühlsvagabunden werden. Weil sie sich meistens so sehr auf Ausbildung, Beruf, Karriere konzentrieren müssen, daß ihr Liebesleben traurig auf der Strecke bleibt. Wenn diese Frauen außerdem noch Kinder haben, für die sie allein verantwortlich sind, hat auch der durchschnittlichste Mann leicht einen Fuß in der Tür. Männer sind beeindruckt von erfolgreichen Schwindlern. Frauen auch. Bis sie mitkriegen, daß sie selber geleimt sind.

Hochsaison hatte zum Beispiel der größenwahnsinnige Gert Postel, der von der Presse bejubelt wurde. Von der seriösen Presse. Und von der Boulevard-Presse, an die er sich verkauft, erst recht. Seitdem Postel mit den Medien zu tun hatte, gibt er sich auch gerne als Herausgeber einer Zeitschrift, als Produzent und als Schauspieler aus. Wie er überhaupt einen Hang zur Intellektuellen- und Promi-Szene hat.

Sonderbar finde ich, daß eine Frauenzeitschrift wie »Bild der Frau« in Millionenauflage für Postel Werbung macht. Unter der Rubrik »Männer, über die man spricht«, zwischen Placido Domingo und Clark Gable, sein Strahlemann-Foto. Schlagzeilen: »Bartholdy (als wäre das sein wirklicher Name) Liebevoller Zuhörer«. Die lobende Kolumne schließt mit »Ich wollte helfen, sagt er ... Irgendwie ein guter Arzt steckt doch in ihm«.

Der Postbote Gert Postel, der als Dr. Dr. Clemens Bartholdy sechs Monate lang Gelegenheit hatte, Macht auszuüben, arbeitete als Amtsarzt und Gutachter. Sein Studium absolvierte er in den Betten von Ärztinnen. Angeblich, um psychisch Kranke von der Psychiatrie zu retten, sorgte er in Wirklichkeit für eine Zwangseinweisung nach der anderen. Er stand zwar vor Gericht. Doch diese x-fache Freiheitsberaubung ließ das Gericht als Anklagepunkt fallen. Vielleicht im Interesse der Behörden Flensburgs, wo der Betrug stattfand. Denn sonst hätte man mit einer Lawine von Schadensersatzklagen wegen Freiheitsberaubung rechnen müssen. Im Grunde wurde Postel nicht zur Rechenschaft gezogen, weil sonst die ganze Psychiatrie aufgeflogen wäre.

Ich gehe davon aus, daß sich Postel – eher früher als später – zum Professor befördert. Irgendwo, wo man ihn noch nicht so genau kennt.

Doch als mein Kollege von all den »bekloppten Frauen« sprach, dachte er nicht an die Prostituierten, denen Postel als Bockarzt weh tat, sondern eher an die Frauen, die ihn durchs Leben tragen.

Postel ist ein Liebeskaspar. Kleine, ältliche, dickliche, kahlköpfige Männer müssen einfallsreicher sein als ein Bengel von 1,98 m mit Wuschelkopf, Strahleaugen und gespielter Jungenhaftigkeit, der dummerhaftig stereotyp mit Banalitäten durchkommt.

Wenn Prozesse gegen Postel liefen, konnte er immer auf den stabilisierenden Einfluß einer Lebensgefährtin hinweisen. In der Tat, die Frauen, die er für sich einnahm, waren Ärztinnen, Professorinnen, Anwältinnen, Richterinnen, Pastorinnen, Therapeutinnen, Journalistinnen. Wie kommt so jemand an sonst verschlossene Frauen ran? Postel häufig, indem er Autokennzeichen von vorbeifahrenden Frauen notierte, um sich dann als Oberstaatsanwalt die Personalien geben zu lassen. Dann intimer Anruf und »Ich komme vorbei auf einen Kaffee, setz das Wasser schon mal auf«. Viele Frauen, die sich sonst nichts sagen lassen, gehorchen aus purer Verblüffung. Tolldreist! Das imponiert.

Auch ich hab Postel im wahrsten Sinne des Wortes am eigenen Leib erlebt. Allerdings brauchte Postel über ein Jahr per Post und Telefon, um bei mir vorgelassen zu werden. Der liebe Rentner Alfred Einfeldt, politisch interessiert, half mir in diesem Fall, wie auch sonst oft, weil ich selbst keine Zeit hatte, Leserbriefe und Fan-Post zu beantworten. Welch eine Schmach für Postel!

Er gab sich mir gegenüber am Telefon mal als Pastor, mal als Psychotherapeut, mal als Medizinstudent, der von den Eltern ins Irrenhaus gesteckt worden war, zum Schluß sogar als er selber aus. Egal in welcher Person, immer unsterblich in mich verliebt, sich unermüdlich anbietend.

»Wenn Du mich nur einmal ansehen würdest. Ich bin so hübsch. Du wirst Dich dann sofort in mich verlieben.« Dann Tag und Nacht Anrufe. Als Arzt. Er müsse in sechs Tagen nach Nicaragua für drei Jahre. Um dort den Armen zu helfen. *»Muß* dich vorher sehen!!!« Dies als Thomas Leithäuser, ein Professor, den es in Bremen tatsächlich gibt. Angeblich Postels bester Freund. Nur hatte er Postel noch nie gesehen. Und ist entsetzt bei dem Gedanken, daß sein Name so mißbraucht wird. Dann Anrufe angeblich aus Paris und aus allen Städten Deutschlands. Irgendeine Frau muß eine hohe Telefonrechnung gehabt haben.

Würde ich isolierter leben und würden nicht seit vielen Jahren ständig irgendwelche fremden Männer und Frauen bei mir anrufen, so reichlich verworren, hätte ich ihn vielleicht tatsächlich mal angeguckt. So brauchte es die Aufwertung, die er durch meinen Kollegen Raimund Kusserow im »Stern« erfuhr und ein schmeichelhaftes Fernsehporträt. Doch sein großer Tag kam erst, als in der »Hamburger Rundschau« stand, daß ich lustfeindlich sei: Was, dachte ich. Ist das wahr? Bin ich das wirklich? Um den Schreiber Lügen zu strafen, sagte ich zu Postel, der gerade wieder anrief: »So, jetzt kannst du kommen!«

Vormittagssonne. Bank an der Alster. Wirklich entzückend das Ganze. Postel gibt Ulla Hahns Gedichte als von ihm für mich geschrieben aus. »Du darfst aber nicht mit mir spielen. Das ertrage ich nicht. Ich kann mich nur mit einer Frau einlassen, wenn es wirklich Liebe ist. Nicht daß du mich plötzlich nach nur vier oder fünf oder sechs Jahren verläßt. Es muß fürs Leben sein!«

Ich dachte, der Junge hat 'n Knall, aber das macht ja nichts. Nur als er gleich bei mir einziehen will, sagte ich: »Um Gottes willen!« Daraufhin Postel: »Du wirst schon sehen. Eines Tages wachst du auf und ich wohn bei dir!« Als er seine Liebesbeteuerungen auch vor meinen Kollegen wiederholt, denke ich, er glaubt, was er sagt. Kollege Flemming Lundberg sagt: »Aber Gert, wenn du achtzig bist, ist Peggy doch hundert!« So genau wollte ich's wirklich nicht wissen.

Hätte Postel nie wieder was gesagt, hätte ich nicht weiter geforscht. Aber der Junge sabbelte und sabbelte sich um den Erfolg. Widersprach sich ständig, schluchzte, drohte mit Selbstmord. Na ja, das tun andere auch, und manche meinen es.

Schrille Eifersuchtsszenen. Ich tröste: »Du wirst dich sicher bald neu verlieben.« Der Gepeinigte: »Wie kannst du nur? Wenn du mich verstößt, gehe ich zu den Jesuiten!« Ach ja, im »Stern« hatte ja was von seiner Askese gestanden.

Er protzt mit den Frauen, die sich ihm anbieten. Mit Namen. Hat angeblich alle angewidert abgewiesen. Auch immer wieder die Frauen der Männer, mit denen er in Berührung kam und die ihm helfen wollten. Sein Pech, ich kenne die meisten. Durch einen Anruf löse ich eine Lawine aus: Erst erfahre ich und dann eine Frau nach der anderen, daß Postel überall die gleiche schlechte Show abzieht. Darüber hinaus Drohungen, Rufmord, Erpressungen, wenn eine ihn durchschaut.

Nie vorher hatte er befürchten müssen, aufzufliegen. Dabei müßten Frauen sich nur kurzschließen, zusammenhalten. Dann würden solche Typen total auflaufen. Statt dessen wetteifern Frauen um das bißchen Wärme. Sogar, wenn sie's längst besser wissen müßten, reden sie sich ein, daß sie für den Liebes-Profi die große Ausnahme sind. Verletzte Eitelkeit steht den Frauen im Weg. Und die große Angst, zuzugeben, daß sie, sonst so stark, hier schwach und betrogen sind.

Postel: »Vor mir warnen nützt nichts. Ich bin bei den Frauen näher dran.« Und über alle, die mit ihm irgendwie zu tun haben, Verteidiger, Gutachter, Presseleute, Richter – egal, ob Männer oder Frauen: »Den – die – hab ich voll in der Hand.«

In Bremen läuft ein Prozeß. Da hat tatsächlich eine Zahnärztin den Mut gehabt, öffentlich ihr Geld von Postel zurückzuverlangen. Sie hat es ihm gegeben, weil er angeblich 7000 Mark Bafög zurückzahlen mußte. Wahrscheinlich geht es ihr nicht ums Geld, sondern um ihr Selbstbewußtsein.

Ein Kollege: »Die soll sich doch nicht so haben. Sie hat ihm ja auch eine Rolex für 10 000 Mark und einen Mercedes 450 SEL für 70 000 Mark geschenkt für seine Leistungen.«

Und ein Kollege von der »Bild«-Zeitung: »Die Frauen sind ja auch alle bekloppt. Die waren doch alle zehn, fünfzehn Jahre älter. Da müssen die doch wissen, daß der sie nicht liebt!« Da hatte ich ja noch Glück im Unglück. Postel stellte mir immer Geschenke vor die Tür.

Auch wenn Postel das Leben eines Schmarotzers führt, es wäre falsch, ihn einen Faulenzer zu nennen. Von Frau zu Frau zu jagen und überall schlechtes Theater zu spielen ist sicher auch anstrengend.

Da fällt mir ein: Auch im Fall des Sterndeuters Imiela waren die Frauen bekloppt. Vier von ihnen – zwei Mütter und zwei Töchter, die ihm verfallen waren – wurden von ihm umgebracht und zerstückelt.

Imiela, der auch von Männern gefeierte Jagdkumpan, gab oft große Freßgelage nach erfolgreicher Jagd. Zwei Frauenleichen wurden nie gefunden. Da war meine Theorie, daß diese beiden eines Abends nicht wie sonst *am,* sondern als Festessen *auf* dem Tisch teilnahmen.

Ich erinnere mich an Imielas Prozeß. Und daran, wie meine männlichen Kollegen sich begeistert um ihn scharten, wenn er in den Pausen Hof hielt. Schon am ersten Verhandlungstag versuchte er die ganze Zeit, mit mir zu flirten, als ginge ihn der Prozeß nichts an. Seine Ehefrauen, die als Zeuginnen auftraten, sah er nur kurz angewidert an. Sagte zu mir über die eine, die sehr dick war: »P. P., was werden Sie jetzt von mir denken? Die sah früher wirklich ganz anders aus.« Und immer wieder: »P. P., endlich darf ich Sie so nahe sehen. Endlich höre ich Ihre Stimme, das hab ich mir so oft gewünscht.« Geraune, Gesäusel.

Imiela bekam viermal lebenslänglich.

Durch die Presse wurde er eher zum Popstar. Er verlobte sich im Gefängnis noch mehrfach mit Frauen, die er vor dem Prozeß nicht kannte. Unter anderem mit einer Blinden mittlerer Jahre und einer Schülerin.

Das Fatale ist, daß es immer wieder Frauen gibt, die so ein Mann fasziniert. Die sogar auf die Publicity, die er hat, reinfallen. Abgründe.

Wenn der Entlarvte sagt: »Es stimmt, es ist wahr, ich hab noch nie geliebt ... bis jetzt«, seine feuchten Augen in die ihren tunkt, gibt sie sich Mühe, nichts anzuzweifeln. Frauen möchten so gerne glauben, daß sie geliebt werden. Jemand wie Postel hat Erfolg bei erfolgreichen Frauen, weil er sie daran erinnert, daß sie eigentlich Frauen sind. Er bewundert nicht ihr Können, nicht die Tüchtigkeit, sondern sagt: »Ich hab mich in dein Gesicht verliebt.« Und werden prekäre Fragen gestellt, kommt statt einer Antwort: »Ich maaag dich!«

Auch er hat fast überall noch einen Fuß in der Tür, läßt nirgends locker.

Wie vor Gericht immer wieder erlebt. Ein Dutzend geschädigter, zutiefst verletzter Zeuginnen sagt aus. Lächelt der überführte Geliebte sie an, ist der alte Zauber wieder da. Sie schicken Päckchen und Liebesbriefe in den Knast. Lassen sich reihum beteuern, daß sie die große und einzige Ausnahme in dem ansonsten verpfuschten Leben des jetzt wahrhaft Liebenden sind.

Vor Gericht sieht man oft arme Hascherl. Farblose Frauen. Scheue Frauen. Bei denen ging es nur ums Geld. Jetzt, bei den schönen erfolgreichen Frauen, geht es dem Mann *auch* um Prestige. Und Sex mit ihnen ist nicht immer nur notwendiges Übel, sondern häufig ein zusätzliches Vergnügen.

Da sind die Neider nicht wütend auf den Betrüger, sondern wiehern vor Vergnügen darüber, daß eine für unerreichbar gehaltene Frau von so einem Niemand gedemütigt wird. Denn demütigend ist so ein Erlebnis immer.

Und macht darüber hinaus verbittert und skeptisch. Und noch einsamer.

Das kann nur klappen, weil Frauen nichts überprüfen, nicht nachfragen, nicht hellhöriger sind. Und selbst wenn – sie bremsen sich, um den Geliebten nicht einzuengen. Um nicht als Kette zu gelten, um ihn nicht in die Flucht zu treiben.

Dabei geben nicht alle Schwindler so schwer zu überprüfende Berufe wie Geheimdienstler, Vertreter, Spion, Pilot in fernen Landen, Schriftsteller, Journalist, Therapeut oder Pressefotograf an. Alles Berufe, bei denen man weder stören kann noch darf.

Sehr viele Frauen sind so gelagert, daß sie gerade einem Gestolperten wieder auf die Beine helfen wollen, so daß die vorausgegangene Entlarvung so eines Schmarotzers ihn möglicherweise noch attraktiver für sie macht. Wenn ein Heiratsschwindler entlassen wird, warten meistens nicht nur einige seiner alten Opfer mit Herzklopfen auf ihn, sondern auch neue. Während der Haftzeit, über Kontaktanzeigen aufgetane, per Liebesbrief verführte Frauen.

Gerade gab's wieder eine Hochzeit. Der erfolgreiche Heiratsschwindler Frank (56) führte die Angestellte Helga im Knast zum Altar. Es kann sein, daß die über hundert Frauen, die der einmeterneunzig große Frank mit Eheversprechen lockte und ausplünderte, gerne mit der glücklichen Braut tauschen würden.

Humor?

Was mich stört? Du meinst wohl anwidert und empört? Deutsche Karikaturen zum Beispiel, wenn sie bodenlos niveaulos sind.

Was soll das: der Papst fickt ein Schaf? Strauß ein Schwein oder einen Richter oder beides? Das ist dumm, plump, einfallslos. Und hat mit einer politischen Attacke rein gar nichts zu tun.

Auch Karikaturisten, die ich sonst schätze, sind sich zwischendurch nicht zu schade, zu den billigsten Mitteln zu greifen. Was soll das? Selbst wenn der Papst eine sexuelle Vorliebe für Tiere hätte. Selbst wenn Strauß seine sexuellen Neigungen auf Mann und Schwein, berobt oder unberobt, ausdehnen würde, wen ginge das was an? Was wäre daran auszusetzen?

Als gäbe es nichts *wirklich* Bekämpfenswertes bei den unterschiedlichen Männern der Macht. Warum durch Schmuddel-Puddelkram davon ablenken? Wie können Linke einen Arschfick mit dem gleichsetzen, was auf politischer Ebene angerichtet wird? Dem Einwand, darüber lachen aber doch ganz viele, kann ich nur entgegenhalten, daß sich in diesem Land schon Millionen vor Vergnügen krümmten, wenn auf Bühne oder Leinwand jemand die Hosen fallen ließ.

Lange Unterhosen lassen auch die Lachtränen strömen. Eine Pappnase wird hier mit Humor verwechselt. Und an den Stammtischen landauf landab wird auch hemmungslos über die sonderbarsten Witze gelacht.

Was das alles mit Sexualität zu tun hat? Sicher ne Menge. Aber nicht mit meiner. Warum mich das alles so aufregt? Weil ich gute Polit-Cartoons liebe. Weil ich Sex liebe. Und weil ich so wahnsinnig gern lache.

Journalisten heute
Hamburger Medientage 1981
(Auszüge)

Peggy Parnass, freie Journalistin:

Ich bin freie Journalistin, soweit man hier frei sein kann. Ich hab angefangen zu schreiben aus Notwehr vor über zehn Jahren. Ich wollte Dinge aufzeigen, die hier nicht aufgezeigt wurden. Immerhin hatte ich die Hoffnung, daß Aufzeigen noch etwas bewirken könnte und würde. Ich weiß inzwischen, daß ernsthaft zu arbeiten für einen Journalisten hier eine Art Kamikaze-Unternehmen ist. Nicht nur hier.

Ich war auch sehr verzweifelt, weil meine Kolumnen – über zehn Jahre sehr ernsthafte Arbeit – nur ein Minimum bewirkt haben.

Ich habe hier in der Einladung gesehen, daß unter anderem in dem Kuratorium ein Herr Engelschall ist, der jahrelang in der Hand gehabt hat, was Presse darf und was sie nicht darf. Er war der Vorsitzende Landgerichtsdirektor der Pressekammer. Ich hab hier ein Buch aus dem Verlag Zweitausendeins. In dem sind 76 meiner Gerichtsreportagen gesammelt. Da kommt Engelschall zweifach vor. Er kommt vor, weil er den Widerstandskämpfer Fiete Schulz – anstatt ihn zu ehren und zu achten; ich meine, dazu kann man den Mann Engelschall nicht zwingen – verfügt hat, daß der Nazi Frey weiter in der »Nationalzeitung« den damals hingerichteten Widerstandskämpfer Fiete Schulz Mörder nennen darf.

Jetzt – es ist eher zum Weinen als zum Lachen –, knapp 46 Jahre nach Fietes Ermordung, gibt auch die Hamburger Staatsanwaltschaft endlich zu, daß Fietes Hinrichtung ein Mord war. Dafür hat seine Tochter

Vilma ein ganzes Leben gekämpft. Das Urteil vorher, das heißt eine Papierhinrichtung post mortem, war also unter anderem Engelschall zu verdanken, der auch hier als ehrbarer Mann in irgendeiner Weise vorsteht.

(Niemann: Woher kennen Sie die Abstimmungsergebnisse in der Kammer?)

Ich recherchiere ja; so ist es nun mal.

(Niemann: Hat irgend jemand die richterliche Geheimhaltungspflicht verletzt? Wenn Sie bei einem Kollegialgericht einen einzelnen Richter hier verantwortlich machen ...)

Er ist der Vorsitzende. Ich habe nirgends gelesen, daß er sich gewehrt hat dagegen. Ich kann auch die beiden anderen nennen, nur die habe ich nicht in der Einladung gefunden.

Ich hab dann den Herrn Engelschall wieder erlebt, als es um Wallraff ging, einen sehr fähigen und einen sehr gewissenhaften Journalisten, der genau das tut, was ich für richtig halte: genau hinschauen und das aufdecken, was sonst zu unser aller Schaden unter den Tisch gekehrt wird.

Da war Herr Engelschall nicht ganz so milde. Da sprach Herr Engelschall zwar nicht Herrn Frey und seiner verdammten Nazi-Zeitung recht, aber der »Bild«-Zeitung.

Ich kann mir nicht vorstellen, daß wir Journalisten anständig arbeiten können, wenn das, was wir tun, im Endeffekt beurteilt, verurteilt und abgeurteilt wird von Männern wie Engelschall. Ich verstehe nicht, daß wir Journalisten uns abgefunden haben damit alle Jahre, daß das letzte Wort gesprochen wird in unserer Angelegenheit von solchen Instanzen.

Ich hab angefangen zu arbeiten damals, weil ich genau

das erkannt habe: Journalistische Arbeit wird hier häufig entweder von ganz unfähigen Leuten gemacht oder von Leuten, die als Honorar getarntes Schweigegeld erhalten.

Ich hätte auch gewünscht, daß hier oben zum Beispiel als Referenten Leute sitzen würden, zumindest zur Hälfte, aus unserem Stand. Nämlich die, die jeden Tag Journalismus machen müssen. Ich habe erkannt, daß freier Journalismus nicht denkbar ist, wenn die Wahrheit, die uns gestattet ist, nur die Wahrheit sein kann von denen, die eine Zeitschrift oder eine Zeitung finanzieren. Das heißt, daß jeder Rücksichten nimmt auf Industrie, auf Anzeigen. Das heißt, daß immer nur das gebracht werden darf, was gerade nicht den verletzt, der das Geld gibt. Ich weiß nicht, wie man Wahrheit durchsetzen kann. Ich weiß nur, daß Wahrheit ein ganz großer Luxus ist. Ich meine, vielleicht kommen Sie nie in die Verlegenheit, Sie können ruhig den Kopf schütteln, weil Sie wahrscheinlich gar nicht in der Gefahr sind, sich den Luxus zu leisten. Ich leiste ihn mir ständig.

Die schlimmste Sünde von Journalisten ist, nicht das zu schreiben, was sie erkennen, nicht zu verbreiten, was sie als Wahrheit erkennen, nicht zu sagen, was wirklich ist.

Ich bin sehr engagiert, oder ich könnte mich aufhängen. Wenn ich hier überhaupt noch irgendwas sage, dann ist es mein absolut letzter Versuch, noch irgendwas zu erreichen; sonst kann ich mir das Ganze in die Haare schmieren. Ein Drumrumgerede kann ich mir nicht mehr leisten! Ich weiß nicht, wie man hier überleben soll, wenn man nur ausweicht. Ich weiß es nicht, und ich hab's auch nicht vor.

Ich finde wirklich, daß es sich lohnen muß, darüber nachzudenken, warum Kollegen, die alle nicht dumm im Kopf sind, vor lauter Angst nicht schreiben, was sie schreiben müßten. Es ist nicht so, daß die weniger sehen als ich. Ich bin nicht klüger als die, nur daß die das Risiko scheuen. Und es ist ein Risiko. Da müßten sie irgendwo herumbalancieren an der Hungergrenze, wenn sie sich das leisten wollten. Sie dürften keine Familie haben, sie müßten auf ihr Privatleben verzichten, um sich leisten zu können zu schreiben, was Sache ist. Das muß sich doch ändern.

Nachmittags:

Peggy Parnass: Jemand sagte heute vormittag, daß wir Journalisten Hochstapler wären oder größenwahnsinnig, wenn wir uns mit Politikern verwechseln. Das ist so ein Quatsch. Man kann nicht öffentlich schreiben, ohne politisch zu sein. Wenn ich über Schuhwerk und Klamotten schreiben würde, wäre es immer noch ein politischer Artikel. Ich kann nichts veröffentlichen, was irgend etwas zu tun hat mit unserer Realität, ohne daß es ein Politikum ist. Das ist nun mal so.

Was wurde noch gesagt? Daß Journalisten sich gegenseitig hochjubeln, und wie ekelhaft das ist. Ich glaube nicht, daß wir uns hochjubeln. Sondern in den seltenen Fällen, wo es eine Veranlassung dafür gibt, bejubeln wir uns. Und das zu Recht. Erstens tut's dem anderen gut, der sonst immer einen auf'n Kopf kriegt, zu sehen, daß er auch mal gelobt wird für das, was er tut, und zweitens: Wenn einer wirklich mal was wagt und gut ist, macht es uns anderen Mut, ein bißchen nachzuziehen.

Es hat in Hörste ein Fortbildungsseminar für junge Journalisten gegeben, da war ich auch als Referentin eingeladen – zu meiner Verblüffung. Da waren aus den entlegensten Nestern Deutschlands hervorragende Leute. Knallwache, wunderbare junge Journalisten, die aber alle sehr, sehr schwer an ihrer Qualität zu tragen haben.

Pressefreiheit – da passiert ja auch so'n Ding. Ich bin sehr dagegen, daß man – egal welche Zeitung – verbietet. Ich möchte auch nicht, daß die »Nationalzeitung« verboten wird. Ich wundere mich nur, daß man Lügen durchgehen läßt. Ich wundere mich, daß nie ein Blatt beschlagnahmt wird, das offenkundig und das schon in Balken Lügen verbreitet. Und zwar gefährlichster Art. Wo es also nicht um Miniaturen geht, sondern um Millionenauflage. Alte sind sowieso nicht, weder hin- noch herzubelehren. Aber Junge werden dadurch beeinflußt und versaut. Daß da nichts unternommen wird, daß man nicht da eingreift, wo journalistisch verfälscht wird! Das müßte doch wohl möglich sein! Es geschieht nichts.

Die Freiheit, zu berichten, was wirklich los ist – ich weiß, daß wir sie alle kaum haben. Ich weiß, daß man mich beneidet, weil ich nicht angestellt bin – das ist, wie gesagt, der Luxus, den ich mir leiste, mich nicht anstellen zu lassen. Ich weiß, was es heißt, angestellt zu sein, dem zu gehorchen, der wiederum den Marktgesetzen gehorchen muß.

Ich möchte sagen, daß die Leute, die ich bejubeln würde und von denen ich wünschte, daß ich sie gekannt hätte – Kisch zum Beispiel, Tucholsky, ich bin glücklich, daß ich wenigstens Axel Eggebrecht kennen darf –, das sind Leute, die man nur bejubeln kann und denen man nacheifern muß. Ich finde es unerträglich, daß man sogar denen die Luft geraubt hat – Tucholsky hat sich bis in den Selbstmord reingeschrieben –, unerträglich, daß Leute, die wirklich was erkennen, nur schreiben, bis die Tatsache sie vernichtet, daß keiner es ernst nimmt.

Es wurde etwas triumphierend vorher von den Riesenauflagen einer »Bild«-Zeitung gesprochen. Die Auflage der »Nationalzeitung« sind auch nicht gerade ärmlich. Auch die »Praline« hat Riesenauflagen. Die Bauer-Presse kann in die Luft springen vor Vergnügen, wenn sie an ihre Auflagen denkt.

Da findet eine Massenverdummung statt, die ungeheuerlich ist. Aber höhnisch behandelt werden wir, die wir tatsächlich uns erfrechen, Wert darauf zu legen, unsere Leser ernstzunehmen. Und zwar so ernst, daß wir nicht wollen, daß sie nur Mist in ihre Köpfe reingestopft kriegen.

Und dann zur »Morgenpost«. Wie kommt es, daß diese »Morgenpost« keine Alternative geworden ist in unserer Stadt? Das kommt daher, daß die Schreiber, die da waren, die Kopf und Anstand und einen guten Willen hatten und wirklich was investiert hatten, immer weggesäubert wurden; manchmal gebündelt raus. Alle, die gut waren und die wirklich eine echte Alternative zur »Bild«-Zeitung boten, verschwanden. Die anderen waren austauschbar. Die wurden hin- und hergejuckelt. Mal waren sie bei der »Bild«-Zeitung, dann waren sie bei der »Mopo«, dann gingen sie wieder zur »Bild«-Zeitung. Es machte wirklich keinen Unterschied, es fiel wirklich nicht auf.

Dann zu dem Druck. Es war gestern die Rede davon, daß auch Kollegen untereinander in der Lage sind, Druck auszuüben, nicht nur der Verleger auf die Schreiber. – Allerdings. Ich erinnere mich daran, daß ich schon vor über zehn Jahren mit meinen allerersten Kolumnen dem Druck meiner Kollegen ausgesetzt war im Gericht. Das war eine Art Droh-Druck. Es wurde gesagt, wenn du so weitermachst, läßt dich keiner mehr rein, wenn du so weitermachst, fliegst du raus. Wenn du so weitermachst, werden sich die Richter das verbitten. Und das war nicht als Warnung gesagt, sondern um mich zu bremsen. Wenn ich das gestattet hätte, dann gäbe es jetzt eben die Kolumnen nicht.

Und noch etwas, du hattest vorher gesagt, daß sich einige Zeitungen schlechter durchsetzen und daß das nicht eine Frage der Ökonomie ist. Das ist nicht wahr. Ich habe das jetzt gesehen, zwei Monate auf einer Insel in Griechenland: die »Nationalzeitung« war zu kaufen, die Bauer-Presse war satt vertreten, »Bild« war immer da in beneidenswerter Weise, Ihr habt also einen Vertrieb, zum Küssen.

So eine Sache ist aber doch eine Frage von Geld. Ein funktionierender Vertrieb, etwas, das funktioniert, ist glaube ich nur möglich, wenn gezahlt wird. Bei all den kleinen Blättern weiß ich, daß Leute sich kaputtarbeiten.

Daß sie ihre Arbeit hergeben, ihre Gesundheit, ihre Kraft, ohne aufs Geld zu schielen.

Als ich gestern von Luxus sprach, meinte ich auch das damit. So habe ich auch viele Jahre gearbeitet. Mich entscheiden müssen, entweder mich satt zu essen oder arbeiten. Geldverdienen konnte ich immer nur, wenn ich nicht arbeitete. Und das machen die an den kleinen Zeitungen und Zeitschriften alle so, bis sie kaputtgehen. Dadurch sind die natürlich auch keine ernstzunehmende Konkurrenz. Das heißt aber nicht, daß sie keine Qualität haben. Das heißt nicht, daß nicht das ernstzunehmen ist, was da geschrieben wird, sondern nur, daß das die Leute sehr schlecht erreicht. Das ist ernstzunehmen.

Da müßte man sich überlegen, was man machen kann, damit Qualität auch unter die Leute kommt. Und ich halte nicht Leser für zu blöde, um Qualität zu verstehen. Ich weiß, daß das nicht wahr ist. Ich weiß es ganz einfach.

P. S. Axel Eggebrecht ist 1991 im Alter von 92 gestorben. Mit 92 war er noch wacher, klarer, kritischer und urteilsfähiger als der sogenannte Nachwuchs.

Und jetzt, 1993, ist auch seine wunderbare Frau, die fähige Journalistin Inge Stolten, elend gestorben.

Ein Gedicht

Auf die Schnelle, beim Lyrik-Marathon entstanden.

Klingt wie mit hängender Zunge,
so lange wie möglich,
weit über Lust und Spaß hinaus,
was machen müssen,
um was zu beweisen,
um einen Preis zu kriegen
oder um in das Buch
der Absonderlichkeiten
zu kommen.

LYRIK als Marathon!
Ich bin nicht NERUDA,
bin nicht HEINE.
LASKER-SCHÜLER und BÄCHLER und RÜHMKORF
würd ich gern fragen
und um Hilfe bitten, als eine der DREISSIG,
das weiß ich.
Nun stellt Euch mal vor –
all die grade genannten
und 25 ihrer Kollegen – auch die VERBRANNTEN –
würden heut abend hier lesen
im Marathon und um die Wette.
Ich weiß nicht – ob das schön gewesen?
Und ob sie's täten,
selbst WENN man sie hier hätte.

Ich fang immer bei Null an

Es geht auch anders, aber so geht es auch.
Brecht, Dreigroschenoper

Was *hab* ich geliebt. Was hab ich *geliebt! Hab* ich geliebt?

Zumindest hab ich mich bedenkenlos süchtig in Leidenschaften und die Passion des Untergangs gestürzt. Geschüttelt von Liebe und Haß. In unedlem Wettstreit, wer von uns, mal er, mal ich, der gekonntere Giftmischer war. Momente wahnsinnigen Glücks, Euphorien und Verzweiflungen. Nur eines mit Sicherheit nie: Ruhe. Keine Spur von Gelassenheit. Kein Hauch von Sicherheit und leider auch kein bißchen Vertrauen.

Nach jeder Leidenschaft so ausgehöhlt, so total verbrannt, so todkrank, daß lange auf dem Gebiet nichts möglich war. Keine schwärmerischen Erinnerungen wie viele Beneidenswerte sie haben. Sondern Horror beim Rückblick und wachsende Panik bei der bloßen Aussicht auf eine neue Begegnung.

Ich hab den Umgang mit Lieben und Trieben immer mehr verlernt. Die Pausen zwischen meinen Leidenschaften wurden durch meine wachsenden Berührungsängste immer länger. Von wegen Hans Albers: »Beim ersten Mal, da tut's noch weh, da glaubt man doch, daß man es nie verwinden kann, doch mit der Zeit, so peu à peu, gewöhnt man sich daran . . .«

Als könnte sich jemand daran gewöhnen, immer wieder in die Kälte gestoßen zu werden.

Klar, man kann lernen, sich warm anzuziehen. Vielleicht kann man sich sogar daran gewöhnen, Heizkissen oben und unten, vorn und hinten unter wüllene Wäsche zu schieben. Vielleicht kann man sich auch an eine Gesichtsmaske gewöhnen und an Schutztropfen in den Augen. An dicke Salbe auf den ungeküßten Lippen. Und daran, die nicht mehr streichelnden Hände in Boxhandschuhe zu verpacken. Man kann schon 'ne Menge tun, um sich abzuschirmen, wenn man Hitze will und Kälte kriegt.

Das alles ist nur gut verpackter Schmerz, nicht mehr so sichtbar, nicht mehr so unüberhörbar für jeden, der des Wegs kommt.

Immer wieder fange ich bei Null an. Immer wieder Neuschnee. Immer wieder beginnt mein Leben mit der ersten Umarmung. Und das stimmt dann doch nicht. Im Nacken sitzt schon vor dem ersten Kuß die sich von Mann zu Mann bis zum Wahnsinn steigernde Angst, aus dem Paradies wieder verstoßen zu werden. Den Baum der Erkenntnis, von dem ich früh aß, würde ich gern mit den Wurzeln ausreißen.

Als Kind war mein Abendgebet: »Lieber Gott, mach mich dumm, denken tut so weh.« Hätte ich nicht meinen Glauben verloren, hätte ich später sicher oft gebetet: »Lieber Gott, mach mich stumpf, fühlen tut so weh.« Doch in Wirklichkeit möchte ich sicher, daß weder das eine noch das andere Gebet erhört wird.

Ich weiß ja, wie es ist, wenn ich anfange zu mauern, aus Angst vor Enthäutungen. Ich weiß nur allzu gut, wie es ist, auf blind zu schalten. Taub zu spielen, damit warme, weiche, rauhe Stimmen nicht durchdringen. Ich bringe mich immer wieder immer längere Zeiten um alles Schöne, um nicht für eventuelle Genüsse bestraft zu werden. Schalte die Antennen meines Körpers so total ab, als hätte ich keinen. Lasse eher Ekel als Sehnsucht zu. Nix gut.

Das eine nicht und das andere erst recht nicht. Versteinerungen, Verkrustungen, amputierte Weiblichkeit, die Zeiten, in denen ich mich wie ein Hirn auf Füßen bewege. Ich hab als Halbwüchsige darüber gelacht, daß Engländerinnen vor lauter Anstand angeblich nichts zwischen

Kinn und Knie haben. Nicht ahnend, daß ich eines Tages, wenn auch aus ganz anderen Gründen, dort auch nicht vorhanden sein würde.

Ich würde mich natürlich in diesen furchtbaren Zustand nicht reinbegeben, nicht mal aus Versehen, wenn er nicht auch Vorteile hätte: Ich warte nicht mehr, auf nichts und niemand. Nicht auf Anrufe, nicht auf Post, nicht auf Pakete, nicht auf Telegramme, nicht darauf, daß er kommt, nicht mehr darauf, daß er nach mir ruft.

Außer manchmal, nachts, wenn in einer Arbeitspause die Mauer Risse kriegt. Ich schreie nicht mehr nach ihm. Nur wenn ich Liebesszenen in Filmen sehe, krampft sich alles in mir zusammen. Ich schüttle ihn nicht mehr: Gib mir, wärm mich, laß mich nicht fallen, halt mich fest, paß auf mich auf.

Ich dreh nicht mehr durch vor Eifersucht. Es sei denn, daß jemand mit leuchtenden Augen und weicher Stimme von ihm spricht. Ich sag nicht verzweifelt: »Wieso glaubst du, daß es mich erniedrigt, wenn du *nur* mit mir schläfst? Was meinst du mit, das kannst du mir nicht antun?« Ich bin in dem Zustand der Taubheit nicht mehr so erbärmlich wie in unserer Endphase. Nicht bettelnd und Bescheidenheit heuchelnd: »Ich will doch gar nichts, nicht mehr als andere auch. Aber laß mich doch bitte dabeisein an deinem Geburtstag, Pfingsten, Weihnachten, in deinem Urlaub, zwischendurch, vorher, nachher, laß mich nur mit ins Kino, auf Partys, zum Essen, mit dir Karten spielen, wie doch jeder deiner Freunde es darf.«

Jetzt habe ich eine Liebe erlebt, das heißt: ich erlebe sie noch, die sicher genauso verlaufen wäre, wenn nicht der Geliebte klüger gewesen wäre als ich. Wir begegneten uns, nachdem ich ein Jahr lang niemanden an mich herangelassen hatte, genauer, nachdem ein Jahr lang Vergangenes für mich nicht vergangen war.

Er erfüllte auf den ersten Blick alle Bedingungen meiner potentiellen Droge: tiefe, suchende Augen in einem schönen Gesicht, meine Antenne für seinen Zwiespalt und seine Möglichkeit zum Untergang. Ja, das vergaß ich zu sagen: Zerrissenheit und Gefahr zieht mich an. Wobei ich immer erwartet habe, daß die Zerrissenheit mir außer dem Untergang in der großen Leidenschaft auch ewige Geborgenheit bietet. Und das alles in einer Person.

Ich wäre mit diesem Mann sofort außer Landes gegangen oder, weil es schneller gewesen wäre, umgehend mit ihm zu Boden gesunken. Ich wollte ihn hinauslocken in Mondscheinnächte, versuchte, harmlose Spaziergehgelüste vorzutäuschen. Mir war kein Trick zu dumm. Statt dessen fanden Gespräche statt. Lange, kurze – wieder sehr lange. Immer intensiv. Er lehrte mich mit der Droge Liebe umzugehen. Lehrte mich, das Gute zu bewahren, Zerstörerisches gar nicht erst zuzulassen.

Ich hab mit ihm gerungen wie mit dem Erzengel Gabriel und Gott sei Dank verloren. Nie hätte ich vorher gedacht, daß ein Verlust ein Gewinn sein kann. So wie er ist, ist er der einzige Mann, an den ich nur mit Freude denke, den ich wirklich achte. Zum ersten Mal trübt der Rausch nicht meinen Blick für das, was den Geliebten wirklich ausmacht.

Das klingt, als wollte ich mir oder anderen von Sexualität abraten. Will ich nicht. Nur zur Zeit brauche ich sie nicht. Diesmal nicht, weil ich zu kaputt bin, um sie auszuleben oder jemandem hinterherweine, sondern weil ich mit meinem Leben zufrieden bin und mich nicht einsam fühle.

Es ist wirklich so. Arbeiten macht Spaß. Freunde machen Spaß. Essen macht Spaß. Tanzen, Filme, Theater, Sonne und Regen, Skat, Scrabble – alles macht Spaß. Musik ist schön, lesen, wachen, schlafen – all die tausend Herrlichkeiten, die ich verloren glaubte, sind wieder da.

Jetzt werden mir sogar Dinge nachgeschmissen, um die ich vorher vergeblich gegreint hab. Jetzt wollen meine ehemaligen Männer mich sprechen, hören, einladen, mich dabei haben, wenn sie sich verloben, heiraten, scheiden lassen und ihre Feste feiern. Daß ich für sie nie Zeit hab, geschieht nicht, um sie zu strafen. Sie sind mir einfach nicht mehr wichtig. Nicht nur die Wege in andere Städte sind mir zu weit, sogar der über die Straße, wenn es um Männer geht, auf die ich nicht mehr gespannt bin.

Es ist sonderbar, ich hab in letzter Zeit Augen für erwachsenere Frauen und Männer. Ich war doch die ganzen Jahre auf Männer im Heimkinderalter fixiert. Wenn einer über 25 war, setzte mein Wahrnehmungsvermögen aus, da fingen für mich die Lustgreise an. Doch auch wenn sie noch so jung und schön waren, kam höchstens einer von 100 000 in Frage. Was mich an ihnen gereizt hat, ist, daß für sie noch immer die ganze Welt offenstand. Daß sie auf der Suche waren und nicht festgefahren. Und das Gefühl, selbst das goldene Vlies zu sein, das sie auf ihrer Suche gefunden haben.

Ich habe mich verändert. Es ist mir wichtig, und ich finde es interessant, von einem Mann, der schon viele Jahre vergeblich gesucht hat, erkannt zu werden. Und siehe da, nachdem ich mich seit Jahren – außer in meinen kurzen, heftigen Verhältnissen – nicht als Frau gefühlt hab, nie mitkriegte, daß ich als Frau wahrgenommen wurde, mach ich ganz neue Erfahrungen. Egal, wo ich bin. Nur, daß die Männer, die sich mir so eifrig nähern, in irgendeiner Ecke Frauen haben, die sich darüber gar nicht freuen können, schmälert das Vergnügen.

Freudig erregt fahr ich dann allein nach Hause, dankbar, mit so einem Möchtegern-Fremdgänger nicht gesegnet zu sein. Stelle mir die Auseinandersetzungen vor, die die beiden heute nacht noch haben – und gehe mit einem guten Buch ins Bett.

Träume und Utopie

Utopien habe ich immer gehabt. Jetzt bin ich froh, wenn ich die Gegenwart überstehe. Nicht, daß sich meine Vorstellungen geändert hätten, nur an die Verwirklichung glaube ich nicht mehr fest.

Wie die Deutschen mit allen, die ihnen nicht genehm waren, umgesprungen sind, war mir kein Geheimnis. Obwohl ich hier Freunde und allerlei gute Bekannte habe, bin ich darum nicht so verblüfft wie viele andere über das, was wieder an Haß und Gewalt sichtbar wird. Angewidert ja, und ein Gefühl von Trostlosigkeit macht sich breit.

Anders schockiert es mich, was sich die Menschen im ehemaligen Jugoslawien gegenseitig antun. Weil ich sie bewundert habe, ihre Würde geschätzt, ihren Stolz.

Da war ich einfach nicht darauf gefaßt, daß diese schönen Menschen sich plötzlich zerhacken, zerschlagen, in Stücke reißen.

Ich verstehe nichts und niemanden mehr. Auch nicht die Engländer. Gerade jetzt wieder die Bergleute und ihr Elend. Der Hohn der eleganten Besuche der Royal Family überall hin, wo es ärmlich ist. Ihr geheucheltes Verständnis. Ein Volk glücklich, wenn es der durch Geburt oder Schwanz geadelten Brut gutgeht.

Nun ist es nicht notwendig, einzelne Länder herauszupicken – amnesty international hat in der ganzen Welt reichlich zu tun. Trotzdem, ich hab immer gedacht, daß man Menschen über Kopf und Gefühl – durch Aufklärung zum Beispiel – positiv beeinflussen kann. Die Gier nach Macht bremsen. Naiv von mir, das weiß ich spätestens nach dem Golfkrieg, als mir endlich klar wurde, wie international Waffen kreuz und quer geschoben werden, ganz unabhängig von den jeweiligen Regimen. Eine internationale Verbrecherbande, die sich hinter den Kulissen gut versteht, kassiert und kassiert. Leiden tun andere.

Freundschaften ganz anderer Art will ich; auch überregional, international. Meine Illusionen kränkeln vor sich hin, aber Träume hab ich wieder: Von einem erstmals gelebten Sozialismus, der die Menschen nicht lähmt, sondern ihnen beibringt, für sich und den anderen da zu sein. jeder für jeden. In den Kibbuzim war es ja anfangs so. Eine Welt, in der Waffen verpönt sind, der Handel damit strafbar. Ich möchte eine Werteverschiebung. Ich will keine geschlossenen Grenzen und alles beseitigen, was Chauvinismus aufkommen lassen kann. Ohne die Eigenarten unterschiedlicher Menschen verwischen zu wollen.

Ich möchte keinen Einheitsbrei. Und Sprachen nicht als Barriere, sondern der Verständigung dienend.

Hab ich vergessen, die Liebe zu erwähnen? Wenn ich schon träumen darf, dann bitte davon. Zusätzlich zur leidenschaftlichen Liebe eine Liebe, die wärmt.

Zur Zeit sicher alles nicht populär, vielleicht auch nicht machbar, aber nach wie vor meine Utopie.

Quellenverzeichnis

Prognose, Stern, Nr. 14, 29. 3. 1990
So paßt eins zum andern, Konkret 9/84
Ein Länderspiel, Hamburger Rundschau, Oktober 1983
Hetty, Hamburger Rundschau, 31. 1. 1985
Erna Helms, aus: Dies schöner Land, München 1990
Frauen, Freier und St. Georg, Hamburger Rundschau, 18. 4. 1984
»Ich warne Sie, Herr Teufel«, Konkret 11/79
Prozeßbegleitung, aus: Der Anzeiger 10. 3. 93
Dazu sind Waffen da, Konkret 9/84
Elternmord, Konkret 8/80
Schwiegertochter in spe-ade, TransAtlantik 8/1984
Gespräche, aus: »Ich bete jeden Tag, bitte laß uns bleiben«, München 1993
Des einen Henker, des anderen Held? aus: Wir Frauen, Nr. 1/91
Bukowski, Konkret 7/78
Florian, aus: Sandgeflüster, Verlag Gudula Lorez, 1985
Mord? – Allerdings!, Konkret 12/84
Ach wären sie doch Nazis, taz, 28. 6. 1984
Freunde, aus: Rudi Finkler/Nikolaus Hansen (Hg.), Unbändig männlich, rororo 1983
Mr. Warrens Gewerbe, Sexualität Konkret 1985
Humor?, Sexualität, Konkret, 1984
»Journalisten Heute«, aus: Hamburger Medientage 79, Ein Parlament für Informationsfreiheit. Die Zukunft des Rundfunks. Dokumentation. Verlag Hans Bredow Institut, 1979
Ein Gedicht, aus: Hundert Hamburger Gedichte, 1983
Ich fang immer bei Null an, Sexualität Konkret, 1983
Träume und Utopien, aus: Zukünfte Nr. 4/5, 1992